Oetinger

Eileen Merriman ist tagsüber Hämatologin und nachts Autorin. Ihre Arbeit ist in vielen nationalen und internationalen Journalen und Anthologien erschienen, wie z. B. Smokelong Quarterly, The Island Review, Literary Orphans.

Eileen Merriman

missing Sophie

Deutsch von Wolfram Ströle

Verlag Friedrich Oetinger GmbH

MIX
Papier aus verantwortungsvollen Quellen
FSC® C014496

Missing Sophie

Die englische Originalausgabe erschien bei Penguin Random House New Zealand Ltd. unter dem Titel »A trio of Sophies«. Published by arrangement with Penguin Random House New Zealand Ltd, vermittelt durch Michael Meller Literay Agency, München
Übersetzt von Wolfram Ströle
Einband von ZERO WERBEAGENTUR, München
Druck und Bindung: GGP Media GmbH,
Karl-Marx-Straße 24, 07381 Pößneck, Deutschland
Printed 2020
ISBN 978-3-7891-2137-1

www.oetinger.de

Für Mum –
dafür, dass sie an mich glaubt

Teil 1

Tag 64

Heute ist der 1. September, der erste Tag im Frühjahr, und es ist jetzt vierundsechzig Tage her, dass ich Sophie Abercrombie zum letzten Mal gesehen habe. Vierundsechzig Tage, dass irgendjemand Sophie Abercrombie gesehen hat.

Die hübscheste Sophie.

Die Sophie, die verschwunden ist.

Es gibt uns nicht mehr, die drei Sophies. Wann musste ich das mit uns das letzte Mal erklären? Vielleicht bei der Polizei. »Sophie Twiggs ist Sophie T., für ihre Freundinnen Twiggy.« Ich weiß noch, wie ich gesagt habe, sie sei die sportliche Sophie, so wie Sporty Spice von einer Girlgroup, die meine Mum in der Highschool gehört hat. Da musste die Beamtin lächeln. »Ich bin Sophie M., Sophie McKenzie, für meine Freundinnen Mac«, fuhr ich fort. Ich sagte nicht, was ich immer denke, wenn ich das sage: dass ich die unscheinbare Sophie bin – nicht besonders hübsch, nicht besonders sportlich, aber intelligenter als die beiden anderen Sophies zusammen. Stimmt ja auch – mich interessieren nur gute Noten, damit ich Medizin studieren und Rechtsmedizinerin werden kann. Etwas anderes wollte ich nie werden.

Die Polizei fragte immer wieder, wann ich Sophie A. zuletzt gesehen hätte, deshalb musste ich sagen, was ich gesehen hatte. Als ich Sophie A. zuletzt sah, küsste sie James Bacon. Sie hätte jeden Typen haben können, den sie wollte, aber sie küsste einen Englischlehrer, der acht Jahre älter war als sie. War. Ist. Hoffentlich *ist*.

Dank Mr Bacon kenne ich den Unterschied zwischen Vergangenheitsform und Präsens.

Tag 63

Es ist jetzt dreiundsechzig Tage her, dass Sophie A. verschwunden ist, und immer noch ist ihr Bild in allen Zeitungen und im Fernsehen. Leute sehen sie an allen möglichen Orten, wie sie den Piha Beach entlangspaziert oder die Queen Street und sogar die Gold Coast in Australien. Aber jedes Mal, wenn die Polizei einem solchen Hinweis nachgeht, führt das zu nichts.

Ich habe irgendwo gelesen, dass die meisten Verbrechen von Leuten aus der Bekanntschaft des Opfers begangen werden, und vermutlich haben die Bullen deshalb mit Mr Bacon und mit Sophie A.s Stiefvater Dave Williams gesprochen. Ganz zu schweigen von der Hälfte der Schüler aus der dreizehnten Klasse der Eastbrook High, einschließlich meiner Wenigkeit.

Natürlich hat die Polizei auch mit mir und Twiggy gesprochen. Wir sind schließlich Sophie A.s beste Freundinnen. Wir hatten nicht viel zu sagen, außer, dass ich gesehen hatte, wie Sophie A. Mr Bacon küsste, was ich gleich am Anfang gesagt habe. Das mit dem Küssen ist am selben Tag passiert, an dem Sophie A. verschwunden ist.

Aber wer weiß, ob Sophies Verschwinden etwas mit Mr Bacon zu tun hat? Woher sollte ich es wissen? Ich weiß gar nichts. Ich versuche nur, Ruhe zu bewahren und zu lernen. Sophies Verschwinden hat hier alles auf den Kopf gestellt. Ich wünschte, alles wäre wieder normal. Wenn es so weitergeht, setze ich noch die Prüfungen in den Sand und kann nicht studieren.

Ich hoffe, man findet sie lebend, aber es sieht nicht gut aus.

Tag 62

Twiggy hat mich heute von der Schule mit nach Hause genommen, zum ersten Mal seit Wochen. Ich bin gerade durch das Schultor gegangen, da habe ich ihren orangen Mini Cooper draußen parken sehen. Den haben ihre Eltern ihr zum sechzehnten Geburtstag geschenkt, noch bevor sie die Führerscheinprüfung bestanden hatte.

Ich habe zum sechzehnten Geburtstag ein neues Paar Schuhe für die Schule bekommen. Twiggy kennt den Unterschied zwischen »etwas benötigen« und »sich etwas wünschen« nicht. Braucht sie auch nicht.

Sie hätte mich wahrscheinlich gar nicht mitgenommen, wenn sie nicht zufällig meinem Blick begegnet wäre. Ich lächelte und winkte. Das Beifahrerfenster ging runter, und Twiggy rief: »Soll ich dich mitnehmen?« Sie hatte ihre lakritzschwarzen Locken wie immer zu einem Pferdeschwanz zusammengebunden. Ihr Mund lächelte, aber ihre dunklen Augen nicht.

»Wär super, danke.« Ich zog die Tür zu, und Twiggy reihte sich in den Verkehr ein. »Die Bio-Klausur war schrecklich, oder?«

Twiggy rückte den Rückspiegel zurecht. »Was ist für dich schrecklich? Neunzig Prozent?«

»Sei doch nicht so.« Ich stopfte eine Haarsträhne in meinen Seitenzopf. Letzten Sommer habe ich mir die Haare silberblond gefärbt. Tschüss, graue Maus. Keine Ahnung, warum ich das nicht schon früher getan habe.

»Ich meine ja nur.« Twiggy fuhr durch einen Kreisverkehr, fast ohne langsamer zu werden, und bretterte hangaufwärts.

Überall waren Schüler zu zweit und zu dritt in ihren kotzgrünen Schuluniformen unterwegs und lachten und schrien. »Hoffentlich kann ich mit meiner Hausarbeit meine Scheißklausurnoten ausgleichen.«

Ich begann mit einem Zopf auf der anderen Seite. »Wenn du dich genug anstrengst, kannst du das.«

Twiggy sah mich nur kurz an und blickte wieder auf die Straße.

»Wenn ich mich *genug anstrenge*. Es ist doch nie genug, oder, Mac?«

»Es ist deine Zukunft«, murmelte ich. Im nächsten Moment schnitt mir der Sicherheitsgurt in die Brust. »Gott!«

»Katze«, sagte Twiggy, und wir sahen beide zu, wie ein getigerter Schwanz unter einem Busch verschwand. Twiggy atmete aus und bog rechts ab. Die großen Häuser mit den breiten Einfahrten und den Geländewagen blieben hinter uns zurück, genau wie die Strände und die Mütter mit den Designer-Sportkinderwagen.

Wir fuhren weiter bergauf, und die Häuser wurden kleiner und standen enger zusammen. Unser Bungalow ist zwischen einem Apartmenthaus und, auf der anderen Seite, einer maroden Villa mit ständig wechselnden Mietern eingezwängt.

Twiggy fuhr holpernd auf die Einfahrt und stellte den Motor aus. »Zwei Monate ist es jetzt her.«

»Zwei Monate und einen Tag.« Ich nehme meine Tasche.

»Was auch immer. Die finden sie nicht mehr lebend, oder?« Twiggys Stimme wackelte. Meine Brust war wie zugeschnürt.

»Wenn sie nicht entführt worden ist, nein.«

»Entführt!« Twiggy klang spöttisch. »Wie das klingt.«

»Leck mich doch.« Ich öffnete die Tür, um ihr zu entkommen, aber sie hielt mich am Handgelenk fest.

»Glaubst du wirklich, Mr Bacon hat was damit zu tun?«

»Ich glaube, er hat *alles* damit zu tun«, sagte ich.

Tag 61

Beim Aufwachen heute Morgen trommelte der Regen aufs Dach, mal lauter, mal leiser, wie mein Puls. Worauf ich mich fragte, wie viele Herzschläge mir noch bleiben. Steht das von Anfang an fest, so wie die Zahl der Menstruationszyklen, die ich je haben werde, bei meiner Geburt feststeht, weil bereits alle meine Eier in den Eierstöcken angelegt sind?

Das haben wir dieses Jahr in Biologie gelernt. Ich fand es ziemlich krass. Ein paar Wochen zuvor war ich bei Family Planning gewesen und hatte mir die Pille verschreiben lassen. Ich wollte verhindern, dass meine Eier ausgestoßen werden.

Ich wüsste gern, was mit diesen Eiern passiert. Sterben sie ab? Oder warten sie, bis ich die Pille nicht mehr nehme, und werden dann ausgestoßen, um sich mit einem Spermium zu vereinen und einen Embryo zu bilden?

Igitt, wie eklig. Ich glaube nicht, dass ich mal Kinder will.

Es klopfte an meiner Tür.

»Sophie, du kommst zu spät.«

»Ich steh gleich auf«, rief ich und vergrub den Kopf unter dem Kopfkissen. Früher ist es mir nie so schwergefallen, morgens aus dem Bett zu kommen. Es liegt nicht daran, dass ich nicht aufwache, es fällt mir einfach schwer, in Bewegung zu kommen, vor allem unter der Woche.

Früher bin ich morgens nach dem Aufstehen Laufen gegangen. Aber seit Juni, als auf einmal die Welt kopfstand, habe ich das nur noch ganz selten getan.

Ich kann kaum erwarten, dass dieses Jahr vorbei ist.

Fünf Minuten später klopfte Mum nicht mehr an, sondern riss die Tür auf.

»Wenn ich dich zur Schule mitnehmen soll, musst du jetzt loslegen. Draußen schüttet es, falls du es noch nicht bemerkt hast.«

Als könnte mir entgangen sein, dass es regnete. Früher habe ich das Trommeln des Regens auf dem Dach geliebt, aber jetzt habe ich dabei das Gefühl, dass ich gleich einen Herzinfarkt kriege.

»Ich wollte ja gerade aufstehen.« Ich schlurfte an ihr vorbei. Mum trug ihre Uniform als Bankkassiererin und hatte ihre zimtbraunen Locken zu einem Knoten gebunden. Manche Leute halten sie für meine ältere Schwester, wahrscheinlich, weil sie mich bekommen hat, als sie so alt war wie ich, siebzehn. Ihre Eltern haben sie verstoßen, weil sie den Exklusiven Brüdern angehören und meine Mutter dort sämtliche Regeln gebrochen hat.

Jetzt ist sie allerdings ziemlich langweilig und arbeitet sich die Seele aus dem Leib, um Miete, Essen und Kleider bezahlen zu können. Langweilig, aber ich hab sie lieb, weil sie alles ist, was ich habe.

Vor allem jetzt.

Wir krochen Stoßstange an Stoßstange im Regen die East Coast Road entlang, und da beschloss Mum, dass es Zeit für ein *kleines Gespräch* war. Ich weiß immer schon im Voraus, wann wir ein *kleines Gespräch* haben werden, weil sie dann immer dasselbe sagt.

»Schatz, kann ich dich was fragen?«

Stöhn! Die Antwort lautete Nein, aber wenn ich das sagte, fragte sie trotzdem. Also sagte ich: »Klar«, und starrte aus dem Fenster, an dem die Tropfen hinunterliefen.

»Also«, sagte sie, während wir auf unerklärliche Weise mitten auf einem Kreisverkehr zum Stehen kamen, »ich weiß, dass die vergangenen zwei Monate richtig schwer für dich waren.«

»Mmm.« Ein Junge in einer grünen Jacke fuhr auf seinem Fahrrad an uns vorbei. Er trug blaue Kopfhörer und sang zur Musik von wer weiß wem mit. Sah aus wie Peter Schmidt. Der verrückte Deutsche. Aber was ist verrückt? Und was normal?

»Ich finde, wir sollten verreisen«, sagte Mum. »In den Schulferien im Oktober.«

»Was? Wohin?«

»Vielleicht nach Coromandel? Eine Kollegin von der Bank sagte, ihre Familie hätte dort ein Ferienhaus, in dem wir ein paar Tage wohnen könnten.«

»Vielleicht.« Wir waren an der Ampel stehen geblieben. Auf der Spur neben uns stand ein vertrauter schwarzer Ford Falcon mit einem sehr vertrauten Mann mit aschblonden Haaren am Steuer. Scheiße, wie standen die Chancen? Ich wandte den Blick ab und rutschte auf meinem Sitz nach unten. »Ich muss viel lernen.«

Hatte James Bacon mich gesehen? Ich meinte förmlich zu spüren, wie sich sein Blick in mich bohrte.

Ich habe gesehen, wie Mr Bacon Sophie in seinem Wagen küsste.

Dass musste ich ihnen ja sagen.

»Dann nimm doch deine Bücher mit. Aber du musst auch mal raus an die frische Luft. Du kannst nicht die ganze Zeit lernen.«

»Du hast gut reden.«

»Genau deshalb brauchen wir eine Pause.« Die Ampel schaltete auf Grün, und Mum trat aufs Gas. Ächzend setzte das Auto sich in Bewegung. James Bacons Rücklichter verschwanden Gott sei Dank schon um die Ecke.

»Gut«, sagte ich, »dann fahren wir nach Coromandel.« Alles ist besser, als hier herumzuhängen und darauf zu warten, dass die Bullen Sophie A. finden.

Ich frage mich, ob sie sie je finden werden. Und wann sie die Suche nach ihr einstellen.

Einundsechzig Tage kommen mir schon schrecklich lang vor.

Tag 60

Traumtagebuch: Es ist 2.13 Uhr, und ich hatte gerade einen Albtraum. Meerjungfrauen haben mich verfolgt und ihre langen Haare aus Seetang um meine Glieder geschlungen. Ich habe wie wild gestrampelt, aber sie haben mich trotzdem zum Meeresgrund hinuntergezogen und mir dort Steine in die Hände gedrückt und eine Muschel in den Mund. Beim Aufwachen war meine Brust so verspannt, als hätte ich die ganze Zeit die Luft angehalten.

Man kann die Luft nur eine gewisse Zeit anhalten.

Tag 59

Heute war einer der wenigen guten Tage, die ich seit Sophie A.s Verschwinden hatte. Das liegt vermutlich daran, dass ich nicht in die Schule musste, die mir im Moment vorkommt wie ein Wolfsbau mit mir als Lamm.

Nein, es liegt nicht nur daran, dass ich nicht in die Schule musste, sondern auch daran, was ich stattdessen getan habe. Ich glaube, der heutige Tag hat mein Leben zum Guten verändert.

Ich habe am Morgen den Bus in die Stadt genommen, bin zum Krankenhaus gelaufen und habe im Foyer auf die Rechtsmedizinerin gewartet. Sie kam fünf Minuten zu spät zu unserer Verabredung um neun, aber das war okay. Ich saß auf einer Bank im Foyer und habe zugesehen, wie die Leute kommen und gehen.

Menschen zu beobachten hat mich schon immer fasziniert. Es sagt so viel aus, wie jemand sich kleidet, redet und sich bewegt. Ich versuche, mir immer vorzustellen, was die Leute wohl denken. Meistens wahrscheinlich langweiliges Zeug, zum Beispiel was sie zu Mittag essen werden oder was für ein Geschenk sie ihrem Vater zum Geburtstag kaufen wollen. Aber weil das hier ein Krankenhaus war, machten sie sich vielleicht auch Sorgen um kranke Angehörige. Vielleicht bekam einer gerade ein Herz transplantiert, oder er war gestorben.

Ich stellte mir vor, wie es wäre, wenn ich wirklich die Gedanken all dieser Leute hören könnte. Das wäre ein ziemlicher Lärm. Ich bin froh, dass niemand meine Gedanken hören kann. Ich werde ja oft nicht mal selbst mit ihnen fertig.

»Sophie McKenzie?« Eine zierliche Inderin in figurbetonten schwarzen Hosen und einer magentaroten Bluse blieb vor mir stehen.

»Ja.« Ich sprang auf. »Doctor Symons, ja?«

Sie lächelte und streckte die Hand aus. »Nett, dich kennenzulernen.« Ihre Haut war kühl, und ein schwacher Geruch, den ich nicht einordnen konnte, wehte mich an – vielleicht Formaldehyd?

Cool. Mir kribbelte der Bauch vor Aufregung, während ich ihr durch ein Labyrinth von Gängen und Treppen zu ihrem Büro folgte.

»Du interessierst dich also dafür, Rechtsmedizinerin zu werden?« Doctor Symons winkte mich zu einem Drehstuhl vor ihrem Schreibtisch.

»Ja.« Mein Blick wanderte zu den dicken Fachbüchern auf dem Regal hinter ihr und dem Mikroskop auf ihrem Schreibtisch. »Danke, dass ich heute kommen durfte.«

»Kein Problem.« Doctor Symons hatte das perfekte Lächeln. Ich hasse die Lücke zwischen meinen beiden oberen Schneidezähnen, aber Mum meint, sie kann sich unmöglich eine Zahnspange für mich leisten. »Ich dachte, bevor wir ins Labor gehen, stelle ich dir mein Fach erst mal vor, wie ich es bei Medizinstudenten auch tue.« Sie drehte einen Computerbildschirm zu mir. »Unterbrich mich jederzeit, wenn du Fragen hast.«

Die nächste halbe Stunde stand ich wie unter einem Bann. Zuerst erklärte Doctor Symons, es sei Aufgabe der Rechtsmedizin, die Todes*ursache* festzustellen (etwa eine Schusswunde), die *Vorgänge*, die zum Eintritt des Todes geführt haben (etwa Verbluten), die Todes*art* (etwa Mord oder eine zufällige Verletzung) und den Todes*zeitpunkt*. Zur Feststellung des Todeszeitpunkts werden sogar Insekten auf der Leiche untersucht und in welchem Stadium ihres Lebenszyklus sie sich befinden, zum Beispiel die Larven von Schmeißfliegen. Das meiste davon wusste ich schon, aber es war toll, es von einer Expertin zu hören.

Sie erzählte mir von den Stadien der Leichenstarre, wie Blutergüsse sich je nach Alter verfärben und was für Muster Blutspritzer bilden können. Sie hatte auch interessante Bilder. Ich hätte mich ekeln müssen, aber ich war wie elektrisiert wegen all dieser neuen, interessanten Zusammenhänge.

»Hast du noch Fragen?«, fragte Doctor Symons, als sie mit ihren ungefähr sechzig Dias durch war.

Ich sagte: »Ja, machen Sie heute noch eine Obduktion?«

Leider war das nicht geplant. Und selbst wenn es so gewesen wäre, sagte Doctor Symons, dürfe sie Highschool-Schüler nicht in die Leichenhalle mitnehmen. Aber sie nahm mich ins Labor mit und zeigte mir einige bei Obduktionen entnommene Proben. Sie zeigte mir Proben von Leber und Gehirn und wie so was aussieht, wenn es als superdünne Scheibe auf einer Glasplatte unter dem Mikroskop liegt.

Ich fragte, an was die betreffende Person gestorben sei, und Doctor Symons meinte, es handle sich um eine junge Frau, die man tot in ihrer Wohnung gefunden hätte. Sie war vermutlich an einer Herzrhythmusstörung gestorben, weil man keinerlei Hinweise auf Fremdverschulden oder auf Drogen im Blut gefunden hatte. Ich fand das ziemlich traurig, wenn das Herz plötzlich einfach so stehen bleibt. Dann dachte ich an Sophie A. und konnte auf einmal nicht mehr richtig atmen.

»Alles in Ordnung?«, fragte Doctor Symons. »Willst du an die frische Luft?«

»Nein, geht schon.« Einerseits hätte ich ihr gern von Sophie A. erzählt, von der sie wahrscheinlich gehört hatte, weil die Medien ja ständig über sie berichteten, andererseits wollte ich an diesem Tag unerkannt bleiben. Ich war mein halbes Leben lang eine von drei Sophies. Heute wollte ich nur einen Tag lang die Sophie ohne M. sein, die einzige Sophie.

Dann sagte Doctor Symons, dass sie jetzt noch Berichte schreiben müsse, was aufregend klang, aber sie meinte, es sei nur Bürokram. Ich verbrachte den restlichen Vormittag mit einer Wissenschaftlerin aus dem Labor. Sie hieß Gladys und hatte blaue Haare und eine dazu passende Brille. Sie zeigte mir ein amputiertes Bein, eingelegt in einen weißen, mit Formaldehyd gefüllten Behälter. Es handelte sich ganz offensichtlich um das Bein eines Erwachsenen, weil es länger war als meins, und die Haut war ganz glatt und gräulichweiß. Ich muss eine seltsame Farbe bekommen haben, denn Gladys meinte, ich solle früh in die Mittagspause.

Ich ging in einem Park in der Nähe unter den knorrigen Ästen von Pohutukawa- und Feigenbäumen spazieren. Als ich das letzte Mal hier war, vor sieben Monaten, hätte ich auf einem Laubhaufen fast meine Jungfräulichkeit verloren.

Ich hatte geglaubt, ich hätte mich verliebt, dabei wusste ich gar nicht, was das ist.

Es war der einzige Tiefpunkt des Tages. Der Gedanke an *ihn*, meine ich. Damals war es allerdings das Überwältigendste, das mir je widerfahren war. Vielleicht hat die Heimlichtuerei alles ja noch spannender gemacht.

Jetzt ist es spät, fast Mitternacht. Ich sitze in meinem Zimmer und schreibe auf, was ich heute alles gelernt habe.

Hier etwas Interessantes: Eine Leiche bleibt oft eine Zeit lang auf dem Meeresgrund liegen, bevor sie aufgrund der Gase, die sich während des Verwesungsprozesses in ihr ansammeln, zur Oberfläche aufsteigt.

Ich frage mich, wem das Bein in dem Behälter heute wohl gehört hat. Ich glaube, was mir zu schaffen gemacht hat, war das Blumen-Tattoo am Knöchel. Es sah nicht aus wie von einer älteren Person.

Tag 58

Heute ist Sonntag. Die Sonntage fand ich in letzter Zeit nicht mehr so schön, weil ich dann nur noch daran denken kann, dass ich am Montag wieder in die Schule muss. Heute habe ich meine übliche Schulangst allerdings nicht, weil morgen mein Berufspraktikumstag im Krankenhaus ist. Ich bin gespannt, ob ich bei einer Obduktion zusehen darf.

Davon abgesehen, bin ich immer noch ziemlich down. Ich vermisse unsere Dreiergruppe, auch wenn ich die meiste Zeit des Jahres nur davon loskommen wollte. Wir haben die Wochenenden immer bei einer von uns zu Hause verbracht, Netflix geguckt, über die Jungs geredet, in die wir verknallt waren, und von der Zukunft geträumt.

Sophie A. wollte Modedesignerin werden. Twiggy wollte immer Sportlehrerin werden, aber vergangenen Sommer änderte sie ihre Meinung und wollte Physiotherapeutin werden.

Ich hatte gelacht. »Doch nur deshalb, weil du dich in deinen Physio verliebt hast.«

»Hab ich nicht.« Twiggy schüttete sich Erdnüsse aus einer Tüte in den Mund. Es war die erste Januarwoche, und wir saßen in unseren Bikinis um Twiggys Pool und tranken Lemon, Lime and Bitters. Ich kam mir damals so erwachsen vor.

Ich hatte ja keinen blassen Schimmer.

»Na ja«, sagte ich, »jedenfalls kommt man da nicht so leicht rein. Es ist zwar nicht so wie Medizin, aber es reicht nicht, wenn du in Chemie gerade mal bestehst.«

»Leck mich«, hatte Twiggy in ihrem gelangweilten Ist-mir-doch-egal-Ton gesagt, aber ich merkte am Zucken ihres linken Auges, dass es ihr eben doch nicht egal war. Der Tic ist mir schon aufgefallen, als ich neun war und wir einander in der Grundschule gefunden hatten. Drei Sophies in derselben Klasse, konnte das ein Zufall sein? Nur deshalb haben wir am Anfang gemeinsam Sachen gemacht.

Sophie A. stand auf und streckte die gold gebräunten Arme. »Dann solltest du Twiggy vielleicht in Chemie helfen.« Wassertropfen glitzerten auf ihrem Dekolleté. Ich war eifersüchtig auf ihr Dekolleté, auf ihr D-Körbchen, und hätte jederzeit mein B-Körbchen dafür eingetauscht. Sie wandte sich ab und marschierte nach drinnen.

»Und in Physik.« Twiggy kletterte auf eine pinke Flamingo-Luftmatratze und ließ sich in die Mitte des Pools treiben. »In Physik brauche ich ganz viel Hilfe.«

»Klar.« Ich steckte einen Cheezel in den Mund und sah zu, wie Twiggy sich auf dem Flamingo im Kreis drehte. »Wenn du für deine Hausarbeiten genügend Punkte kriegst, zählen die Prüfungen nicht mehr so viel.«

»Also hilfst du mir?«, fragte Twiggy mich mit zusammengekniffenen Augen. *Sie* wollte etwas, das *ich* hatte. Das war neu. Gewöhnlich war es umgekehrt.

Ich schlenderte zum Rand des Pools, setzte mich und ließ die Beine ins Wasser hängen. »Kommt drauf an.«

»Was heißt ›Kommt drauf an‹?«

Ich schwang meine Beine vor und zurück und betrachtete die verschwommenen Umrisse unter dem Wasser. »Ich könnte deine Hausarbeiten für dich schreiben. Gegen Honorar.«

»Honorar?«

»Ja. Bezahlung für meine Dienste.« Ich blickte mit zusammengekniffenen Augen in die Sonne. »Fünfzig Dollar pro Hausarbeit.«

Twiggy starrte mich entsetzt an. »Auf keinen Fall!« Man hätte denken können, ich hätte sie gefragt, ob sie eine Niere spenden will oder so. Mein Gott, sie bekam fünfzig Dollar Taschengeld die Woche. Das war für sie doch nicht viel Geld.

»Dann eben nicht. Es ist dein Leben.« Meine Haut fühlte sich an, als würde sie brennen, obwohl ich nur eine Viertelstunde in der Sonne gesessen hatte. Ich drückte mich vom Rand ab und ließ mich in den Pool fallen. Als ich mit dem Kopf wieder auftauchte, schwamm der pink Flamingo direkt vor meiner Nase.

»Also gut«, sagte Twiggy. »Aber nur, wenn du eine gute Note bekommst.«

Ich drehte den Kopf, aber von Sophie A. war immer noch nichts zu sehen. Mit zusammengekniffenen Augen blickte ich Twiggy an. »Ein *Sehr gut* würde angesichts deiner bisherigen Leistungen womöglich auffallen. Wie wär's mit fünfzig Dollar für ein *Gut* und fünfundzwanzig, wenn ich nur ein *Bestanden* schaffe – also *du?*«

Twiggy lag auf dem Bauch und spritzte sich Wasser auf die Wangen.

»Gut«, sagte sie leise. »Abgemacht.«

»Gott, ist mir heiß«, rief eine laute Stimme hinter mir, gefolgt von einem lauten Platschen und einem Kreischen, als Sophie A. Twiggy von dem Flamingo kippte.

Und dann alberten wir lachend herum wie die kleinen Mädchen, die wir früher waren, die drei Sophies – die Hübsche, die Sportliche und die Intelligente.

Wenn ich mein Leben bis fünf Minuten vor dieser Abmachung zurückdrehen könnte, würde ich sagen, dass wir damals das letzte Mal richtige Freundinnen waren, ohne jeden Hintergedanken.

Aber dann kamen die Hintergedanken und schnürten uns immer mehr ein.

Kein Wunder, dass ich keine Luft mehr kriege.

Tag 57

Will hat mir heute Morgen geschrieben und mich gefragt, ob wir am Abend ins Kino gehen wollen. Er hat mich seit Anfang des Jahres ungefähr dreimal zu etwas eingeladen oder viermal, wenn ich Mitchells Party mitzähle. Abgesehen von der Party, die nicht zählt, habe ich immer Nein gesagt. Nicht, dass ich Will nicht mag, aber ich war bis vor Kurzem noch zu sehr mit dem untreuen Mistkerl beschäftigt.

Das letzte Mal, dass Will sich mit mir verabreden wollte, war zwei Monate vor Sophie A.s Verschwinden. Ich hätte vielleicht zugesagt, wenn mir klar gewesen wäre, dass der Mistkerl mich schon damals betrog.

Also dachte ich heute Morgen, *warum eigentlich nicht?* Ich hatte mich in letzter Zeit irgendwie einsam gefühlt. Twiggy redete seit zwei Monaten kaum noch mit mir, und sonst habe ich keine engen Freundinnen. Früher waren die beiden anderen Sophies das Einzige, was ich brauchte.

Zuerst ging alles gut. Wir sahen den neuesten Marvel-Film, der okay ist, wenn man Chris Hemsworth mag. Ich mochte ihn früher, aber er sieht dem Mistkerl ziemlich ähnlich, oder umgekehrt. Das hat mich irgendwie gestört. Will hat allerdings nicht versucht, meine Hand zu halten oder so was, was gut war. Ich wusste nicht, ob ich dazu schon bereit war.

Als der Film zu Ende war, fragte Will, ob ich noch zum Strand gehen wollte, und ich sagte: »Klar, warum nicht?« Aber das brachte mich dann erst recht aus dem Gleichgewicht. Als wir ankamen, schien der Vollmond über dem Meer, das spiegelglatt war und wie Alufolie glänzte. Der Anblick des Mondes über dem Wasser brachte die ganzen schlimmen Erinnerungen zurück, von denen ich geglaubt hatte, ich hätte sie in dem Bitte-nicht-stören-Fach in meinem Kopf verstaut.

Seit Sophie A.s Verschwinden sind zwei Monate vergangen. Wenn sie noch lebt, dann, denke ich, müsste sie jetzt allmählich auftauchen.

Oder eben nicht.

»Sollen wir den Weg an den Felsen entlanggehen?« Will hielt sein Handy hoch und blendete mich mit dem Licht der Handy-Taschenlampe. Er trug eine Beanie über seinen schwarzen Locken. Wenn mir nicht schon das mit dem Mistkerl passiert wäre, hätte ich ihn vielleicht süß gefunden.

Ich nickte. »Okay.« Ich zog den Reißverschluss meines Anoraks bis zum Kinn hoch und ging los, und er ging neben mir. Unter uns klatschte das Meer gegen die Felsen. Der Wind wehte durch meine Haare. Ich wünschte, ich hätte sie hochgebunden. Überhaupt wünschte ich, ich wäre gar nicht hergekommen.

»Hast du schon deinen Praktikumstag gehabt?« Will leuchtete uns mit seiner Handy-Taschenlampe den Weg. Die Klippen links von uns lagen im Schatten. Dort gab es keine Wellen und keinen Wind.

»Nein. Du?« Ich verschränkte die Arme.

»Ja, letzte Woche. Ich war auf dem Set von *Shortland Street*. Cool, was?«

»Megacool.« Ich sehe die Serie nicht, aber ich weiß, dass Will Drehbuchautor werden will, also passte das.

»Wirklich. Ich konnte sogar mit Michael Galvin sprechen.« Seine Hände schwangen, anders als meine, an seinen Seiten hin und her, und gelegentlich streiften seine Finger meine Hüfte. Ich wich ihnen nicht aus, vor allem, weil ich nicht ins Wasser fallen wollte. Es war zwar nicht gefährlich, nicht wie an den Stränden der Westküste, aber es wäre um diese Jahreszeit eiskalt gewesen.

»Megacool«, sagte ich noch einmal.

Hypothermie tritt ein, wenn die Körpertemperatur auf unter 35 Grad Celsius fällt.

»Wann hast du denn dein Treffen mit der Rechtsmedizinerin?«, fragte Will.

»Nächste Woche. Ich kann es kaum erwarten.«

»Glaubst du, du kannst bei einer Obduktion dabei sein?«

»Keine Ahnung. Hoffentlich.« Mein Herz begann, schneller zu schlagen. Bei einer Obduktion dabei zu sein wäre krass, aber auch gruselig.

»Genau wie bei *CSI*.«

»Stimmt.« Das war eine Serie, die ich sah oder wenigstens gesehen hatte, bevor unser Fernseher streikte. »Ich hab mal eine Folge gesehen, wo eine Frau vierzig Minuten lang unter dem Eis eingesperrt war. Ihre Körpertemperatur fiel auf nur 13,7 Grad. Sie war *drei* Stunden lang klinisch tot. Aber die Ärzte holten sie ins Leben zurück, und sie hatte keinen Hirnschaden, keine bleibenden Folgen. Ist das nicht ein Wunder?«

Will schwenkte den Strahl seiner Taschenlampe hin und her und beleuchtete die Felsen und die glänzenden Wassertümpel links von uns. »Wow. Ich hätte nicht gedacht, dass das möglich ist.«

»Ich auch nicht. Aber es ist offenbar so, wenn der Körper stark auskühlt, fährt auch der Stoffwechsel komplett runter, und die Hirnzellen sterben nicht so schnell, wie sie es bei normalen Temperaturen tun würden.«

»Verrückt.«

»So verrückte Sachen passieren die ganze Zeit«, sagte ich.

Will zögerte. »Stimmt.« Einen Moment lang glaubte ich, er würde auf Sophie A. zu sprechen kommen, aber das tat er nicht. Der Wind war stärker geworden. Er roch nach Seetang und etwas noch Ekligerem. Fauligem Fisch vielleicht. Ich fröstelte.

»Ist dir kalt?«

»Nein«, sagte ich, obwohl mir schon ein bisschen kalt war. »Mich hat's nur gerade geschaudert.«

»Das sagt meine Oma auch immer.« Will legte den Arm um meine Taille. Es fühlte sich sonderbar an, aber nicht nur unangenehm.

»Ach so. Ich habe keine Oma.«

»Nein?«

»Natürlich habe ich eine, sonst gäbe es mich ja nicht.« Ich lachte, aber es klang nicht fröhlich. »Ich habe meine Omas nur nie kennengelernt. Die Eltern meiner Mum haben meine Mum verstoßen, als sie mit mir schwanger wurde. Und meinen Vater oder seine Familie kenne ich gar nicht.«

»Hast du Bilder von ihm gesehen?« Wir waren stehen geblieben. Will hatte mich näher zu sich herangezogen, und ich spürte die Wärme seines Körpers. Er roch nach Seife und nach dem Popcorn, das wir uns im Kino geteilt hatten.

»Nein, nie.« Ich wollte Will nicht sagen, dass meine Mum nicht einmal den Nachnamen meines Vaters kannte. Ich sah ihn an. Es fühlte sich gut an, wieder in den Armen gehalten zu werden, so gut, dass ich mich nicht wehrte, als er mich küsste.

Will küsste anders als der Mistkerl. Ich vermute mal, dass jahrelange Erfahrung einen Unterschied macht. Der Gedanke war ärgerlich und deprimierend zugleich. Was, wenn sich nie mehr etwas so gut anfühlt?

»Hey«, sagte Will. Er spürte wahrscheinlich, dass ich nicht bei der Sache war. »Alles klar?«

»Mhm.« Ich schob ihn weg, froh, dass er die Tränen nicht sehen konnte, die mir in die Augen traten. »Ja. Danke für das Kino und den Spaziergang. Aber ich finde, wir sollten lieber nur Freunde bleiben.«

»Ach so«, sagte Will. »Klar.«

Wir gingen den Pfad zurück, viel schneller als auf dem Hinweg, und sprachen auf der siebzehnminütigen Fahrt zu mir nach Hause kaum ein Wort.

»Wir sehen uns dann in der Schule.« Will wartete nicht einmal, bis ich im Haus war, sondern fuhr gleich weg. Ich ging über den rissigen Gartenweg und setzte mich auf die Stufe vor der Haustür. Der Mond beschien meine Haut. Heiße Tränen liefen mir über die Wangen.

Ich wollte, Will hätte mich nicht geküsst. Alles wäre gut gewesen, wenn er damit zufrieden gewesen wäre, einfach nur mit mir abzuhängen, ein Abend unter Freunden. Freunde konnte ich im Moment gut gebrauchen.

Alles ist so verkorkst. Wenn ich nicht dieses Tagebuch hätte, wäre das Durcheinander in meinem Kopf noch größer.

Ich muss das ordnen, muss meine Erinnerungen auf diesen Seiten festhalten, damit ich sortieren kann, was stimmt und was nicht.

Es ist nicht einfach.

Tag 56

Traumtagebuch: Ich saß auf dem Pausenhof der Grundschule, spürte den Beton warm unter den Schenkeln und weinte.

Ein paar Meter entfernt zeigten zwei Mädchen auf mich und lachten.

Sie lachten, weil ich die Neue war und Secondhand-Schuhe trug. Dass die Schuhe gebraucht waren, wussten sie, weil die Schuhe einer von ihnen gehört hatten. Die grün-weiß gestreiften Schnürsenkel waren wohl ziemlich auffällig.

Mum hatte die Schuhe am Vortag im Secondhand-Laden bei uns in der Nähe gekauft. Ich hatte sie bis vor fünf Minuten noch wunderschön gefunden.

Hastig wandte ich mich ab und wartete, bis ich die Mädchen nicht mehr lachen hörte. Dann vergewisserte ich mich mit einem kurzen Blick über die Schulter, dass sie weg waren, trat die Schuhe von den Füßen und stopfte sie in meine Schultasche. In Strümpfen ging ich auf die Mädchentoilette und spritzte mir kaltes Wasser ins Gesicht.

»Hallo.«

Ich erstarrte. Das »Hallo« galt doch wohl sicher nicht mir? Und wenn doch, musste ich eine weitere Demütigung über mich ergehen lassen? Ich hatte mir an diesem Vormittag Zöpfe geflochten. Vielleicht war das an dieser Schule ja uncool, oder ich wurde jetzt gehänselt, weil ich in Strümpfen herumlief.

»Hallo«, sagte die Stimme wieder. »Bist du die Neue?«

Neben mir stand ein zierliches Mädchen mit weißblonden Haaren und himmelblauen Augen.

»Ja«, sagte ich, und das Mädchen lächelte.

»Ich bin Sophie.« Sie zeigte mit einer Handbewegung auf das Mädchen hinter ihr, das größer war als wir beide und einen schwarzen Pferdeschwanz hatte. »Das ist auch eine

Sophie. Ich bin Sophie A. und das ist Sophie T., aber alle nennen sie nur Twiggy.«

»Ich bin auch eine Sophie«, sagte ich. »Sophie McKenzie.«

»Also Sophie M.«, sagte das blonde Mädchen, Sophie A. »Eh, das ist ja cool. Bist du auch neun?«

»Mhm.« Zum ersten Mal an diesem Tag wagte ich ein Lächeln und die beiden anderen Sophies lächelten zurück.

»Dann sollten wir uns zusammentun«, sagte Twiggy. Die Glocke zum Ende der Mittagspause läutete.

Meine neu gefundenen Freundinnen brachten mich zu meinem Klassenzimmer und sahen meine neue Lehrerin strahlend an, und meine Lehrerin, eine rundliche Frau, strahlte zurück. »Ihr seid ja ein richtiges Trio.«

»Dann bis nach der Schule«, sagte Twiggy.

»Bis dann«, sagte ich. Aber als ich Sophie A. ansah, war ihr Gesicht auf einmal ganz verschwommen. Je mehr ich zwinkerte, desto verschwommener wurde es. Twiggy kicherte und überquerte Rad schlagend den Schulhof, als hätte sie gar nicht bemerkt, wie Sophie A. sich vor uns auflöste.

»Wann hast du Sophie A. zuletzt gesehen?«, fragte meine Lehrerin. Sie sah nicht mehr wie eine Lehrerin aus, nicht mit der blauen Uniform und der blauen Mütze.

»Sie hat gerade Mr Bacon geküsst«, stotterte ich. »Mehr weiß ich nicht.« Als ich auf meine Füße hinuntersah, trug ich wieder die Secondhand-Schuhe, und die gestreiften Schnürsenkel wanden sich wie Schlangen.

Schweißnass und mit klopfendem Herzen wachte ich auf. Meine Traumerinnerungen machen mir Angst. Und zwar deshalb, weil ich nicht weiß, was als Nächstes hochkommt.

Wenn ich mich an nichts erinnere und auch sonst niemand etwas weiß, heißt das vielleicht, dass es nicht passiert ist?

Tag 55

Heute saß ich in Chemie zum ersten Mal seit Wochen wieder neben Twiggy. Ich saß neben ihr, weil wir eine Arbeit geschrieben haben und sie ... na ja, ihre Lösungen mit meinen abgleichen wollte. Nicht alle. Ich habe ihr immer wieder gesagt, dass es auffällt, wenn sie *alle* meine Antworten abschreibt, wo sie im vergangenen Jahr in Chemie doch fast durchgefallen wäre.

Da saßen wir also nebeneinander, und unsere karierten Schuluniformröcke fielen uns in zweimal zwei Falten über die Knie. Ich hatte mir die Haare zu einem Pferdeschwanz gebunden und Twiggy auch, weil sie das immer tut. Wahrscheinlich trägt sie ihre Haare noch so, wenn sie achtzig ist und grau. Ich saß links von ihr und schrieb mit der linken Hand. Sie saß rechts und schrieb mit der rechten. Die Symmetrie dieser beiden Sophies gefiel mir irgendwie.

Ich würde das niemals anderen Leuten erzählen, weil mich dann alle für komisch halten würden.

Alle, außer Will. Ihm erzähle ich alle möglichen merkwürdigen Sachen, wenn wir in Englisch nebeneinandersitzen, und er scheint sich immer wirklich dafür zu interessieren. Außerdem fragt er nicht ständig, wo Sophie A. meiner Meinung nach ist, wie alle anderen. Ich habe das so satt. Ich habe nichts Neues zu sagen, warum fangen die Leute also immer wieder davon an?

Wir haben in Englisch Ms George. Sie ist mindestens dreißig Jahre älter als James Bacon. Viele waren enttäuscht, als sie nicht Mr Bacon als Englischlehrer bekamen, weil er neu ist und jung und gut aussehend. Ich nicht. Auch als ich ihn noch nicht hasste. Twiggy ist in seiner Klasse, und sie meint, er sei wirklich lustig.

Genau. Furchtbar lustig.

Aber genug von Mr Bacon. Er verdient keinen Platz in meinem Kopf.

Ms George ist wirklich eine gute Lehrerin. Für unseren Englischaufsatz sollten wir neulich zwei Bücher auswählen und auf Gemeinsamkeiten und Unterschiede untersuchen. Zwei Bücher unserer Wahl, nicht zwei vorgeschriebene Bücher, von denen die Schule glaubt, dass sie uns gefallen könnten. Ich habe *Der Fänger im Roggen* und *Stell dir vor, dass ich dich liebe* ausgewählt. Die Protagonisten in diesen Büchern sind beide in gewisser Weise Außenseiter. Damit kann ich mich identifizieren. Es ist, als würde ich am Rand eines Pools sitzen und auf die Welt unter dem Wasser blicken – gestaltlos, verzerrt, gedämpft.

Aber *das* könnte ich Will nicht sagen. Er wirkt immer so unbeschwert und glücklich.

Warum ich *Der Fänger im Roggen* noch gewählt habe – darüber will ich lieber nicht nachdenken.

»Hey«, sagte Will heute, als wir unsere Aufsätze zurückbekamen. »Du hast ein *Sehr gut*.«

»Will O'Reilly«, sagte Ms George, »dein Aufsatz war furchtbar.« Sie redet immer so, und ich muss dann lachen.

»Das hast du wirklich gut gemacht«, verbesserte Will sie

mit Kopfstimme, und hinter uns kicherte jemand. Ms George lachte und ging weiter.

Ich sah auf seinen Aufsatz. »Du hast auch eine«, sagte ich, aber ich freute mich. Englisch ist sonst nicht mein bestes Fach. »Was für Bücher hast du genommen?«

»Dystopien«, sagte er. Im nächsten Moment kam Mr Bacon ins Klassenzimmer und sprach leise mit Ms George.

Ich musste mich anstrengen, nicht in seine Richtung zu blicken. Und er musste sich vermutlich anstrengen, nicht in meine zu blicken.

Bestimmt hasst er mich dafür, was ich der Polizei gesagt habe. Dabei sollte er mir dankbar sein. Ich habe denen nicht alles gesagt, was ich wusste.

Tag 54

Heute Abend kann ich nicht einschlafen. Ich muss ständig an den letzten Januar denken, als alles noch so frisch und neu war, so aufregend.

Es ist beunruhigend, wenn man glaubt, jemanden zu kennen, und dann merkt, dass man ihn doch überhaupt nicht kennt. James Bacon ist wie zwei völlig verschiedene Menschen. Drei, wenn man die Person mitzählt, die er für die Außenwelt spielt – den beliebten Englischlehrer, der immer einen schlagfertigen Spruch auf Lager hat.

Er hatte mich wie einen Fisch an der Angel. Und ich habe mich gern fangen lassen.

Vielleicht bin ich auch drei verschiedene Personen. Die Sophie davor, die Sophie danach und die Sophie, für die alle mich halten.

Ich bin nicht sicher, ob ich selbst überhaupt noch weiß, wer ich bin.

In meiner Verzweiflung habe ich das Radio eingeschaltet. Vielleicht kam ja irgendeine Hintergrundmusik, die mich einschlafen ließ. Wie das (Un-)Glück es wollte, wurde »Cheap Thrills« von Sia gespielt. Es weckt so starke Erinnerungen in mir, dass mir ganz schlecht wird.

Genau dieser Song wurde im Radio gespielt, als James mich das erste Mal nach Hause fuhr.

Ich trug Laufshorts und ein Trägertop und hielt ein zusammengeknülltes, blutgetränktes Taschentuch in der Hand.

Es war die zweite Januarwoche, und ich war in der Domain gejoggt. Sport war eigentlich nie so mein Ding gewesen. Aber im vergangenen Sommer hatte ich beim Blick in den Spiegel festgestellt, dass ich mich veränderte. Meine Schenkel wurden zu klobig, meine Wangen zu rund und meine Taille zu umfangreich.

Ich hatte mich nie dick gefühlt, aber ich wusste, wenn ich nichts unternahm, würde ich wie die ältere Schwester meiner Mum enden, also die, die Mum nicht mehr gesehen hat, seit sie von ihren Eltern verstoßen wurde. Offenbar hatte meine Tante Sally schon Kleidergröße 50, bevor sie alt genug war, zu wählen.

Was, wenn ich dieselben Fettgene geerbt hatte?

Ein Fitnessstudio konnte ich mir nicht leisten, und für einen Mannschaftssport war ich zu unkoordiniert. Im Pool konnte ich kaum eine Bahn schwimmen, ohne anzuhalten und zu verschnaufen.

Also beschloss ich, mit dem Laufen anzufangen. Meine Sneakers waren nichts Besonderes, aber ich wollte ja sowieso nicht so viel laufen. Irrtum.

Am Anfang joggte ich zum Strand und den Weg an den Felsen entlang. Aber im Verlauf des Sommers stellte ich fest, dass ich fitter wurde und immer weiter lief.

Eines Tages nahm ich aus Langeweile über meine übliche Route den Bus in die Stadt, um in der Domain zu laufen. Ich hatte einen Tag frei von meinem Ferienjob an der Supermarktkasse und fand, ich könnte mir die Busfahrkarte leisten.

Ich liebe den Park. Ich liebe die Pohutukawa-Bäume mit ihren sommerlich roten Blüten und knorrigen Ästen, die so gut zum Klettern geeignet sind, und die mächtigen Moreton-Bay-Feigenbäume, die wie Bäume aus dem Märchen aussehen. Ich liebe die gewundenen Wege und die dicken Enten und die saftig grünen Hänge, die ich als Kind hinuntergerollt bin. Der Park kann hell und voller Leben sein oder auch trüb und nass, aber er ist nie langweilig.

An diesem Tag war es heiß. Ich hätte wissen müssen, dass man bei fünfundzwanzig Grad im Schatten besser nicht um elf Uhr morgens joggt, erst recht nicht ohne Wasserflasche. Ich rannte gerade einen schattigen Weg entlang und sah mich nach einem Trinkwasserbrunnen um, als ich stürzte.

»Scheiße!« Ich wusste zuerst gar nicht, was passiert war, nur, dass sich der Boden unter mir sehr hart anfühlte und mein linker großer Zeh vor Schmerzen pochte. Eine vorstehende Baumwurzel – Mist, ich hatte sie gar nicht gesehen. Sonst wäre ich ja nicht gestürzt.

»Alles in Ordnung?«

Ich rollte auf den Rücken und blickte mit zusammengekniffenen Augen zu dem Jogger auf, der einen halben Meter von mir entfernt stand.

»Ja.« Wirklich? Ich wischte mir über die Stirn und spürte etwas Nasses. Igitt!

Der Jogger, der in den Zwanzigern zu sein schien, kam näher.

»Du blutest ja«, sagte er. Ich starrte auf das Blut an meiner Hand, und mir wurde übel. »Hier.« Er hielt mir ein zerknittertes Papiertaschentuch hin. »Ist noch unbenutzt.«

»Danke.« Ich drückte es auf die Wunde. »Sieht es sehr schlimm aus?«

Der Jogger hockte sich neben mich, und mir stieg ein Hauch von Kokosnuss, vermischt mit Schweiß, in die Nase. Ich spürte ein kurzes Kribbeln im Magen.

»Nein, nicht besonders.« Er nahm das Taschentuch wieder und dabei streiften seine Finger meine. »Platzwunden am Kopf bluten doch immer so stark.«

»Bist du Arzt?«, fragte ich. Er hatte kupferbraune Augen und aschblonde Haare. Warte, bis ich den Sophies erzählen konnte, was für ein heißer Jogger mir zu Hilfe geeilt war!

»Nein, Lehrer. Und du?«

»Studentin«, brachte ich noch heraus, dann wurde mir schwarz vor Augen, wie immer, wenn ich gleich ...

Ach, Mist.

Jetzt läuft »Perfect« von Ed Sheeran im Radio, derselbe Song, der gespielt wurde, als ich das letzte Mal mit Sophie A. zusammen war. Beim Gedanken daran fühle ich mich noch schlechter, also ziehe ich den Kopfhörerstecker aus dem Handy und schließe die Augen.

Der Schlaf will nicht kommen, aber dafür jede Menge Erinnerungen.

Als ich wieder zu mir kam, lag ich auf der Seite im Gras.

»Hey, liegen bleiben«, sagte eine männliche Stimme, als ich mich aufsetzen wollte. Anflug von Bartstoppeln, Kokosnuss, warme Berührung an der Schulter.

Oh. Ich setzte mich trotzdem auf, im Kopf ein wenig schwindelig, und nahm die Wasserflasche, die er mir in die Hand drückte.

»Ist mit ihr alles in Ordnung?«, fragte eine andere Stimme. Sie gehörte einer Frau mittleren Alters in Sportklamotten. Sie war hinter dem Jogger stehen geblieben, begleitet von einer nahezu identisch gekleideten Freundin.

»Mir geht es gut«, beharrte ich, während der heiße Jogger im selben Moment sagte: »Vielleicht solltest du dich im Krankenhaus durchchecken lassen.« Er machte eine Handbewegung zu den Gebäuden hinter den Bäumen.

»Ich glaube, ich habe nur zu wenig getrunken.« Kühles Wasser rann meine Kehle hinunter. »Ich werde schnell ohnmächtig.«

Die Frauen verschwanden, nachdem klar war, dass ich noch lebte. Der Jogger setzte sich neben mich.

»Zumindest könnte ich dich nach Hause fahren. Wie heißt du?«

»Sophie«, sagte ich, und er lächelte.

»Ich bin James.« Als ich ihm seine Wasserflasche hinhielt, nahm er sie und hob sie an den Mund. Seine Lippen waren jetzt genau dort, wo meine eben noch gewesen waren. »Also, soll ich dich mitnehmen?«

Ich zögerte. Ich wusste, dass ich ablehnen sollte. Aber um mich drehte sich immer noch alles, und er wirkte harmlos. »Danke, das wäre nett«, sagte ich.

Tag 53

Heute kam wieder die Polizei, um mit mir zu sprechen. Es ist das dritte Mal, dass sie mich verhören. Mum machte früher Feierabend, um da zu sein, wenn sie kamen. Die beiden saßen nebeneinander auf dem Sofa, das eine ganz furchtbare kastanienbraune Farbe hat.

Furchtbar ist ein Wort, das meine Englischlehrerin gern verwendet.

Nicht der Englischlehrer. Er hat mir vieles beigebracht, aber oft waren dabei keine Worte im Spiel.

»Sophie«, begann Detective Sergeant Sharon Fowler, »kannst du uns sagen, wann du Sophie Abercrombie zuletzt gesehen hast?«

»Das habe ich Ihnen doch schon gesagt.« Ich hoffte, dass ich das jetzt zum letzten Mal durchexerzieren musste. »Ich habe sie zuletzt an dem Freitag gesehen, an dem sie verschwand.«

»Wo?«, fragte Fowler. Sie hat auch beim letzten Mal am meisten geredet.

Der Mann, Detective Constable Troy Watkins, nippte an dem Tee, den Mum den beiden gemacht hatte. Teetassen, du meine Güte, wie in einer englischen Seifenoper. Vielleicht hätte ich mir für Will Notizen machen sollen, die er beim Drehbuchschreiben verwenden konnte.

Ich atmete ungeduldig aus. »Wie gesagt, eine halbe Stunde zuvor hatte die Glocke zum Schulschluss geläutet. Ich kam erst spät aus der Schule, weil ich noch in der Bücherei war. Ich ging bei der Ampel über die Straße, und da sah ich sie ...« Ich kaute auf meiner Unterlippe. »Ich sah Sophie A. und Mr Bacon in seinem Auto sitzen. Es kam mir ein wenig seltsam vor, aber es fing gerade an zu regnen, also dachte ich, dass sie sich vielleicht nur unterhalten. Aber sie saßen ganz eng nebeneinander. Als ich näher kam, sah ich, dass sie sich küssten.«

Fowler klopfte mit einem Stift auf das Notizbuch in ihrem Schoß. »Haben sie dich gesehen?«

»Ich glaube nicht. Ich wusste nicht, was ich tun sollte, also ging ich weiter. Ich wollte Sophie später danach fragen.«

»Und hast du das getan?«

Ich warf Mum einen Blick zu, die bewegungslos in dem ausgeblichenen Sessel am Fenster saß.

»Nein«, sagte ich. »Ich habe sie danach nicht mehr gesehen.«

Troy Watkins räusperte sich.

»Und was hast du dann getan, Sophie? Bist du nach Hause gegangen?«

»Nein. Ich habe noch Twiggys – ich meine, Sophie Twiggs' – Katze gefüttert, weil sie und ihre Familie weg waren. Sophie Twiggs meinte, ich könnte ihr Auto leihen, also bin ich damit noch rumgefahren.«

»Und wohin?«, fragte Fowler, als hörte sie das alles zum ersten Mal.

Ich biss die Zähne zusammen. »Nach Muriwai Beach.«

»Eine lange Fahrt.« Fowler schrieb etwas in ihr Notizbuch. Ich wollte mich vorbeugen, um zu sehen, was. *Lügt wie gedruckt?* Nein, ich hatte ihnen jedes Mal dieselbe Geschichte erzählt, da war ich mir sicher.

»Ich bin da besonders gern«, sagte ich. »Und ich wollte ausnutzen, dass ich ein Auto hatte.«

Watkins beugte sich vor. »Was für ein Auto war es denn?«

»Ein Mini Cooper. Orange.« Irgendwie war die Farbe wichtig.

»Warst du allein?«, fragte er.

»Das habe ich auch schon gesagt.« Meine Schläfen begannen zu schmerzen. »Ich wollte nur einen Spaziergang machen. Und überlegen, was ich zu Sophie A. sage. Also über das, wobei ich sie mit Mr Bacon gesehen habe.«

Die Bullen sahen einander an. Ich blickte auf meine Füße.

»Hast du in Muriwai Beach jemanden gesehen oder mit jemandem gesprochen?« Diese Frage kam von Fowler. Ihr Stift kratzte über das Papier. Eine wirre Mischung von Gefühlen stieg in mir auf. Am liebsten hätte ich geschrien. Oder geweint. Kapierten die nicht, dass es sinnlos war, mich immer wieder dasselbe zu fragen? Das brachte Sophie A. nicht zurück.

»Da war ein Surfer«, sagte ich. »Nur einer, glaube ich. Es regnete.«

»Es schüttete, genau genommen«, sagte Fowler. »Bist du im Regen spazieren gegangen?«

Ich wollte das Zittern in meiner Stimme unterdrücken, schaffte es aber nicht. »Ja. Ich wollte einfach allein sein.«

»Bitte«, unterbrach meine Mum, »Sophie hat all diese Fragen doch schon beantwortet. Sehen Sie nicht, wie sie das mitnimmt?«

Sharon Fowlers Stift hörte auf zu kratzen.

»Ich weiß, dass es schwer ist«, sagte sie. »Aber die Eltern von Sophie Abercrombie hoffen verzweifelt, dass wir ihre Tochter finden. Wir versuchen nur, den Erinnerungen der Leute nachzuhelfen. Sophie, ich habe noch eine letzte Frage an dich, wenn du einverstanden bist.«

»Klar.« Ich wischte mir mit dem Ärmel über die Augen.

»Als du das letzte Mal mit Sophie gesprochen hast, wie kam sie dir da vor?«

»Was meinen Sie?«

Fowler zuckte die Schultern. »War sie glücklich? Traurig? Wütend?«

Ich starrte sie an, und meine Gedanken rasten.

»Sie hat gelächelt«, sagte ich. »Aber ich glaube nicht, dass sie besonders glücklich war.«

»Hat sie dir gesagt, warum nicht?«

»Nein«, sagte ich. »Nein, das hat sie nicht.«

Jetzt sind die Bullen weg. Ich weiß nicht, ob sie die Antworten bekommen haben, nach denen sie suchten. Aber ich habe dein Geheimnis bewahrt, Sophie. Dazu sind beste Freundinnen schließlich da … stimmt's?

Tag 52

Heute Morgen beim Aufwachen wusste ich, dass ich nicht zur Schule gehen konnte. Mein Kopf war wie von einer dicken Nebelsuppe ausgefüllt. Draußen war ein winterblauer Tag, kalt und klar.

Als ich Mum sagte, ich hätte Bauchweh, fragte sie nicht genauer nach, sondern sagte nur, ich solle genug trinken. Kurz bevor sie zur Arbeit ging, sagte sie, die Polizei hätte angerufen und gesagt, sie wollten morgen noch einmal mit mir sprechen.

»*Noch mal?*« Was gab es denn noch zu sagen? »Wann?«

»Sie wollten heute Nachmittag vorbeikommen, aber als ich sagte, dass du dich nicht gut fühlst, meinten sie, sie würden morgen nach der Schule kommen. Ich komme früher von der Arbeit, okay? Und vergiss nicht, beim Supermarkt Bescheid zu sagen, dass du heute Abend nicht arbeiten kannst.«

»Mach ich«, murmelte ich und drehte mich zur Wand. Ein paar Minuten später hörte ich, wie Mum das Auto rückwärts aus der Einfahrt fuhr.

Das mit dem Bauchweh war nicht gelogen. Meine Eingeweide fühlen sich an wie aufgeschürft und versengt. Ich weiß nicht, warum sie noch einmal mit mir sprechen wollen. In den vergangenen beiden Wochen haben sie mir immer wieder dieselben Fragen auf fünfzig verschiedene Arten gestellt.

Wann hast du Sophie das letzte Mal gesehen? Über was habt ihr geredet? Was hast du an dem Tag getan, an dem Sophie verschwunden ist? Kannst du uns noch einmal genau schildern, was Sophie und Mr Bacon zusammen getan haben?

Ich hätte wissen müssen, dass er früher oder später von mir genug haben würde. Wenn ich ihn damals nicht angelogen hätte, wären wir vermutlich nie zusammengekommen.

Wie gesagt, als ich James Bacon im vergangenen Sommer kennenlernte, kam er mir wie eine ganz andere Person vor.

Wenn der James von damals jetzt vor der Tür stehen würde, wäre ich, glaube ich, nicht in der Lage, ihn wegzuschicken.

Ich habe immer noch den Bauchnabelring, den er mir geschenkt hat. Keine Ahnung, warum ich ihn nicht weggeworfen habe. Wahrscheinlich weil ich mich noch daran erinnere, dass er mich wie eine Prinzessin behandelt hat, und ich nicht sicher bin, ob mich jemals wieder jemand so behandeln wird.

Ich wünschte, ich könnte mich an den Tag zurückversetzen, als er ihn mir geschenkt hat, einen Samstagabend Anfang März. Ich hatte Mum gesagt, ich würde bei Sophie A. übernachten. Stattdessen hatten Jimmy und ich bei einem indischen Take-away Essen bestellt und sahen einen Film. Und dann gab er mir mein Geburtstagsgeschenk vorzeitig, weil er, wie er sagte, nicht bis Montag warten könne, um zu erfahren, wie ich es finde.

»Keine Panik«, sagte er und gab mir ein kleines, rechteckiges Päckchen, das in silbern glänzendes Papier eingewickelt war. »Es ist nicht, was du denkst.«

»Du willst mich also nicht fragen, ob ich dich heirate?« Ich lächelte ihn an, damit er keine Panik bekam, und er stupste mit dem Fuß gegen meinen Knöchel.

»Mach's doch einfach auf.«

Ich riss das Papier ab und öffnete das blaue Schmuckkästchen. Darin lag, gut gepolstert, ein silberner Bauchnabelring mit kleinen Herzen, einem an jedem Ende. Die Herzen waren mit glitzernden Steinen besetzt, kleinen Diamanten, wie ich vermutete. Wow! So was hatte ich noch nie geschenkt bekommen.

»Das sind Diamanten«, sagte Jimmy, der mir über die Schulter blickte. »Klein, aber echt. Wenn der Ring dir nicht gefällt, kann ich ihn zurückgeben.«

»Nein, er ist wunderschön.« Tränen traten mir in die Augen. *Diamanten!* Ich wollte gar nicht daran denken, was die gekostet haben mussten.

Oder doch, ich *wollte* daran denken, was sie gekostet haben mussten.

Ein wenig überwältigt, aber auch wie im Rausch drehte ich mich um, um Jimmy zu küssen. Er lachte und drückte mir einen roten Umschlag in die Hand.

»Hat deine Mutter dir nie gesagt, dass man zuerst die Karte liest?«

Die Karte war mit zwei knuffigen Pandas verziert, die einander umarmten. Ich erinnere mich aber vor allem an das, was er innen hineingeschrieben hatte.

Für die süßeste Sophie
Denk dran, niemand wird dich je so lieben wie ich.
Dein gar nicht so geheimer Bewunderer,
JB

Als Nächstes sahen wir meinen neuseeländischen Lieblingsfilm, *Wo die wilden Menschen jagen*. Ich konnte nicht glauben, dass Jimmy ihn noch nie gesehen hatte. Er musste viel lachen, vor allem, als das Pflegekind derbe Haikus über seine Klassenkameraden verfasst.

»Okay«, sagte er, als der Abspann über den Bildschirm lief. Er saß, an das Sofa gelehnt, auf dem Boden, und ich saß zwischen seinen Beinen. »Ich habe ein Haiku für dich.« Er zählte mit den Fingern mit. »Seh dich gern schlafen / und habe von dir geträumt, / bevor ich dich sah.«

Ich lächelte. »Klingt wie der Text eines Songs.«

Jimmy küsste mich auf die Nasenspitze.

»Stimmt. Was ist dein Lieblingssong?«

»Lieblingssong?« Ich überlegte kurz. »›24K Magic‹ natürlich.« Es war das Lied, das im Autoradio gelaufen war, als er mit mir nach Orewa zu unserem ersten gemeinsamen Joggen gefahren war. An seinem Lächeln merkte ich, dass auch er sich daran erinnerte. »Und deiner?«

»›Numb‹«, sagte er. »Von Linkin Park.«

»Ich glaube, den kenne ich nicht.«

»Du würdest ihn kennen, wenn du ihn hörst.« Er streichelte meinen Bauch. »Lieblingsbuch?«

»*Der Junge im gestreiften Pyjama.* Das ist richtig traurig.« Ich küsste sein stoppeliges Kinn. Am Wochenende rasierte Jimmy sich nie.

»Stimmt, das war richtig traurig.«

»Gibt es überhaupt Bücher, die du nicht liest?«

Jimmy sah mich an. Seine Augen funkelten. »Ja, zum Beispiel die von Mills und Boon.«

»Was sind das für Bücher?«

»Seichte Liebesromane.« Er zuckte mit den Schultern. »Meine Mum hat sie gelesen. Sie stecken voller Klischees, du würdest sie nicht anrühren.«

»Wahrscheinlich nicht. Was ist dein Lieblingsbuch?«

»Ach, es gibt so viele. Aber ich glaube, mein Dauerfavorit ist doch *Der Fänger im Roggen.*«

»Davon habe ich gehört ... was gefällt dir daran so gut?«

»Es fühlt sich so an, als würde der Autor über mich schreiben. Hast du schon mal ein Buch gelesen, das sich so anfühlt? Mir sind ständig Schauer über den Rücken gelaufen.« Er lächelte seltsam traurig. Ein Frösteln überlief mich.

»Warum?«

»Der Held war einsam. Es gibt einen Unterschied zwischen allein und einsam. Sich einsam zu fühlen ist von allen Gefühlen, die es gibt, eins der schlimmsten.«

»Aber du bist nicht einsam«, sagte ich. »Du hast mich.«

»Stimmt.« Er drehte sich und drückte mich auf den Boden, bis ich unter ihm lag. Ich mochte es, wenn er das tat. Das Gewicht seines Körpers auf meinem gab mir ein Gefühl der Geborgenheit, und die Art, wie er mich mit seinen Löwenaugen ansah, als gäbe es nichts auf der Welt, das außer mir noch zählte.

»Seh dich gern schlafen«, flüsterte er und küsste mich auf die Halsgrube und die Ansätze meiner Brüste.

»Und habe von dir geträumt«, flüsterte ich zurück. In den folgenden Monaten sagten wir uns das Haiku oft vor. Unser Haiku, unser Song.

Das Problem ist, ich träume immer noch von dir. Manchmal weine ich im Schlaf.

Ich wünschte, du könntest es sehen. Wie ich im Schlaf weine.

Tag 51

Heute habe ich viel Zeit auf meinem Zimmer verbracht und meine und Twiggys Hausarbeit in Biologie gemacht. Es ist nicht leicht, sich zwei Themen für Hausarbeiten einfallen zu lassen und den Eindruck zu erwecken, als wäre nur eine von mir.

Ich finde, dafür zahlt Twiggy mir nicht genug. Ich meine ja nur.

Wenigstens habe ich heute keinen Kater. Gestern hatte ich den zweiten Kater meines Lebens.

Den ersten hatte ich vor einundfünfzig Tagen.

Daran will ich im Moment nicht denken.

Tag 50

Traumtagebuch: Ich liege am Strand und sonne mich. Es ist heiß, die Sonne färbt die Innenseiten meiner Augenlider orangerot. Auf meinem Bauch ist eine Hand, an meinem Ohr ein Flüstern.

Du bist die beste Sophie – die klügste, die schönste.

Lächelnd wende ich mich der Stimme zu. Aber als ich die Augen öffne, ist es Fred. Seine Augen sind von einem merkwürdig schillernden Blau.

Du warst es, sagt er. *Ich habe gesehen, wie du am Strand Mr Bacon geküsst hast. Und wie ihr Sex gehabt habt.*

Nein, sage ich. *Nein, das war Sophie A., die er geküsst hat. Du verwechselst uns. Ich habe gesehen, wie sie sich im Auto geküsst haben.*

Freds Lächeln verzerrt sich zu einem höhnischen Grinsen. *Du verdammte Lügnerin,* gurgelt er. Schaum tritt zwischen seinen Lippen aus. Er öffnet den Mund, immer weiter, bis ein Wasserschwall herauskommt, ein Damm bricht, und ich bekomme keine Luft mehr, bekomme keine Luft, bekomme …

Gegen neun wache ich schweißnass auf. Der Kopf tut mir weh, mein Mund ist trocken.

Einen Moment lang ist wieder der letzte Tag im Juni, der Tag, nachdem ich Sophie das letzte Mal gesehen habe. Dann fällt mir ein, dass ich auf der Party, auf der ich vergangenen Abend war, zu viel getrunken habe. Wahrscheinlich weil es die erste Party war, zu der ich gegangen bin, seit sie verschwunden ist.

Ich muss doch auch ein wenig leben.

Nein, ich muss vergessen, dass ich innerlich sterbe, dem Grab jeden Tag einen Schritt näher komme.

Aber tun wir das nicht alle?

Entschuldige, ich bin heute nicht so gut drauf. Ich glaube, Alkohol zieht mich runter. Korrektur: *noch* mehr runter.

Meine Träume sind keine Hilfe. Manchmal kommt der Schlaf mir vor wie ein eigens für mich geschaffenes Gruselkabinett.

Mitchells Party war vermutlich auch nicht das, was Twiggy sich erhofft hat, aber auf andere Weise. Sophie A. und ich haben Twiggy immer damit aufgezogen, dass sie mit Mitchell noch nichts am Laufen habe. Als Twiggys Mum uns einmal hörte, meinte sie, wir würden vom Joggen sprechen. Wir haben so was von gelacht.

Ich hatte auch was am Laufen, aber wir mussten es geheim halten. Wenn jemand es herausgefunden hätte, hätte er oder sie bestimmt kein Verständnis dafür gehabt.

Als ich im Januar anfing, mich mit James zu treffen, habe ich nicht an eine Beziehung gedacht. Ich habe an gar nichts gedacht. Ich wusste, dass ich meiner Mum nichts sagen konnte. Hallo, nicht mal den beiden Sophies habe ich davon erzählt, obwohl ich mich kaum beherrschen konnte.

Ein Teil von mir wusste, dass ich, wenn ich nicht die Klappe hielt, womöglich alles verdarb. Dabei war so etwas Besonderes in greifbarer Nähe, etwas nur für mich.

Ich war es nicht gewohnt, etwas oder jemanden für mich zu haben, abgesehen von meiner Mum.

Mütter zählen nicht. Sie sollen einen bedingungslos lieben, egal, was man tut.

Tag 49

Heute Abend war ich auf Mitchell Henares Party. Sein achtzehnter. Will versucht schon das ganze Jahr, mit mir auszugehen. *Das ganze Jahr.* Nur wegen ihm war ich eingeladen. Twiggy war auch eingeladen. Aber das liegt daran, dass sie in der Ersten Fußballmannschaft der Mädchen spielt. Und Mitchell spielt natürlich im Jungsteam. Füreinander geschaffen, schätze ich mal.

Jetzt ist alles ein wenig verschwommen. Es gab Bier, eine Menge Bier. Eine Menge. Feuerwerk. Und Fred.

Fred – warum musste er dort sein, verdammt? Vielleicht wäre ich nicht so fertig, wenn er nicht aufgetaucht wäre. Kriege kaum einen geraden Buchstaben aufs Papier.

Dass ich hingegangen bin, war eher spontan. Ich saß in Englisch, mit einer Frage beschäftigt – keine Ahnung, worüber, ach ja, was eine Short Story von einem Roman unterscheidet –, da fragte Will, ob ich mitkommen wolle.

»Ich glaube, ich habe nie mehr als drei Worte mit Mitchell gewechselt«, sagte ich. »Und das waren immer Variationen von *Hallo.*«

Will zeichnete Kreise auf seinen Schnellhefter. Er muss gewusst haben, wie mein Kopf sich heute Abend anfühlt. »Mitchell meinte, ich soll jemand mitbringen«, sagte er. »Also dachte ich, ich frage dich. Aber wenn du nicht willst, ist das in Ordnung. Ich kann jemand anders fragen.«

»Ach so«, sagte ich. »Also, ich könnte schon mitkommen.« Vielleicht war das besser, als zu Hause mit Mum rumzusitzen. Die Nachrichten im Fernsehen zu sehen und die vertraute unterschwellige Angst zu spüren.

Was, wenn heute der Tag ist, an dem sie dich finden, Sophie?

Wenn es so ist?

Ich sehe Will an, dessen Kreise sich in Sechsecke verwandelt haben.

»Okay. Wann?«

Will zeichnete einen Pfeil, der nach links zeigte – auf mich.

»Fängt um halb neun an«, sagte er und lächelte. »Ich glaube, es wird dir gefallen.«

Will sollte nicht denken, ich sei mit *ihm* verabredet, deshalb sagte ich, ich würde ihn bei Mitchell treffen. Es war nicht besonders intelligent, auf einer solchen Party allein anzukommen, aber ich entdeckte dann ziemlich schnell Twiggy. Sie unterhielt sich an einem Fenster im Wohnzimmer mit zwei Mädchen. Eine davon war Petra, unsere Schülersprecherin. Sie wirkte in ihren High Heels noch größer als sonst. Dunkelbraune Zöpfe bis zum Hintern runter. Das andere Mädchen sah mit ihrem Pferdeschwanz und der sportlichen Figur Twiggy ziemlich ähnlich.

»Hi«, sagte Petra, als ich näher kam. »Crystal, kennst du Sophie?«

Der Mund des Pferdeschwanzes klappte auf, und Petra fügte hastig hinzu: »Nicht *die* Sophie natürlich.«

»Mir ist Mac lieber«, murmelte ich, aber der Pferdeschwanz schien mich nicht zu hören.

»Ach, richtig«, sagte er. »Ihr seht ja auch ziemlich verschieden aus. Seid ihr deshalb immer zusammen, weil ihr alle Sophie heißt?«

Weil ihr alle Sophie heißt.

»Genau.« Twiggy nahm einen großen Schluck von ihrem Fertigdrink.

»Es ist so traurig«, sagte der Pferdeschwanz. Er trug eine Kniestütze – bestimmt wegen einer Sportverletzung. »Glaubst du wirklich, dieser Lehrertyp war es?«

»Na ja, er wurde nicht verhaftet, also, wer weiß?«, murmelte ich.

Ich habe gesehen, wie Sophie A. Mr Bacon geküsst hat.

Ich kann nicht aufhören, es zu sehen. Die ganze Zeit.

»Hey, Mac.« Will war neben mir aufgetaucht. Hielt mir eine Bierflasche hin. »Willst du?«

»Sehr gern.« Gutes Timing, dachte ich: a) weil es von dem Gesprächsthema ablenkte, das mir am wenigsten lieb war und b) weil ich gerade tatsächlich einen Schluck gebrauchen konnte.

Ich trinke nur ganz selten Alkohol – ich wünschte, ich

hätte heute Abend nichts getrunken, Gott, ist das ein ekliges Gefühl –, aber plötzlich wollte ich nur noch die letzten Monate vergessen.

Crystal beugte sich zu Will vor, der auch ein Bier in der Hand hielt und ein zweites in die vordere Tasche seiner Jeans gesteckt hatte. »Wer, glaubst du, hat es getan?«

Will sah sich im Zimmer um, das sich zunehmend füllte. »Was getan?«

»Du weißt schon. Sophie Abercrombie.«

Wills Adamsapfel hüpfte auf und ab. Mir war schwindelig. Ich trank noch mehr Bier und spürte einen wohltuenden Gegenschwindel.

»Also«, sagte er, »vielleicht war auch gar niemand schuld. Ich meine, sie könnte ja auch weggelaufen sein? Oder sich mit einem falschen Pass nach Übersee abgesetzt haben.«

Crystal klopfte sich mit einem Finger ans Kinn. »Vielleicht ist sie in einem Zeugenschutzprogramm.«

»Das gibt's in Neuseeland nicht«, erklärte ich.

»Warum nicht?« Crystals Augen wurden abwechselnd größer und kleiner wie die Linsen eines Kaleidoskops.

»Weil es bei uns nur drei Stufen der Trennung gibt«, sagte ich. Als sie mich immer noch verwirrt ansah, fügte ich hinzu: »Wir sind ein ganz kleines Land mit einer kleinen Bevölkerung. In Neuseeland kann man sich nicht verstecken.«

»Was bedeutet drei Stufen der Trennung?«, fragte Petra.

Will lehnte sich an den Fenstersims. »Eigentlich gibt es sechs. Laut dieser Theorie ist jeder Mensch nur durch höchstens sechs Personen von einem beliebigen anderen Menschen getrennt.«

»Verrückt«, sagte Crystal. Twiggy verließ uns, vermutlich auf der Suche nach einem besseren Gespräch. Oder vielleicht wollte sie nur von mir wegkommen.

Sie tut das in letzter Zeit oft, wirklich.

Ich bekomme allmählich das Gefühl, dass es Sophie A. war, die unser Trio zusammengehalten hat. Aber jetzt ist sie weg. Und Twiggy und ich driften auseinander. Schneller denn je.

»Das soll vermutlich einfach besagen, dass die Welt kleiner ist, als man denkt.« Will stellte seine leere Flasche auf den Fenstersims und zog die andere aus der Tasche. »Ich begrüße jetzt das Geburtstagskind, Mac – kommst du mit?« Er öffnete das Bier. »Dann kannst du eine vierte Variation von ›Hallo‹ ausprobieren.«

»Aloha«, sagte ich.

Will grinste. *»Talofa.«*

»Konnichiwa.«

»Merkwürdig«, hörte ich Crystal sagen, als wir uns Mitchell näherten. Er stand auf der anderen Seite des Zimmers und betrachtete einen großen roten Trichter, an dem ein Schlauch hing.

»Also, hier schüttest du das Bier rein«, sagte Elijah Baxter gerade, ein Spieler der Ersten Rugby-Fünfzehn.

Wills Lächeln wurde breiter. »Du trinkst eine Bierbong, Mitch?«

Ein stämmiger Mann mit Bart kam aus der Küche. Zeigte auf Will. »Nur über meine Leiche.« Das musste Mitchells Vater sein. Flacher Hinterkopf, eckiges Kinn.

»Aber es ist ein Initiationsritus«, protestierte Elijah.

»Genau wie mein Tritt in deinen Hintern, wenn die Bullen kommen«, sagte der Mann. Er nickte Will und mir zu und ging weiter in den Flur.

Mitchell schüttelte den Kopf.

»Sorry, Eli, vielleicht ein andermal. Hey, Will, Sophie – alles gut?«

Ich war mir nicht sicher, bejahte aber trotzdem. Will auch.

Mitchell lächelte. »Dein Text in der Schülerzeitung letztes Jahr hat mir übrigens gefallen«, sagte er. »Wollte ich dir immer schon mal sagen.«

»Danke.« Ich war gerührt, dass er sich überhaupt daran erinnerte. Ich war davon ausgegangen, dass die meisten meinen Aufsatz über den Abfall im Meer gar nicht lesen würden.

»Der Teil über den Müllstrudel im Nordpazifik war albtraumhaft«, sagte Mitchell – was ihn in meiner Achtung noch eine Stufe hinaufbeförderte, weil er sich tatsächlich daran erinnerte, was ich geschrieben hatte. *Sich daran erinnerte.*

»Ja, vier Mal so groß wie Texas«, sagte ich – kurz bevor Elijah uns mit einer Bemerkung über Rugby unterbrach. Ich sehe mir Rugby nicht an. Also trank ich mein Bier aus und nahm das nächste, das Will mir hinhielt.

Und dann wieder das nächste. Ich habe nicht mitgezählt, wie viele es waren.

Ich war mit dem dritten oder vierten Bier zur Hälfte durch. Ein Typ in einem leuchtend blauen Hemd und blauen Sneakers trat zu uns. Blau, blau, blau. Sogar sein Brillengestell war blau.

»Hey, Fred«, sagte Mitchell, und sie klatschten sich ab. »Kennst du Will und Sophie?«

»Nein«, sagte Fred, starrte mich aber lange an. Nur ein paar Minuten später sagte er: »Sind wir uns schon begegnet? Du kommst mir bekannt vor.«

»Ich glaube nicht.« Meine Aussprache war schon nicht mehr so deutlich, bestimmt wegen des vielen Alkohols, den ich intus hatte. »Auf welche Schule gehst du?«

Es war eine Privatschule in der Innenstadt.

»Aber ich wohne in Whangaparaoa«, sagte er. »Vielleicht bin dir ich dort begegnet. Moment, ich glaube, ich habe dich mal am Strand gesehen.«

»Am Strand?«

»Ja, Pipi Bay. Bist du da ab und zu?«

»Nein.« Wenn ich nicht schon so viel getrunken hätte, wäre ich vielleicht rot geworden. Aber über dieses Stadium war ich hinaus. Weit hinaus. »Keine Ahnung, ob ich je dort war.«

Fred verzog die Lippen. »Komisch«, sagte er. »Ich hätte schwören können ... Na ja, egal.«

»Genau, egal«, sagte ich und trank mein Bier praktisch auf einen Zug leer.

Ich wandte mich wieder der Unterhaltung der anderen Jungs zu und merkte, dass sie über Sophie A. sprachen. War ich denn nirgends davor sicher?

»Keine Ahnung.« Mitchell umklammerte sein Glas. »Wir waren nicht so eng.« Sein Lächeln war verschwunden.

»Da hatte ich auf Arthurs Party aber einen ganz anderen Eindruck«, sagte Eli grinsend. Mitchell warf ihm einen verärgerten Blick zu.

Bevor ich herausfinden konnte, was das nun wieder heißen sollte, klatschte Mitchells Dad in die Hände.

»Wenn ihr das Feuerwerk sehen wollt, geht nach draußen«, rief er. Einige Juchzer waren zu hören, und alles strömte ins Freie.

Will zog an meinem Ellbogen. »Kommst du mit?«

»Geil.« Ich folgte ihm durch die Hintertür nach draußen und die Treppe hinunter.

Das Feuerwerk war tatsächlich geil. Ich glaube, unabhängig davon, wie alt man ist, gibt es Dinge, die fast allen Menschen gefallen.

Sonnenschein.

Luftballons.

Feuerwerk.

Entenküken.

Eine zärtliche Berührung.

Ein Flüstern im Ohr: *Du bist die beste Sophie. Glaub niemandem, der etwas anderes sagt.*

Du bist ein gottverdammter Lügner, James Bacon.

Als das Feuerwerk vorbei war, ist dann Folgendes passiert. Ich lehnte an einem Zaun – die Nachbilder der Raketen noch vor Augen und mit einem Kopf, der sich von dem vielen Bier, das ich konsumiert hatte, wie ein Karussell drehte. Das tut er immer noch, obwohl ich Unmengen von Wasser getrunken habe.

Fred machte mich wieder ausfindig. Er kam direkt auf mich zu und sagte: »Tut mir leid, wenn ich noch mal davon anfange. Aber ich weiß jetzt, wo ich dich gesehen habe.«

Er kam noch näher und bei seiner Bierfahne zog sich in mir alles zusammen. »Es war am Waitangi Day. Du warst mit einem Typen unterwegs, der genauso wie dieser Lehrer aussah, den sie ständig in den Nachrichten zeigen – Mr Baker? Jedenfalls erinnere ich mich daran, weil er sich den Fuß an einer Muschel aufgeschnitten hatte und ich ihm ein Pflaster gab. Und dann kamst du vom Schwimmen aus dem Meer, und er sagte: ›Keine Sorge, da kommt meine Ärztin‹, und küsste dich. Bist du sicher, dass du das nicht warst? Das Mädchen sah genauso aus wie du und klang auch genauso.«

Eigentlich hätte mir da vor Schreck das Herz stehen bleiben müssen. Aber Alkohol verlangsamt alles. Es war ... es war, als wäre ich vierzig Minuten lang unter dem Eis eingesperrt gewesen. Mein Stoffwechsel war so träge, dass ich kaum reagieren konnte, geschweige denn Worte bilden. Aber etwas musste ich sagen.

»Eher nicht, weil ich vergangenen Sommer keine Typen am Strand geküsst habe.« Ich lächelte. »Leider. Ist vielleicht ein Zwilling, von dem ich nichts weiß.«

»Hmm.« Fred blickte auf die Dose in seiner Hand hinunter. »Vielleicht habe ich zu viel getrunken.«

»Lustig«, sagte ich. »Ich habe das Gefühl, dass ich *nicht genug* getrunken habe.« Ich blickte nach oben. Will stand auf dem Balkon, und sein Lachen kam zu uns herunter.

»Ist das dein Freund?«, fragte Fred.

»Nein.« Ich rutschte am Zaun nach unten, bis ich das feuchte Gras an den Schenkeln spürte. »Um die Wahrheit zu sagen, mach ich mir gar nicht so viel aus Typen.«

Jetzt liege ich im Bett … und hoffe, dass ich mich bald übergeben muss, weil das vielleicht das Karussell zum Anhalten bringt.

Oder vielleicht auch nicht. Mir ist langsam auch schon schwindelig vom vielen Lügen. Alles, um zu verhindern, dass die Wahrheit durch die Risse meiner Seele nach außen dringt.

Du bist so ein gottverdammter Lügner, James Bacon.

Aber andererseits bin ich auch einer – wenn es mir in den Kram passt.

Tag 48

Im Physiktest heute hatte ich fast die volle Punktzahl. Twiggy hatte neunundsiebzig Prozent, was heißt, dass ich mir neue Schuhe für die Schule kaufen kann. Wir waren beide glücklich.

Also, mit unseren Noten.

Ich bin nicht wirklich glücklich, und ich weiß nicht, ob Twiggy es ist. Was ist die Zukunft eines Menschen wert?

Ich sollte wahrscheinlich glücklich sein, dass ich überhaupt eine Zukunft habe.

Glücklich, glücklich. Je öfter ich das Wort sage, desto abwegiger klingt es.

Glücklich ist ein dummes Wort, erfunden von denselben Leuten, die glauben, dass man schlank wird, wenn man keine Kohlenhydrate mehr isst.

Ich sage dir, was schlank macht. Lust und Hass. Das macht schlank.

Lust, nicht Liebe.

Vermutlich war das am Anfang alles. Lust, meine ich.

Würde ich es noch mal tun, wenn ich gewusst hätte, was auf mich zukommt? Wenn ich gewusst hätte, was nach meiner ersten Verabredung mit James passiert?

Vielleicht hätte ich mir gesagt: Lauf und dreh dich nicht um.

Aber vielleicht auch nicht.

An jenem Donnerstag im Januar, zwei Tage nach meiner ersten Begegnung mit James, stand ich an unserem Briefkasten und hielt nach seinem Auto Ausschau. Es war neun Uhr morgens, und der Himmel strahlte wie neu.

Drei Minuten nach neun hielt ein schwarzer Ford Falcon neben mir. James beugte sich rüber und drückte die Beifahrertür auf.

»Guten Morgen.« Er schob die Sonnenbrille in die Stirn. Er trug schwarze Laufshorts und ein limettengrünes T-Shirt, auf das vorn ein Zauberwürfel aufgedruckt war.

»Hi.« Ich setzte mich auf den Beifahrersitz und schloss die Tür. »Dein T-Shirt gefällt mir.«

»Dito«, sagte James.

Ich blickte an meinem Top hinunter, als hätte ich es noch nie gesehen, als hätte ich es heute Morgen nicht schon dreimal gewechselt.

»Danke.« Ich hatte mich für ein pinkes ärmelloses Trikot entschieden. Darauf war eine dem Betrachter zugewandte Hand mit gespreizten Fingern abgebildet. Die Unterschrift lautete: *Talk to the hand*. Dazu trug ich sehr kurze weiße Shorts. »Weißt du, wie wir fahren müssen?«

James zupfte an einem Ohrläppchen und wandte den Blick

ab. »In Richtung Orewa, richtig?« Hatte er gerade meine Beine gecheckt? Ich hoffte es.

»Ja, dort kann man richtig gut joggen. Nimm einfach die Autobahn nach Norden, ich zeig's dir.« Es klang beiläufig, aber mein Herz spielte verrückt. *Bleib ruhig, bleib ruhig.*

Aber wie sollte ich mich beruhigen? Ich saß bei einem Mann im Auto, den ich kaum kannte, einem Mann, der – wie viele Jahre älter war als ich? Der, was weiß ich, womöglich total verrückt war. Doch etwas zog mich an. Als James beschleunigte und auf die Autobahn fuhr, überlegte ich, wie ich ihn unauffällig nach seinem Alter fragen konnte.

»Äh, wie alt bist du?«, fragte ich. So viel zu unauffällig.

James drückte an der Klimaanlage herum. »Fünfundzwanzig. Und du? Ich vermute mal neunzehn?«

»Eine Frau sagt einem Mann nie, wie alt sie ist«, sagte ich in gespielter Empörung.

»Vollkommen richtig. Willst du was hören?« Er gab mir sein iPhone und kam dabei meinem Knie mit dem Ellbogen ganz nah. Wieder konnte ich ihn riechen, Kokosnuss auf seiner goldbraunen Haut, Pfefferminz in seinem Atem.

»Klar.« Ich scrollte durch seine Musik und entschied mich schließlich für ein Bruno-Mars-Album. Wir rasten an einem Lastwagen vorbei, einem alten Mann in einem Fiat, einem Auto mit Wohnwagen. Als ich einen Blick auf den Tacho riskierte, waren wir bei hundertzwanzig km / h angekommen.

James fing meinen Blick auf. »Zu schnell für dich?«

Ich lächelte. »Nicht schnell genug.«

Er lachte. »Und wer zahlt den Strafzettel?« Dann überholte er ein, zwei, drei weitere Autos mit bestimmt hundertvierzig Sachen. Trotz meiner Anspannung fühlte ich mich lebendiger als den ganzen bisherigen Sommer.

Ich drehte die Stereoanlage auf und begann, »24K Magic« mitzusingen. Als ich zu der Stelle mit dem gefährlichen Mann mit dem Geld in der Tasche kam, fiel James ein.

Vielleicht hätte ich besser auf den Text hören sollen.

Die Joggingstrecke war acht Kilometer lang und führte um einen Meeresarm.

»Du bestimmst das Tempo«, sagte James, also tat ich das. Wir hatten etwa die Hälfte geschafft und liefen gerade hangaufwärts, als sein entspanntes Geplauder auf einmal sehr einsilbig wurde.

»Bin ich zu schnell für dich?«, fragte ich. Er sah mich mit zusammengekniffenen Augen an.

»Du findest das witzig, ja?«

»Willst du ein Stück gehen?«

»Nein.« Er wischte sich mit dem Arm über die schweißglänzende Stirn. »Doch.«

Ich wurde langsamer. »Es ist ja auch heiß.«

»Du sagst das nur, damit ich nicht beleidigt bin.« James ging jetzt. Es machte mir nichts aus, denn es bedeutete, dass unsere Runde länger dauerte.

»Also«, sagte er, als er wieder ruhiger atmete, »hast du einen Ferienjob?«

»Ja.« Ich nahm einen Schluck aus meiner Wasserflasche. »Ich sitze viermal die Woche an der Supermarktkasse.«

»Aber davon kannst du dein Medizinstudium nicht bezahlen.«

»Dafür gibt es doch Studentendarlehen.« Ich hatte schon auf der Website der Universität Auckland herumgestöbert und zu meinem Schrecken gesehen, dass neben dem Bachelor für Medizin und Chirurgie eine Gebühr von 15 000 $ angegeben war, die bei näherer Betrachtung nur die Kosten für *ein* Jahr abdeckten. Ich verdiente kaum genug, um mir Kleider zu kaufen und ins Kino zu gehen, geschweige denn Geld für ein Medizinstudium zurückzulegen.

»Hattest du ein Studentendarlehen?«, fragte ich.

»Nein, ich hatte Glück. Meine Eltern haben mein Studium bezahlt.«

»Wohnen sie in Christchurch?« Ich nahm wieder einen Schluck Wasser.

»Ja. Darf ich vielleicht ...« Er nickte in Richtung meiner Flasche. »Ich habe meine im Auto gelassen.«

»Natürlich.« Ich gab sie ihm und kleine Stromschläge durchliefen mich, als unsere Hände sich berührten.

»Ich sag dir was«, sagte er und gab mir die Flasche zurück. »Ich würde wahnsinnig gern schwimmen. Da unten kommt ein Fluss, ja?«

So landete ich in Shorts und Trikot im Fluss, während James in langsamen Kreisen um mich herum schwamm. Mit seinen zurückgeklatschten Haaren sah er fünf Jahre jünger aus. Ich bemühte mich, nicht auf seinen nackten Oberkörper, seine muskulösen Schultern zu starren.

Andererseits, warum nicht? So wie er mit den Fingern meine Hüfte streifte, meine Schulter und einmal meine vom Wasser kühle Wange, war klar, dass er mich mochte.

Dann stiegen wir aus dem Wasser, legten uns ins Gras und sahen zu, wie die Wolken über den Himmel zogen. Es war warm und die Luft träge, genau wie ich. Meine Glieder schmerzten, mein Kopf fühlte sich ganz leicht an.

»Magst du Sushi?«, fragte James.

»Hab ich noch nicht oft gegessen«, gestand ich. Ich machte mir immer selber Mittagessen und sparte das Geld, das Mum mir einmal pro Woche für das Mittagessen in der Schule gab, für andere Sonderwünsche – einen Kinobesuch, ein Eis, wenn ich mit meinen Freundinnen unterwegs war, oder Guthaben für mein Handy.

»Und Curry, magst du Curry?« James stützte sich auf den Ellbogen auf.

»Ja, mag ich.«

»Dann lade ich dich dazu ein. Samstagabend, hast du Zeit?«

Ich unterdrückte ein *Wahnsinnig gern* und sagte:

»Da habe ich eine Sonderschicht im Supermarkt. Ich bin um acht fertig – ist das zu spät?« Klang ich zu aufgeregt? Zu wenig aufgeregt?

»Überhaupt nicht.« Er lächelte und tippte an meine Nasenspitze. »Da ist der Abend doch noch jung. Ich hole dich ab – wo arbeitest du?«

»PAK'nSAVE Albany.« Mein Herz schlug so schnell, dass ich kaum Luft bekam. »Weißt du, wo das ist?«

»Das finde ich schon heraus.« Unsere Nasen berührten sich fast. Ich schloss die Augen und spürte seine Lippen auf meinen.

Ah. Ich war schon geküsst worden, aber nicht *so*. Schon

bald tat mir der Bauch weh, und ich machte sogar ein Geräusch – ein Stöhnen, wie peinlich.

James schien es nichts auszumachen. Er drückte mich ins Gras und küsste mich wieder, diesmal noch tiefer und langsamer.

»Zu schnell?«, murmelte er.

»Nein, genau richtig«, murmelte ich zurück.

Und danach wusste ich, dass ich alles tun würde, um ihn festzuhalten, wirklich alles.

Heute Abend schreibe ich meinen Englischaufsatz fertig, den über Bücher mit Außenseitern als Protagonisten.

Ich glaube, Sophie A. war nie eine Außenseiterin. Für sie war das Leben golden.

Ich hoffe, es ist auch da golden, wo du jetzt bist, Sophie, denn hier ist alles sehr, sehr grau.

Manchmal denke ich, mein Herz ist zu Blei geworden.

Tag 47

Heute ist etwas Komisches passiert. Sophie A.s Mum hat mir geschrieben, als ich auf dem Weg zur Schule war, und gefragt, ob ich am Nachmittag zum Tee kommen wollte.

Twiggy kommt auch. Dann so um halb vier? Ellen Abercrombie.

Widerstrebend und mit einem mulmigen Gefühl sagte ich zu. Ich hätte sagen können, ich sei beschäftigt, aber das hätte das Unvermeidliche nur hinausgezögert. Offenbar wollte Ellen mit uns über Sophie sprechen. Aber was gab es da noch zu sagen? Zuletzt hatte ich mit Sophie A.s Mum vor sechs

Tagen gesprochen, als die Polizei in einem Altkleider-Sortierzentrum Sophies Schultasche gefunden hatte. Ich hatte dem, was ich der Polizei vor sieben Wochen gesagt hatte, nichts Neues hinzuzufügen. Damals war ich gefragt worden, was genau Sophie A. und James Bacon im Auto getan hätten.

Ich wiederholte wie ein Roboter das mit dem Küssen.

Mit der Erinnerung ist es seltsam. Ich habe gelesen, wenn man vier Zeugen bittet, einen Unfall zu schildern, bekommt man womöglich vier ganz verschiedene Darstellungen. Auch die Art der Befragung kann zu verschiedenen Versionen führen. In den achtziger Jahren haben sich viele Psychiater von Patienten unterdrückte Erinnerungen an Kindesmissbrauch erzählen lassen. Später stellte sich heraus, dass diese Erinnerungen falsch waren. Das Seltsame ist, dass die angeblichen Opfer sie trotzdem für wahr hielten.

Das Gedächtnis ist fehlbar. Und formbar.

Gefällt dir meine Wortwahl, James? Hier einige Wörter, die ich häufig verwende, seit wir zusammen waren: *falsch*, *gewissenlos* und *verdorben*.

Aber nicht am Anfang. Du warst so lieb zu mir. Und am Anfang habe ich dich ja wohl angelogen. Aber doch nur, weil ich dich so sehr wollte.

An dem Tag, nachdem ich James gesagt hatte, dass ich Schülerin an der Highschool war, an der er demnächst Lehrer sein würde, schrieb er mir: *Ist dir klar, in was für eine Lage du mich damit bringst? Warum wir uns nicht mehr sehen können?*

Ich hatte Bauchschmerzen gehabt, seit er mich zu Hause

abgesetzt hatte. Er hatte mich zum Abschied nicht geküsst, sondern nur weggesehen und gewartet, bis ich ausgestiegen war und er weiterfahren konnte.

Ja, hatte ich geantwortet. *Tut mir leid, dass ich es dir nicht früher gesagt habe. Ich wünschte wirklich, ich wäre neunzehn. Danke für alles.*

James antwortete darauf nicht gleich. Er schickte mir sogar zwei Tage lang keine Nachricht. Ich hatte mich schon damit abgefunden, dass er sich nie wieder melden würde.

Aber dann, eines Morgens beim Frühstück, summte mein Handy.

Ich muss mit dir reden. Können wir uns heute treffen?

Über was sollte er mit mir reden wollen? Wollte er mich ausschimpfen? Aber was gab es da zu sagen, außer: *Du hättest mich nicht anlügen dürfen?* Wir hatten kein Gesetz gebrochen. Ich war alt genug, und James war ja nicht *wissentlich* mit einer Schülerin ausgegangen, solange ich die Klappe gehalten hatte.

Ich hätte *Nein* sagen, die Nachricht ignorieren sollen.

Drei Stunden später holte James mich am Ende unserer Straße ab. In seinem Auto roch es wie immer nach Weintrauben, und er hatte die nassen Haare zurückgekämmt.

»Wohin fahren wir?«, fragte ich.

»Zu mir«, sagte er. »Einverstanden? Entweder das, oder wir müssten kilometerweit fahren. Damit uns niemand sieht.«

»Einverstanden.« Die Fahrt zwischen unseren Häusern dauerte nur fünf Minuten. Keiner von uns sagte ein Wort. Im Radio sangen Gotye und Kimbra »Somebody That I Used to Know«. Nieselregen trieb gegen die Windschutzscheibe, aber James stellte die Scheibenwischer nicht an.

Als wir zu seinem Haus kamen, machte er mir die Beifahrertür auf, wie er es immer getan hatte. Mein armes Herz setzte einen Schlag aus. Ich folgte ihm in seine Wohnung. Aus der Nachbarwohnung kam eine Art Reggaemusik. Später erfuhr ich, dass sie von Bob Marley war.

James machte eine Handbewegung, ich sollte mich auf das Sofa setzen. Er setzte sich an das andere Ende, ein Kissen zwischen uns, und legte den Arm über die Lehne.

»Also«, sagte er. »Medizinstudentin, ja?«

Ich sah zum Fenster. »Ich werde Medizin studieren. Eines Tages.«

»Ich zweifle nicht daran, dass du das schaffst.« Seine Stimme war leise und machte mich nervös. Wenn er nun gar nicht der sanfte Mensch war, für den ich ihn gehalten hatte? Wenn er mich schlug? Als er mich an der Schulter berührte, zuckte ich zusammen.

»Hey, sorry.« Seine Hand strich über meine Wange. Wie war sie da so plötzlich hingekommen? Vielleicht war er ja in Wirklichkeit ein Vampir. Bei dem Gedanken musste ich lächeln.

»Magische Sophie«, sagte er. »Hast du sonst noch gelogen?«

»Nein«, erwiderte ich. »Alles andere, was ich gesagt habe, stimmt.«

»Hm.« Unsere Blicke trafen sich. »Ich habe dich in den letzten Tagen vermisst.«

»Ich dich auch.« Und immer noch wagte ich nicht, ihn zu

berühren, aber er berührte *mich* – legte den Arm über meinen, die Finger in meiner Ellbogenbeuge, meine Finger um seinen Ellbogen, ein geschlossener Kreis, eine beruhigende Symmetrie.

Vampire, Symmetrie – was für seltsame Gedanken gingen mir in diesem Augenblick noch durch den Kopf? Ich könnte es dir nicht sagen. James, *Jimmy*, löschte jeden anderen Gedanken aus.

»Was würdest du an meiner Stelle tun?«, fragte James.

Was darauf antworten? Ich hätte sagen können: *Ich würde mit dir Schluss machen.* Oder: *Ich würde dafür sorgen, dass du nicht in meiner Klasse bist.*

Aber ich wollte ihn genau so festhalten, wie ich spürte, dass er mich festhalten wollte. Ich wollte selber bestimmen, wollte nicht mehr das kleine Mädchen sein.

Ich rückte näher an ihn heran. »Ich würde dich geheim halten. Ich würde niemandem von dir erzählen.«

»Abgemacht.«

»Und«, fügte ich mutiger hinzu, »ich würde dem Mädchen sagen – also mir –, dass es vorbei ist, wenn sie je jemandem davon erzählt. Aber dass es vielleicht geht, wenn sie schweigen kann.«

James sah mich an. »Und kannst du das, Sophie?«

Ich hielt seinen Blick. »Natürlich. Du?«

Er beugte sich vor und küsste mich auf die Lippen.

»Großes Indianerehrenwort.« Er begann, die Knöpfe an meiner Bluse zu öffnen. »Meine Königin, ich bete dich an, weißt du das?«

Und dann liebte er mich, ganz langsam und zärtlich. Und

in diesem Moment, während dieses Moments, schwor ich, dass ich unser Geheimnis für immer bewahren würde.

Ich mag eine Lügnerin sein, aber ich weiß, wie man ein Geheimnis bewahrt.

Das Haus von Sophie A. sah heute genauso aus wie bei meinem letzten Besuch, der jetzt zwei Monate her sein muss. Bis auf die Narzissen im Vorgarten, die im Wind schaukelten. Das bedeutete, dass der Winter fast vorbei war.

Vielleicht wird alles besser, wenn der Winter vorbei ist.

Drinnen hing Sophie A.s pinker Anorak am Garderobenständer, als wäre sie gerade nach Hause gekommen und hätte ihn aufgehängt. Doch auf dem Schuhregal fehlten ihre weißen Converse, und ihr Lachen tönte nicht durchs Haus.

Sophie A. lachte immer, sogar wenn sie traurig war. Ich muss das wissen. Sie war meine beste Freundin, noch mehr als Twiggy.

Sophies Mum, die ich Ellen nenne, seit ich zwölf bin, umarmte mich lange. Ich hätte am liebsten geweint. Als sie mich losließ, sah ich, dass auch sie Tränen in den Augen hatte. Ich folgte ihr in die Küche, in der es nach Zucker und Zimt roch. Ich musste an die Übernachtungspartys denken, die wir als Kinder hier gemacht hatten.

»Hey, Carrie«, sagte ich. Sophie A.s kleine Schwester, die schon unglaubliche vierzehn ist, schloss den Kühlschrank und lächelte schwach.

»Hey«, sagte sie und ging. Ihre Hausschuhe schlurften über die Fliesen. Jedes Mal, wenn ich sie sehe, sieht sie so elend aus, wie ich mich fühle. Ich nehme es ihr nicht übel.

»Hast du Twiggy gesehen?«, fragte Ellen und blickte ihrer Tochter stirnrunzelnd nach.

»Ja, heute im Unterricht.«

»Ach, gut«, sagte Ellen. Sie hat vermutlich gedacht, wir würden nach der Schule aufeinander warten. Ich brachte es nicht übers Herz, ihr zu sagen, dass Twiggy und ich nichts mehr zusammen machten, dass unsere Freundschaft sich inzwischen auf eine Reihe geschäftlicher Transaktionen beschränkte. »Möchtest du was trinken? Wir haben Orangensaft, Sprudel ... Kaffee oder Tee, wenn dir das lieber ist.«

»Saft ist gut. Danke.« Ich setzte mich auf einen Barhocker und starrte auf den gläsernen Spritzschutz über dem Herd, mit einem Foto der Iguazú-Wasserfälle in Südamerika. Das Foto stammte aus einem Urlaub von vor ein paar Jahren.

Manche Leute haben ein Leben, von dem ich nur träumen kann.

Ich will zu diesen Leuten gehören.

Es klingelte an der Haustür, als Ellen gerade Saft in ein Glas schenkte.

»Ich mach auf.« Ich ging in den Flur und öffnete die Tür. Es war, wie erwartet, Twiggy, über der einen Schulter ein Squashschläger, über der anderen ihre Schultasche.

»Warum sind wir hier?«, fragte sie leise und stellte ihre Sachen am Eingang ab.

»Keine Ahnung«, murmelte ich. Twiggy seufzte und folgte mir in die Küche.

»Hi, Ellen«, sagte sie und die beiden umarmten sich. »Mmm, Donuts.«

»Ich erinnere mich noch, dass du die am liebsten mochtest«, sagte Ellen und schob den Teller in unsere Richtung. Sie schenkte auch Twiggy Orangensaft ein, dann setzte sie sich uns gegenüber und legte die Hände um ihren Kaffeebecher.

»Wie geht's euch beiden denn?«

»Ganz okay.« Twiggy sah mich an. »Denke ich.«

Ich sagte nichts und starrte nur auf das in meinem Saft kreisende Fruchtfleisch. Dann fragte Ellen uns, wie es in der Schule ging, und wir sagten, gut. Gut, gut, obwohl das eigentlich nicht stimmte. Nichts war gut.

»Die Frage klingt vielleicht dumm«, sagte Ellen, als Twiggy und ich jeder zwei Donuts gegessen hatten, »aber mich würde einfach interessieren, ob einer von euch etwas von Sophie gehört hat. Ich weiß, ihr seid ihre besten Freundinnen, aber wenn sie weggelaufen ist, wenn sie sich irgendwo versteckt, wüssten wir wenigstens gern, dass es ihr gut geht.« Sie zerknüllte ein Papiertaschentuch in der Hand. »Selbst wenn ihr uns nicht sagen wollt, wo sie ist.«

Twiggy runzelte die Stirn. »Ich habe nichts gehört.«

»Ich auch nicht.« Ich wünschte, ich hätte nicht so viel gegessen. Jetzt war mir, als müsste ich mich übergeben. »Aber wenn wir etwas hören, sagen wir dir Bescheid.« Ich fragte mich, ob Ellen darauf zu sprechen kommen würde, was man vergangene Woche in Sophie A.s Schultasche gefunden hatte. Twiggy hatte mir gegenüber nichts erwähnt, also wusste sie es vermutlich nicht.

Es war noch nie Twiggys Stärke, die Klappe zu halten.

Ellen hatte blonde Haare, genau wie Sophie A., und dieselben himmelblauen Augen. Hätte Sophie A. in dreißig Jahren so ausgesehen?

»Ich denke immer wieder, dass sie gleich durch die Tür kommt«, sagte Ellen. »Dass sie anruft und sagt, sie sei weggelaufen und jetzt auf Hawaii, oder sie hätte spontan eine Reise nach Indien gemacht. Magisches Denken, nennen manche das. Ich nenne es … Hoffnung.«

»Es könnte ja passieren«, sagte Twiggy in einem Ton, der das Gegenteil nahelegte.

Ellen starrte auf die Strähne in ihrer Hand.

»Selbst wenn man sie finden würde und sie wäre … nicht mehr am Leben. Das wäre immer noch besser als diese Ungewissheit.«

Mein bleiernes Herz begann plötzlich, immer schneller gegen meine Rippen zu schlagen.

»Tut mir leid«, sagte ich mit versagender Stimme. »Ich muss gehen.«

»Mac, Liebes«, rief Ellen, aber ich blieb nicht stehen – ich rannte aus dem Haus und bis zum Ende der Straße, wo ich die kalte Luft immer wieder in mich hineinsog, bis mein Inneres sich genauso kalt anfühlte wie die Umgebung.

Auf dem Nachhauseweg muss ich ständig an das Mädchen denken, das ich im Fernsehen gesehen habe und das vierzig Minuten lang unter dem Eis eingeschlossen war. Als man sie fand, war sie klinisch tot, aber sie hat trotzdem überlebt und von ihren Erlebnissen berichtet. Ich denke an sie, und ich denke an Sophie A. und daran, dass alles möglich ist.

Wenn ich nicht gesehen habe, wie etwas passiert, ist es vielleicht gar nicht passiert.

Ich bin fehlbar, und ich bin formbar.

Sind wir das nicht alle?

Tag 46

Als ich heute Nachmittag aus der Mädchentoilette kam, lief ich geradewegs in Twiggy. Sie wich stirnrunzelnd zurück.

»Entschuldigung«, sagten wir im Chor, aber keine von uns lächelte, wie wir es früher taten, wenn wir gleichzeitig dasselbe sagten. Und das passierte uns dreien ständig, zum Beispiel mit *Nie im Leben!* oder *Typenalarm!* Was auch nicht wirklich überraschte, wo wir doch seit sieben Jahren zusammen waren.

»Bis dann«, murmelte Twiggy und machte einen Schritt zur Seite, aber ich hielt sie am Ellbogen fest.

»Hast du deinen Englischaufsatz schon zurückbekommen?«

Twiggy nickte, ohne eine Miene zu verziehen. »Ich habe ein *Gut*.«

»Super.« Vielleicht hätte ich sie warnen sollen, dass James uns auf die Schliche gekommen war, aber warum? Er würde sich sowieso nicht trauen, etwas zu unternehmen.

»Ja«, sagte sie und floh auf das Klo. Nicht mal ein Danke. Ich sollte Extrahonorar berechnen, eine Gefahrenzulage.

Immerhin ein *Gut*.

Vermutlich habe ich James auch Angst eingejagt. Ich erinnere mich noch an den Tag, an dem ich ihn fragte, wann wir aufhören könnten, uns zu verstecken. Ich hätte wissen müssen, dass die Antwort darauf *Nie* lautete.

An diesem Tag, dem Ostersonntag, machten Jimmy und ich einen Spaziergang. Wir waren über das lange Wochenende wieder in das Ferienhaus in Far North gefahren, das sich immer mehr wie unser Zuhause anfühlte, ein Ort, an dem wir geborgen waren. Wir stiegen in die Berge hinauf, über uns die Kronen der Kauri-Bäume. Es war früher Nachmittag, und ich versuchte nicht daran zu denken, dass wir am nächsten Tag nach Auckland zurück und uns wieder verstecken mussten.

Als wir oben ankamen, setzten wir uns auf einen Felsen und blickten über die Bäume und die glasige Fläche des Pazifiks darunter.

»Schokolade?« Jimmy holte ein Osterei aus seinem Rucksack und gab es mir.

»Lecker.« Ich brach ein Stück ab. »Ich muss dir was beichten.«

»Okay?«

»Ich habe meins schon aufgegessen, als du heute Morgen geduscht hast.«

Jimmys ein wenig besorgter Gesichtsausdruck wich einem Lächeln. »So? Du süßes Ferkel.«

»Hey!« Ich schubste ihn, und er hielt mich lachend am Handgelenk fest.

»Das ist ein Kosewort.«

»Sagst du das zu allen Mädchen?«

»Nein, nur zu dir.« Er streifte mit den Lippen mein Ohr. »Du bist das süßeste Ferkel.«

»Der einzige Bacon, den ich hier sehe, bist du«, sagte ich kichernd.

»Ich hätte wissen müssen, dass das jetzt kommt.« Jimmys Küsse wurden tiefer und drängender.

Wir wälzten uns eine Weile durch das buschige Gras, dann sagte ich: »Wir können das nicht *hier* tun.«

»Warum nicht? Ist doch niemand in der Nähe.« Jimmy hatte mir schon die Hälfte der Kleider ausgezogen.

»Trotzdem.«

»Wenn jemand kommt, hören wir das doch.« Noch ein Kuss, noch ein Kleidungsstück weniger. »Mmm, du schmeckst nach Schokolade.«

»Und du nach Bacon«, sagte ich, und er lachte in meinen Mund, lachte auch noch, als wir dabei waren, zu Ende zu bringen, was wir angefangen hatten, ganz oben auf der Kuppe, wo nur Fächerschwänze und Tuis über uns wachten.

»Ich liebe dich«, sagte er, als wir danach umschlungen unter dem mit Wolken gesprenkelten Himmel lagen.

»Ich liebe dich auch.« Ich drehte mich so, dass er unter mir lag und seine Brust sich unter meinen Händen hob und senkte. »Jimmy?«

»Mmm?«

»Wann, glaubst du, können wir aufhören, uns zu verstecken?«

Er zögerte. »Frühestens Ende des Jahres. Wahrscheinlich müssen wir sogar noch ein paar Monate länger warten, damit niemand auf die Idee kommt, wir könnten schon zusammen gewesen sein, als du noch in der Schule warst.«

»Ein paar *Monate?*«

»Vielleicht im März«, ließ er sich erweichen. »Dann bist du an der Uni.« Er berührte den Schweiß, der sich in meinem Nacken sammelte, hielt die Finger an meine Lippen. »Mach dir keine Sorgen, Sophie, wir finden schon eine Lösung.«

Ich hörte Stimmen und hielt die Luft an. Jimmy schob mich vorsichtig von sich herunter, und wir zogen uns schnell an. Als die Touristen, lachend und plaudernd, die Lichtung betraten – es schien sich um Franzosen zu handeln –, saßen wir wieder auf dem Felsen und aßen unsere Schokolade auf.

Auf dem Weg hinunter fragte Jimmy: »Hast du an deine Pille gedacht?«

Und ich sagte: »Jawohl, Mr Bacon, ich habe an meine Pille gedacht.«

Schade, dass Sophie A. das nicht auch getan hat.

Ich hätte gedacht, darum kümmerst du dich doch als Erstes, James. Warum nicht?

Tag 45

Heute Abend hatte ich meine übliche Montagsschicht im Supermarkt, von vier bis zehn. Die Leute fragen mich oft, ob das nicht langweilig ist, aber mir gefällt es. Man erfährt so viel über Menschen, wenn man sieht, was sie in den Einkaufswagen legen.

Da ist zum Beispiel eine Frau, die nicht viel älter aussieht als meine Mum, die oft einen Karton Wein holt. Sie kommt immer allein. Ich frage mich, ob sie den ganzen Wein selber trinkt. Und dann ist da Tip-Top, der bestimmt hundertfünfzig Kilo wiegt. Er belädt seinen Wagen mit Softdrinks und Eiscreme und diesen Sprühdosen mit Schlagsahne. Ich frage mich, ob er sich die Sahne direkt in den Mund sprüht, so wie wir es mal bei James zu Hause gemacht haben, damals, als ich ihn noch Jimmy nannte. Aber daran will ich nicht denken.

An Montagabenden ist im Allgemeinen nicht so viel los, wenn der Ansturm nach der Schule und nach der Arbeit sich gelegt hat. Ich saß heute Abend also auf meinem Hocker hinter der Kasse und scrollte auf meinem Handy durch verschiedene Links, da hörte ich eine Stimme.

Ich erstarrte. Ich kannte sie. Dieselbe Stimme hat mir früher freudige Schauer verursacht.

Du bist die beste Sophie.

Ich drehte mich zum Fenster, in der Hoffnung, dass er mich nicht gesehen hatte. Dumm, weil: Warum sollte er sonst hier sein? Er wusste, dass ich montagabends arbeitete. Früher hat er mich nach Hause gefahren, mit dem Umweg über seine Wohnung. Was Mum betraf, arbeitete ich immer bis elf.

Mehr als eine Stunde brauchten wir nicht.

Etwas landete auf dem Tresen vor mir. Als ich hochblickte, sah ich einen Becher Eiscreme. Nicht irgendein Eis, sondern Pfefferminz mit Schokosplittern.

»Hallo.« James' Stimme war ausdruckslos, genauso wie sein Gesicht. Ich wollte ihn schlagen, wollte weinen. Am meisten wollte ich, dass er verschwand.

Ich gab das Eis ein. »Das macht dann fünf Dollar neunzig.«

»Okay.« James zog seine Karte über den Scanner.

»Brauchen Sie die Quittung?« *Was hast du hier zu suchen, verdammt? Und warum kaufst du mein Lieblingseis?*

Er verschränkte die Arme, dieselben Arme, die mich im Schlaf gehalten hatten. »Behalte du sie. Nicht, dass die noch glauben, du hättest das Eis geklaut.«

»Wie bitte?«

James warf einen Blick über die Schulter und sah wieder mich an. »So leicht lass ich mich nicht reinlegen. Ich war mir nicht sicher.« Er sprach leise und gepresst. Ich kannte diese Stimme.

Warum hast du mich angelogen, Sophie? Und was erwartest du denn, dass ich jetzt tue, verdammt?

»Ich weiß nicht, wovon Sie reden.« Ich rutschte von meinem Hocker. Drei Kassen weiter saß meine Kollegin Emily Shanks und plauderte mit einem Mädchen in Schuluniform. Die beiden lachten viel.

James sah mich mit zusammengekniffenen Augen an. »Was zahlt Twiggy dir für ihre Aufsätze, Sophie?«

»Ich weiß nicht, wovon Sie reden«, wiederholte ich.

»Solange wir lügen.« James lächelte. Es war kein freundliches Lächeln, mehr wie das Lächeln eines Affen, der dich gleich beißt. »Ein passender Titel, findest du nicht? Ich weiß noch, wie du mir von dem Buch erzählt hast. Wie ein privilegiertes Leben einstürzen kann.«

Mein Herz pochte laut. Wie konnte ich so blöd sein, diesen Titel in einem Aufsatz zu verwenden, den James korrigierte?

»Sie sollten nicht mit mir reden«, sagte ich. »Es könnte Sie in Schwierigkeiten bringen.«

»Es ist doch so«, sagte James, und sein Lächeln verging. »Wer einmal bei einer Lüge erwischt wird, dem glaubt man nicht mehr. Das weißt du doch.« Er beugte sich zu mir. »Wer hat mehr zu verbergen, Sophie, du oder ich?«

Ich wette, er hat gesehen, wie ich am ganzen Leib zitterte. Bestimmt glaubte er, er hätte die Oberhand. Nein, das durfte ich nicht zulassen.

»Ich könnte Sie ruinieren«, sagte ich ganz leise und sehr bestimmt. »Das wissen Sie.«

»Hey, Sophie.« Mike, der Schichtleiter, kam auf uns zu. »Alles klar bei dir?«

Ich strich mit den Händen vorne an meiner Dienstkleidung hinunter und sagte:

»Alles klar. Lassen Sie sich das Eis schmecken, Mr Bacon.«

James sagte nichts, schnappte nur das Eis und marschierte durch die Doppeltür.

»Was hatte der denn?«, fragte Mike.

»Keine Ahnung.« Ich öffnete die Hände, die ich zu Fäusten geballt hatte. »Er ist einfach ein Arschloch.«

»Richtig.« Mike entfernte sich pfeifend. Ich setzte mich wieder auf meinen Hocker und verfasste eine panische Nachricht an Twiggy ... und löschte sie wieder.

Der Mistkerl wusste also, dass ich den Aufsatz geschrieben hatte. Und?

Wer hat mehr zu verbergen, Sophie, du oder ich?

Das wüsstest du wohl gern, James Bacon.

Tag 44

Heute Morgen stieg mir beim Aufwachen der Geruch von gebratenen Zwiebeln in die Nase. Mum stand in der Küche und sang zum Radio, während die Sonne durch das Fenster schien.

»Morgen«, begrüßte sie mich. »Magst du ein Omelett?«

»Das wäre toll. Danke.« Ich setzte mich und pulte an dem Sand zwischen meinen Zehen. Er war schwarz, nicht weiß wie der von Pipi Bay. Die Strände an der Westküste sind, verglichen mit denen an der Ostküste, wie die andere Seite einer Münze. Der Sand ist schwarz, statt weiß, und die Brandung heftig und nicht nur ein sanftes Plätschern.

»Wann bist du gestern Abend nach Hause gekommen?«

»Nicht so spät. Elf?«

»War der Film gut?«

»Ganz okay.« Nicht, dass ich es wirklich wüsste, denn ich habe schon nach zehn Minuten abgeschaltet. Ich weiß gar nicht, warum ich überhaupt hingegangen bin. »Du brauchst mir eigentlich gar kein Omelett zu machen. Ich dusche jetzt.«

In letzter Zeit kann ich mich nur an die Filme erinnern, die in meinem Kopf ablaufen und die ich nicht loswerde.

Als ich mit geschlossenen Augen unter der Dusche stehe, geht mir so ein Film durch den Kopf. Er stammt noch aus der Zeit mit dem weißen Sand, bevor alles schwarz und immer schwärzer wurde.

Nachdem wir uns zwei Wochen gesehen hatten, lud Jimmy mich in seine neue Wohnung ein. Sie war mit dem Auto nur fünf Minuten von meinem Haus entfernt. Das hätte mich davor warnen sollen, dass unsere Welten demnächst zusammenstoßen würden, aber ich habe damals nicht logisch gedacht.

Er zeigte mir die Wohnung, was nicht lange dauerte, da es sich um ein Zweizimmerapartment handelte, das letzte in einer Reihe von fünf an einer langen, abfallenden Einfahrt. Es war Mittag. Durch die Tür der Nachbarwohnung kam Rockmusik und der unangenehm süßliche Geruch von Marihuana.

Die Tour endete unweigerlich im Schlafzimmer. Wir begannen, uns zu küssen, und lagen bald in Unterwäsche auf dem Bett. Durch das offene Fenster strich der Wind über unsere nackte Haut. Ich hatte Jimmy inzwischen schon ein paarmal in Badehose gesehen und er mich im Bikini, aber diesmal war es anders.

»Meine schöne Sophie«, murmelte Jimmy und hakte meinen BH auf.

»Einem Englischlehrer fällt doch bestimmt ein interessanteres Adjektiv ein als das.« Ich machte auf kokett, obwohl ich wahnsinnig aufgeregt war.

Jimmy lachte leise. »Verführerische Sophie? Rätselhafte Sophie?« Er schloss die Hand um eine meiner Brüste.

»Ich bin Sophie M.«, sagte ich. »Schon vergessen?«

»Wie wär's dann mit M für megacool?« Er senkte den Kopf, und ich spürte seinen warmen Atem an meiner Brustwarze. Als Nächstes zupfte er mit den Lippen daran. »Obwohl ich im Moment eher Stöhnen von dir höre.«

»Hör auf!«, schnaufte ich.

»Damit?« Seine andere Hand, die er zwischen meine Schenkel geschoben hatte, hielt inne.

»Nein, hör auf, dich über mich lustig zu machen – ah!«

»Dir fallen doch bestimmt bessere Verben ein.«

Ich packte ihn am Handgelenk. »Dann hör auf, mich zu *quälen.*«

»Wirklich?«

»Nein.« Ich ließ ihn los. »Nicht wirklich.« Die Musik aus der Nachbarwohnung war verstummt. Ich hörte Vögel, Zikaden und die Autos, die oben auf der Straße vorbeifuhren.

»Magische Sophie«, sagte Jimmy und küsste mich, während er mich zugleich vollends auszog. »Du machst mich verrückt.« Dann streifte er seine Boxershorts herunter und hakte ein Bein über meins.

Hier drei Fakten darüber, wenn du deine Jungfräulichkeit an einen acht Jahre älteren Mann verlierst:

1. Es tut weh, egal, wie viel Erfahrung er hat.

2. Wenn das Glück es will, ist er vorsichtig und hält dich, wenn es vorbei ist, im Arm. Das Glück oder die Vorsehung oder das Schicksal.

3. Wahrscheinlich wird es bei keinem anderen je so sein wie bei diesem ersten Mal, selbst wenn du später herausfindest, dass der Mann *falsch*, *gewissenlos* und *verdorben* ist.

Ich hoffe, du bist stolz auf meinen Wortschatz, James. Ohne dich würde ich die Hälfte dieser Wörter nicht benutzen.

Aber das war noch nicht der ganze Film. Der Rest ging mir durch den Kopf, als ich mich mit einem Handtuch abtrocknete. In meinem Zimmer hörte ich etwas tropfen – das Kondenswasser, das auf unseren Fenstersimsen überlief und in den feuchten Teppich sickerte. Kein Wunder war es bei uns zu Hause so kalt. Und kein Wunder war ich vor sechs Wochen so krank.

Das sagte ich jedenfalls den Leuten.

Danach hielt Jimmy mich in dem sonnenwarmen Zimmer in den Armen und sagte wieder, wie schön ich sei. Weißt du, was das mit dir macht, wenn du sechzehn bist und ahnungslos?

Gut, vielleicht nicht so ahnungslos wie noch vor ein paar Minuten.

»Ich wünschte, es wären immer Ferien«, sagte ich.

»Schon, aber dann würde ich kein Geld verdienen und müsste in einem Karton wohnen. Dann würdest du mich nicht besuchen kommen, oder?« Er streichelte die Seite meiner Brust. Auf seinem Bauch glänzte ein dünner Schweißfilm.

»Hängt davon ab, wo der Karton steht.« Ich legte mich anders hin und überlegte, ob ich da unten wohl blutete. Anscheinend kann das beim ersten Mal passieren. Ich wäre nicht überrascht gewesen.

»Natürlich am Strand.« Er küsste mich. »Willst du heute Abend zur Bucht rauffahren, und wir nehmen uns was zu essen mit?«

»Wahnsinnig gern.« Eine Entschuldigung für Mum würde ich mir später überlegen. »Wann musst du wieder arbeiten?«

Jimmy seufzte. »In anderthalb Wochen. Wann gehst du wieder zur Uni?«

»Hm, paar Wochen«, sagte ich ausweichend. Ich wusste, dass die Studenten erst wieder Ende Februar anfingen, aber vielleicht war das bei Medizinstudenten ja früher. Woher sollte ich das wissen? »Auf welche Schule kommst du?«

»Eastbrook High«, sagte er, und mir stockte einen Moment lang der Atem. »Übrigens gar nicht weit weg von da, wo du wohnst«, fuhr er fort. »Warst du auch da?«

»Ja«, brachte ich noch heraus, bevor ich mich fluchtartig auf die Toilette verzog. Nachdem ich mich sauber gemacht hatte, saß ich dort eine Ewigkeit. Scheiße, was sollte ich jetzt tun? Ihm die Wahrheit sagen? Im letzten Moment die Schule wechseln, damit ich ihn weiter anlügen konnte? Ihm sagen, dass wir nicht weitermachen konnten?

Es mussten mindestens zehn Minuten vergangen sein, dann klopfte es an der Tür. »Soph? Alles okay?«

»Alles gut.« Ich spülte und kam heraus. Jimmy stand in

Boxershorts in dem engen Flur. Grinsend drehte er mich, bis ich mit dem Rücken an der Wand lehnte.

»Megacoole, magische Sophie, meine Königin.« So, wie er mich küsste, wusste ich, dass wir gleich wieder im Schlafzimmer landen würden.

Aber ich hielt es nicht mehr aus. Ich konnte mein Geheimnis nicht länger für mich behalten.

»Ähm«, platzte ich heraus, »ich muss dir was sagen.«

Jimmy lehnte sich zurück, hielt mich aber weiter an den Handgelenken. »Was denn?« Er lächelte noch. Ich machte mich von ihm los und verschränkte die Arme über meinen Brüsten.

»Ich studiere nicht Medizin.«

Schlagartig wurde es in der Wohnung totenstill. Bis auf das dumpfe Pochen meines Herzens.

»Was meinst du?«, fragte Jimmy.

»Also, ich bin nicht mal auf der Uni«, sagte ich. »Noch nicht.«

Sein Mund klappte auf. »Mein Gott, wie alt bist du?«

»Sechzehn. Im März siebzehn«, fügte ich hastig hinzu.

»Sechzehn? Fuck!« Er fuhr sich mit den Fingern durch die Haare. »Gehst du zur Schule?«

Ich nickte und sah, wie sein Mund wieder aufging, als er begriff, was das bedeutete. War ja auch nicht schwer.

Es war das erste Mal, dass er mit mir Schluss machte. Das erste und das letzte Mal.

Tag 43

Heute ist Samstag, der siebte Samstag, seit Sophie A. verschwunden ist. Als ich aufwachte, war der Himmel eine blaue Kuppel ohne eine einzige Wolke. Den Vormittag verbrachte ich mit dem Versuch, ein Buch fertigzulesen, das ich für meinen Englischaufsatz verwenden will – *Stell dir vor, dass ich dich liebe* –, aber ich hatte Schwierigkeiten. Das Buch ist toll, aber andere Gedanken lenkten mich ständig ab.

Gegen elf fragte Mum, ob ich zum Mittagessen bei einer Freundin mitkommen wollte.

»Claire hat einen neuen Labradorwelpen«, sagte sie. »Der ist total süß.«

»Nein, danke«, sagte ich. »Ich glaube, ich gehe an den Strand.« Ich konnte den Gedanken nicht ertragen, mich unterhalten zu müssen, nicht einmal mit Claire, die ich von klein auf kenne.

»Wie du willst.« Mum sah enttäuscht aus. Ich glaube, ich habe in den letzten Wochen wenig Zeit mit ihr verbracht.

»Wir sehen uns später«, sagte ich und ging, bevor sie mich in ein Gespräch verwickeln konnte. Seit Sophie vermisst ist, tut sie das oft, als würde es helfen, über etwas zu sprechen, das wir beide nicht ändern können.

Als ich am Strand ankam, zu Fuß von zu Hause ein Weg von etwa zwanzig Minuten, setzte ich mich auf das abfallende Gras mit Blick auf den Sand. Links von mir kam der Surfclub, rechts ein Steilhang und obendrauf Häuser mit großen Balkonen und Fenstern. Eine Menge Leute waren unterwegs, Spaziergänger, Jogger und Paddler auf Brettern. Die Nässe des Grases drang durch meine Jeans, doch das war mir egal. Es war noch kühl, aber es lag eine sehnsuchtsvolle Ahnung von Wärme in der Luft, wie immer, wenn der Frühling vor der Tür steht. Ich freue mich auf den Frühling. Der Winter war der längste meines Lebens.

An einen Baum gelehnt, begann ich, mein Buch zu lesen. Ab und zu drang ein Lachen oder das Bellen eines Hundes vom Strand zu mir herauf, ansonsten hörte ich vor allem den Wind in den Norfolk-Tannen und die Schreie der hoch über mir kreisenden Möwen.

Ich las und las, bis ich ganz wirr im Kopf war und mein Nacken schmerzte, weil ich ihn so lange nicht bewegte hatte. Zufrieden klappte ich das Buch zu. Nur noch ein Kapitel. Heute Abend konnte ich es zu Ende lesen und morgen mit dem Aufsatz beginnen.

Mit zusammengekniffenen Augen blickte ich zum Surfclub hinüber und sah eine vertraute Gestalt, schlank, mit schwarzen Locken. Will winkte und kam auf mich zu. Er brauchte nicht mal eine Minute, dann sank er neben mir aufs Gras.

»Hey«, sagte er.

»Hey.« Ich zog die Knie an die Brust.

»Schöner Tag, was?«

»Wirklich schön.«

»Was liest du?«

Ich zeigte ihm das Buch. Er blätterte darin herum und sagte dann: »Guter erster Satz.«

»Der erste Satz ist immer besonders wichtig«, sagte ich und wünschte sofort, ich hätte es nicht gesagt. Es erinnerte mich an den Abend, an dem James und ich uns in seiner

Wohnung eine Flasche Wein geteilt hatten und er mir die ersten Sätze eines ganzen Bücherregals vorgelesen hatte. Mein Liebling war ein Buch von Margaret Atwood gewesen, über Zeit als Dimension statt als Linie. Das war erst vor drei Monaten gewesen. Es fühlte sich an wie drei Jahre.

Will gab mir das Buch zurück. »Heute Nachmittag schon was vor?«

»Nur das hier fertiglesen.«

»Sieht aus, als hättest du es schon fast geschafft.« Er pflückte ein Gänseblümchen. »Lust auf eine Spazierfahrt?«

»Wohin?«

Will pflückte noch mehr Gänseblümchen und begann, eine Kette zu flechten. »Muriwai.«

Warum habe ich Ja gesagt?

Keine Ahnung.

Nur damit das klar ist: *Es war kein Date.*

Eine halbe Stunde später rutschte ich auf den Beifahrersitz des Kombis der Familie O'Reilly. Wills Surfbrett war auf das Dach geschnallt, der Innenraum roch nach Sand und Pizza.

»Meine Cousine Annabelle wollte auch mitkommen«, sagte Will, »aber sie hat diese Grippe, die gerade umgeht.«

»Ach ja«, sagte ich, »*die*.« Nach Sophie A.s Verschwinden hatte ich eine ganze Woche lang mit *dieser* Grippe im Bett gelegen.

Es ging mir damals wirklich schlecht.

»Bist du schon mal gesurft?«, fragte Will, als wir in Kumeu ankamen. Einige Bäume begannen bereits zu blühen, in Pink. Veränderung, wohin das Auge blickte.

»Nein, dazu kann ich nicht gut genug schwimmen.« Die Sonne strahlte immer noch vom winterblauen Himmel, so ganz anders als beim letzten Mal, als ich hier gewesen war.

»Schade«, sagte Will. »Es ist so krass, man kann sich das erst vorstellen, wenn man es mal gemacht hat. Wenn du die perfekte Welle erwischst, ist es wie Fliegen – keine Schwerkraft.«

»Klingt super.« Ich blickte aus dem Fenster. Zwei Lämmer trotteten hinter ihrer Mutter her. Sie wirkten so verletzlich und zugleich so stark.

Will öffnete sein Fenster einen Spalt. »Ich glaube, jeder braucht was im Leben, das ihm dieses Gefühl gibt, findest du nicht auch?«

»Absolut.« Ich drückte die Wange an die kalte Scheibe und war so in Erinnerungen an das letzte Mal versunken, als ich mich so gefühlt hatte – ich glaube, das war damals, als James mir diese ersten Sätze vorlas, als er noch Jimmy war und ich seine Königin, die megacoole, magische Sophie –, dass ich zuerst gar nicht mitbekam, was Will sagte.

»Was?«

»Ich habe gefragt, was dein Ding ist?«

»Also, meins ist wohl …« Ich versuchte mich an die Zeit vor James zu erinnern. Was hatte ich gern gemacht? »Joggen. Letzten Sommer bin ich bis zu fünfzehn Kilometer gelaufen. Bei etwa zehn Kilometern kommt man an so einen Punkt, wo man das Gefühl hat, als könnte man ewig weiterlaufen.«

Will bremste, bog um eine Ecke und beschleunigte wieder.

»Ich bin, glaube ich, noch nie so weit gelaufen. Du bist bestimmt richtig fit.«

»War.«

»Warum hast du aufgehört?«

»Ich habe mich verletzt.« Bei dem Gedanken daran berührte ich meine Schläfe. »Und danach bin ich irgendwie nicht mehr reingekommen.«

»Hm. Ich glaube nicht, dass ich das Surfen je aufgeben könnte.« Wir fuhren an Briefkästen vorbei, die an den Enden langer Einfahrten standen. Die Häuser waren hinter Oscher-Sträuchern und Manukas verborgen.

»Das hier war früher übrigens einer meiner Lieblingsorte«, sagte ich.

»Früher?«

»Immer noch«, verbesserte ich. »Ich war nur schon eine Weile nicht mehr hier. Danke für die Einladung.«

Will lächelte. »Kein Problem, Mac.« Einen Augenblick lang glaubte ich, er würde mich berühren, aber er tat es nicht. Gott sei Dank. Ich war im Augenblick schon genug mit anderen Dingen beschäftigt, zum Beispiel mit der Flut von Bildern, die über mich hereinbrach, und meinem immer schneller klopfenden Herzen.

»Alles in Ordnung?«

»Kannst du mal anhalten?«, fragte ich. Er hielt an, und ich machte schnell die Tür auf und atmete die feuchte Luft ein.

Stelle dich deinen Ängsten – heißt es nicht immer so? Und wenn deine Angst so groß ist, dass du das Gefühl hast, sie könnte dich verschlingen? Wenn sie dich verrückt macht?

Werde ich verrückt? Und wenn ich es schon bin?

Will rieb mir den Rücken. »Ist dir schlecht?«

»Ein wenig.« Ich atmete immer wieder ein und aus, bis der

schraubstockähnliche Druck um meine Brust nachließ und mein Herz langsamer schlug.

»Es sind nur noch ein paar Minuten, bis wir dort sind – schaffst du das?«

Ich schwang die Beine ins Auto. »Alles klar.«

Manchmal kommt mir mein Leben vor wie eine Folge aus dieser Uralt-Fernsehserie, die meine Mum immer gesehen hat, *The Twilight Zone*. Wenigstens wusste ich, dass die Serie erfunden war.

Seltsamerweise ging es mir besser, als wir zum Strand kamen. Er sah ganz anders aus als bei meinem letzten Besuch, als die Wellen über die Felsen gekracht waren. Diesmal war Ebbe, und der schwarze Sand lag in Schlieren vor uns ausgebreitet.

Der Wind war stärker als zu Hause und wehte mir silberblonde Haarsträhnen in den Mund. Ich zog ein Gummiband vom Handgelenk und band die Haare zusammen. Dann machte ich für Will den Reißverschluss seines Surfanzugs zu. Zum ersten Mal fiel mir auf, dass er die typische Statur eines Schwimmers hatte: breite Schultern und ein Rücken, der in eine schmale Taille auslief.

Wenn nicht der Mistkerl gewesen wäre, hätte ich ihn attraktiv finden können. Aber James beschäftigte mich immer noch jeden einzelnen Tag.

»Danke«, sagte Will. Er berührte mich am Handgelenk, wo immer noch die allmählich verwelkende Gänseblümchenkette hing, die er geflochten hatte. »Winke mir, wenn du nach Hause willst, okay? Manchmal verliere ich draußen das Zeitgefühl.«

»Nimm dir so viel Zeit, wie du willst.« Ich setzte mich in den Sand, die mächtigen Dünen im Rücken. »Ich muss ja noch mein Buch fertiglesen.«

Natürlich konnte ich mich nicht konzentrieren. Eine halbe Stunde lang sah ich Will zu, obwohl es manchmal schwer war, ihn unter den vielen anderen schwarz gekleideten Surfern auszumachen, die immer wieder hinter den sich überschlagenden Wellen auftauchten. Gelegentlich näherte sich einer auf einer Welle dem Strand, wobei die Profis Drehungen auf den schaumigen Kämmen vollführten. Je länger ich zusah, desto schlechter ging es mir. Es war schwer zu beschreiben, eine Art Mischung aus Heimweh und Eifersucht.

Oder vielleicht war das, was ich spürte, *Melancholie*. Was halten Sie von diesem Wort, Mr Bacon?

Wäre ich doch auch so frei.

Ich steckte mein Buch oben in Wills Tasche, stand auf und klopfte mir den Sand von der Jeans. Zu den Felsen links war es nicht weit, vorbei an dem Schild mit der Aufschrift *Achtung: starke Rippströme, tiefe Löcher und große Wellen.* Ich kletterte zu einer flachen Stelle hinauf, neben der eine Treppe zur Tölpel-Kolonie führte, und ging bis zum Rand der Felsen vor. Dabei passte ich gut auf, denn es ist dort sehr rutschig. Ich wusste nicht, ob ich, wenn ich ins Wasser fiel, in der Lage sein würde, wieder herauszuklettern. Die Brandung schlug krachend gegen die Felsen und strömte in die Höhle auf meiner linken Seite und wieder heraus.

Ich stand lange dort, vielleicht zwanzig Minuten, während hinter mir Tagesausflügler kamen und gingen. Keiner kam in meine Nähe.

Als ich an den Platz mit unseren Sachen zurückkehrte, war Will immer noch im Wasser. Das war gut. Er sollte nicht sehen, dass ich geweint hatte.

Tag 42

Heute haben wir eine Arbeit in Physik geschrieben. Twiggy saß wie üblich neben mir. Aber ich habe ein ungutes Gefühl, was meine Lösungen angeht. Ich war nicht in Bestform. Und wenn Twiggy nicht besteht, kriege ich kein Geld und kann mir die neuen Schuhe für die Schule nicht leisten.

Wahrscheinlich liegt es daran, dass ich die ganze Woche kaum geschlafen habe. Ganz abgesehen von dem Englischaufsatz, den ich bis heute für Twiggy fertigmachen musste (sie hat sich nicht mal bedankt, gezahlt hat sie allerdings), und ganz abgesehen von der anonymen Nachricht, die ich Anfang der Woche bekommen habe, habe ich jetzt noch eine zusätzliche Sorge – Sophie A.s Schultasche und den Schwangerschaftstest.

Sophie A.s Mutter Ellen hat mich gebeten, niemandem von dem Schwangerschaftstest zu erzählen. Ich habe es ihr versprochen.

Ich habe dein Geheimnis gleich doppelt bewahrt, Sophie A.

Aber mit Geheimnissen ist das so eine Sache. Sie fressen einen von innen auf.

Tag 41

Ich kann nicht schlafen. Ich kann nicht schlafen. Ich kann nicht schlafen.

Was, wenn ich nie wieder schlafen kann?

Als ich heute Twiggys Englischaufsatz fertiggeschrieben habe, eine vergleichende Gegenüberstellung zweier Bücher zum Thema unzuverlässiges Erzählen, klingelte mein Handy. Die Nummer kannte ich nicht. Ich ließ das Handy viermal klingeln, unschlüssig, ob ich die Mailbox abwarten sollte, bevor ich doch abnahm.

»Hallo?«

»Mac, hi, hier Ellen. Abercrombie«, fügte Ellen hinzu, als hätte ich sie nicht erkannt. »Ich habe deine Nummer von Twiggy. Du hast hoffentlich nichts dagegen.«

»Nein, ich ... natürlich nicht.« Ich schob meinen Stuhl vom Schreibtisch zurück, stand auf und ging durch mein Zimmer. (Es war mehr ein Slalom als normales Gehen, mein Zimmer ist nicht gerade riesig.) Ich hätte Sophie A.s Mum jetzt vermutlich fragen sollen, wie es ihr ging, aber ich wusste ja schon, wie beschissen alles war, was für einen Sinn hatte es also, noch zu fragen?

»Also«, sagte Ellen nach einigen quälenden Sekunden, »ich musste dich anrufen, um dich etwas zu fragen.«

»Klar, schieß los.« Mein Herz begann zu rasen.

»Aber darf ich dich zuerst bitten, das vertraulich zu behandeln?«

»Natürlich.« Oh, mein Gott, hatten sie Sophie A. gefunden? Aber das hätte Ellen mir doch bestimmt gleich gesagt?

»Mac, hat Sophie je mit dir darüber gesprochen, schwanger zu sein?«

»Über *was?*« Die Worte schossen wie Kugeln aus dem Mund, und mein Herz hämmerte in einem fort weiter. *Oh Gott, oh Gott, oh Gott.*

Ellens Stimme begann zu kippen. »Heute Abend kam die Polizei zu uns. Jemand hat in einem Altkleider-Sortierzentrum Sophies Schultasche gefunden. Die Polizei hat einen Schwangerschaftstest in der Tasche gefunden.«

»Einen Schwangerschaftstest?« Ich bekam kaum Luft. »Hat sie ihn verwendet?«

»Ja.« Ellen schluckte schwer. »Da waren ... mein Gott, da waren zwei Striche. Das bedeutet positiv, Mac.« Sie ging offenbar davon aus, dass ich noch nie einen Schwangerschaftstest gemacht hatte, woher sollte ich es also wissen?

Genau, James, woher sollte ich es wissen?

»Oh, mein Gott, ich hatte ja keine Ahnung.« Meine Stimme zitterte jetzt auch. »Hat man noch was gefunden?«

»Ihren Geldbeutel. Aber nicht ihr Handy. Die Tasche wird jetzt kriminaltechnisch untersucht.« Ellen begann zu weinen. Mir war, als müsste mein Herz gleich explodieren. Aber dann begann ich nur auch zu weinen.

»Mac, es tut mir leid, dir das alles zuzumuten«, sagte Sophie A.s Mum zwischen zwei Schluchzern. »Wirklich. Wir sind einfach s-so verzweifelt.«

»Ich auch«, sagte ich. »Ich auch.«

Das war nicht gelogen.

Tag 40

Es ist nicht leicht, im Schnelldurchgang die Bücher zu lesen, die Twiggy für ihren Englischaufsatz braucht, und zugleich auch noch meine eigene Arbeit zu schreiben. Gott sei Dank habe ich das erste Buch schon gelesen, *Solange wir lügen*. In der Mittagspause saß ich auf einem Sitzsack in der Ecke der

Bücherei, biss immer wieder ein kleines Stück von meinem Marmite-Käse-Sandwich ab und las das zweite Buch, bis mir der Kopf rauchte. Trotzdem hatte ich es erst zu drei Vierteln durch, als Will vorbeikam. Als er mich sah, machte er wieder ein paar Schritte zurück.

»Hey, Mac, was liest du?«

Ich hielt das Buch hoch, ohne mit dem Lesen aufzuhören.

»Ist das nicht das Buch, das sie in Mr Bacons Klasse lesen?«, fragte Will. Mist, nur noch drei Minuten bis zum Läuten, ich brauchte jede Sekunde.

»Ja, ich habe es gestern bei Twiggy zu Hause mitgenommen und kann es jetzt nicht mehr weglegen.« *Stör mich doch bitte nicht. Ich muss das fertiglesen, damit ich heute Abend mit dem Aufsatz anfangen kann.*

»Um was geht es?«

»Wenn ich dir das verraten würde, würde ich es dir verderben«, sagte ich, immer noch, ohne ihn anzusehen. »Bis gleich in Englisch.«

»Bis dann«, sagte Will. Er schien meine Anspannung nicht zu bemerken und ging weiter.

Natürlich ist es nicht nur die zusätzliche Arbeit, die mich stresst. Sie lenkt mich wenigstens von dem Gesicht ab, das mich von überall anstarrt – von Laternenpfosten, aus dem Fernseher, in den Zeitungen und in den Social Media.

SUCHE NACH DER VERMISSTEN 17JÄHRIGEN HIGHSCHOOL-SCHÜLERIN SOPHIE ABERCROMBIE GEHT IN DIE SECHSTE WOCHE.

HIGHSCHOOL-LEHRER UND STIEFVATER ZUM

VERSCHWINDEN DER 17JÄHRIGEN SCHÜLERIN VERHÖRT, ABER KEINE ANKLAGE ERHOBEN.
DIE ANGST UM DIE VERMISSTE 17JÄHRIGE SOPHIE ABERCROMBIE WÄCHST: WIR GEBEN DIE HOFFNUNG NICHT AUF, SAGEN DIE VERZWEIFELTEN ELTERN.

Ich sehe sie, wenn ich die Augen offen habe, und ich sehe sie, wenn ich die Augen geschlossen habe. Ich sehe sie auch in meinen Träumen.

Ich wünschte, ich könnte meine Träume wiederhaben.

Meine Zeit mit Jimmy kommt mir inzwischen wie ein Traum vor, ein sehr, sehr schöner Traum – also bis zu meinem unsanften Erwachen vor sechs Wochen. Jimmy war mein köstliches Geheimnis.

Am ersten Tag des neuen Schuljahrs saß ich zwischen Twiggy und Sophie A. in der ersten Reihe der Schulversammlung. Der Direktor stellte die neuen Lehrer des Jahres vor. Es gab drei.

»Er sieht süß aus, findest du nicht?«, flüsterte Sophie A. mir ins Ohr, als Mr Harrison Jimmy vorgestellt hatte.

»Nicht wirklich mein Typ«, murmelte ich und zupfte an einem Nagelhäutchen. Ich hatte Jimmy während der ganzen Zeit, die wir in der Aula saßen, also ungefähr eine halbe Stunde, verstohlene Blicke zugeworfen. Nur einmal erwischte ich ihn dabei, wie er mich auch ansah, und unsere Blicke begegneten sich einen kurzen Moment. Das reichte schon, dass mein ganzes Gesicht aufleuchtete wie ein Streichholz.

Danach sah ich Jimmy nicht mehr an, aber sein Bild hatte

sich in meinen Kopf gebrannt. Er hatte seine sonst so widerspenstigen Locken mit dem nach Kokos riechenden Haargel gebändigt, das er gerne verwendete, und trug ein kurzärmeliges weißes Leinenhemd, dessen oberster Knopf offen stand.

»Was machst du da?«, hatte er mich am Abend zuvor gefragt, als ich die Nase in seinen Haaren vergrub.

»Du riechst gut.« Wir lagen mit den Gesichtern zueinander, und die nächtliche Luft strich über unsere schweißglänzende Haut.

»Du riechst auch gut.« Sein Mund war an meiner Kehle, und ich legte den Kopf in den Nacken. Ja, er war wirklich ein Vampir. Je mehr er von mir kostete, desto mehr schien er zu brauchen.

»Seit wann nimmst du die Pille jetzt?«

»Seit einer Woche«, sagte ich.

Er hob das Kinn. »Du bist also geschützt.«

»Das hat die Ärztin gesagt. Sieben Tag hintereinander.«

»Gut«, fügte ich hinzu. »Ich habe die Kondome satt.«

»Mhm, ich auch.«

Aber ich war unruhig. Wenn die Pille den Eisprung nun nicht verhinderte, wie sie sollte? Das Letzte, was ich brauchte, war eine Schwangerschaft. Ich würde enden wie Mum. Nicht, dass ich sie nicht lieb hatte und alles, aber sie hatte nie studieren können, war nie über ihren Job als Kassiererin in einer Bank hinausgekommen. Ich wollte so viel mehr.

»Entspann dich«, sagte Jimmy, als er auf eine Art in mich eindrang, die so vertraut war und zugleich auch so neu, Haut auf Haut. »Du wirst ausflippen, versprochen.«

Bei der Erinnerung daran wurde ich auf meinem Stuhl in der Schulversammlung ganz unruhig. Ob es immer so sein würde, ein unerträgliches Warten, bis ich das nächste Mal mit ihm allein sein konnte?

Ich bete dich an, magische Sophie. Und du gehörst mir, ganz mir.

»Eh«, sagte Twiggy und hielt eine der endlosen Listen hoch, die wir am Anfang des Tages bekommen hatten. »Ich habe ihn in Englisch.«

»Ich auch«, sagte Sophie A. strahlend, verstummte aber, als Ms Dibble von ihrem Platz an der Seitentür aus böse in unsere Richtung blickte.

Ich selbst hatte Ms George in Englisch. Später war ich dafür dankbar.

Jimmy machte darüber Witze, als wir zwei Tage später an dem abgeschiedenen Strand lagen, den er inzwischen *Sophie Bay* nannte. Wie auch sonst war kaum jemand da, nur ein junges Paar am anderen Ende mit seinem kleinen Kind voller Sand.

Es war der 6. Februar, Waitangi Day, und ganz Neuseeland machte frei. Mum hatte ich gesagt, ich würde mit einigen Freundinnen zum Strand gehen. Ihr eine Halbwahrheit zu erzählen, kam mir weniger schlimm vor als eine ausgemachte Lüge.

Halbwahrheiten, Notlügen – was war der Unterschied?

»Ich habe also zwei Sophies in meiner Klasse«, sagte er und kitzelte mich mit einer Seemöwenfeder am Bauch. »Und eine nach dem Unterricht.«

Ich nahm ihm die Feder weg. »Was nimmst du mit ihnen durch?«

»Wir beschäftigen uns mit Erzählstruktur.«

»Was ist das?«

»Es hat mit dem Aufbau einer Geschichte zu tun. Hast du schon mal von der 5-Akt-Struktur gehört?« Jimmy bewegte sich so, dass sein Knöchel an meinem lag.

»Bei Theaterstücken?«

»Auch bei Büchern und Filmen.« Er nahm die Feder und zeichnete zwischen uns eine Linie in den Sand. »Es fängt mit der Exposition an, dem Ereignis, das die Handlung auslöst« – eine flache Linie –, »gefolgt vom Konflikt« – die Linie stieg nach rechts an –, »der steigenden Handlung, dann dem Höhepunkt« – er zeichnete einen Gipfel und sah mich mit hochgezogenen Augenbrauen an –, »der fallenden Handlung« – die Linie führte wieder nach unten –, »und der Lösung des Konflikts.« Er zeichnete eine flache Linie nach rechts. »Kommt dir bekannt vor?«

»Nein. Sollte es?«

»Wenn du einen begnadeten Lehrer wie mich hättest, ja.« Er beugte sich vor und küsste mich.

»Aber ich habe dich ja.«

Er lächelte. »Stimmt.«

»Wie findest du die anderen Sophies denn?«, fragte ich. Ich wollte nicht klingen, als fühlte ich mich irgendwie … ja, bedroht. Sophie A. war so hübsch mit ihrer Porzellanhaut und ihren perfekten blonden Haaren, die sich nie kräuselten, egal, wie feucht es war. Wie sollte ich mit so was konkurrieren können?

Jimmy zuckte mit den Schultern. »Wie ich sie finde? Sophie Twiggs ist ein bisschen ... wie soll ich sagen, tumb?«

»*Tumb?*« Ich versuchte, empört zu klingen und nicht insgeheim entzückt.

»Ja, das bedeutet ...«

»Weiß ich doch.« Ich gab ihm einen Schubs. »Und Sophie A.?«

»Abercrombie?« Er blickte zum Horizont. »Hm. Sie wurde mit einem silbernen Löffel im Mund geboren, stimmt's? Sie wird immer tun, was man von ihr erwartet und eine gutbürgerliche Familie haben mit einem gut aussehenden Mann, zweieinhalb Kindern, sechsstelligem Gehalt und einem Haus mit fünf Zimmern. Sie wird Mitglied des Lehrer-Eltern-Ausschusses sein, zweimal die Woche mit ihrem Mann schlafen, weil sie es für ihre Pflicht hält, obwohl es ihr eigentlich keinen Spaß mehr macht, und sie wird gegen Impfungen sein und nicht pasteurisierte Milch trinken, weil es im Trend liegt und auf Facebook steht, dass sie das tun soll.«

»Halt.« Lachend gab ich ihm wieder einen Schubs, dass er auf den Rücken fiel. »Meinst du damit, sie sei langweilig? Vorhersehbar?«

Jimmy lachte. »Insgesamt ja. Und du bist das genaue Gegenteil.«

Dafür liebte ich ihn. Als ich ihn küsste, hielt er mich fest und küsste mich zurück, bis ich flüstern musste: »Nicht hier.« Und weil ich nicht *langweilig* klingen wollte, fügte ich hinzu: »Jedenfalls nicht um diese Tageszeit.«

»Ist das ein Versprechen?« Jimmy steckte mir die Zunge ins Ohr und ließ mich dann los. »Ich muss aufs Klo.«

»Bitte sehr.« Ich setzte mich auf und streckte mich träge wie eine Katze in der Sonne. »Ich geh vielleicht schwimmen.«

Als ich vom Schwimmen zurückkam, saß Jimmy auf seinem Handtuch und hielt sich den Fuß. Ein Typ in etwa meinem Alter stand daneben und hielt ihm ein Pflaster hin.

»Hier. Brauchen Sie noch was?«, fragte der Typ. Ich sah ihn nicht genauer an, viel zu sehr damit beschäftigt, auf das Blut zu starren, das durch Jimmys Finger lief.

»Keine Sorge, da kommt meine Ärztin.« Jimmy zog mich neben sich auf den Boden und küsste mich auf die Wange. »Aber danke für das Pflaster.«

»Wie ist das passiert?«, fragte ich.

»Eine scharfkantige Muschel, glaube ich.«

»Hier.« Ich spülte mit dem Wasser aus meiner Flasche den Sand aus der Wunde und tupfte sie mit meinem Handtuch trocken, dann klebte ich das Pflaster drauf. Als ich wieder aufblickte, war der Typ verschwunden.

Viel später, als wir unter einem Pohutukawa lagen und unser Atem sich allmählich wieder beruhigte, sagte ich: »Okay, wo befinden wir uns in *unserer* Erzählstruktur?«

»Hm.« Jimmys Stimme klang warm und schmelzend wie Karamell. »Ich glaube, du bist das auslösende Ereignis.«

»Aha.« Ich deckte mein Handtuch über unsere nackten Körper, obwohl niemand da war, der uns hätte sehen können. Und selbst wenn jemand da gewesen wäre, war der Himmel doch schon mindestens seit einer Dreiviertelstunde ganz dunkel.

»Und ich glaube, da war eine steigende Handlung …«

Ich fuhr ihm lachend mit der Hand durch die Haare. Der Kokosduft war nur noch ganz schwach, überlagert von Salz und Sonnencreme.

»Dann ist das jetzt die Auflösung?«, fragte ich.

»Vielleicht für heute. Aber morgen ist ein neuer Tag.«

»Da sind wir wieder in der Schule.« Ich begann zu frösteln.

Jimmy drückte mich an sich. »Wir passen auf, ja?«

»Genau.«

»Hast du heute an deine Pille gedacht?«

»Ja, Mr Bacon, ich habe an meine Pille gedacht.« Er war noch paranoider als ich.

Ein paar Minuten später im Auto sagte er: »Jeder Tag mit dir hat seine eigene Erzählstruktur, wie die Kapitel eines Buches. Aber weißt du, was? Ich glaube, insgesamt sind wir noch bei der steigenden Handlung.« Er drückte die Hand auf meinen Schenkel. »Das Beste kommt noch, Sophie.«

Tag 39

Ich muss ständig an die anonyme Nachricht denken, die ich gestern Abend auf dem Handy bekommen habe. Ich kann nicht damit aufhören, aber ich muss, weil ich doch den Aufsatz für Twiggy schreiben muss. Anschließend muss ich dann wieder die Bücher lesen, die ich für meinen eigenen Aufsatz brauche.

In meinem ganzen Leben habe ich noch nie einen solchen Stress gehabt. Kein Wunder, dass ich nicht schlafen kann. Wann wird das besser? Wird es überhaupt je besser?

Ich will nur noch schlafen und erst in einem Jahr aufwachen, wenn alles vorbei ist. Und wenn es nie vorbei ist?

Ich habe mich erst um Mitternacht hingelegt, aber ich hätte mir die Mühe sparen können. Die Worte der Nachricht kreisen wie Schmeißfliegen durch meinen Kopf: *Ich weiß, was du tust. Und wenn du weißt, was gut für dich ist, hörst du damit auf.*

Was tue ich? Was tue ich denn? Ich versuche doch nur mein Leben zu leben, Tag für Tag, wie alle anderen.

Das ist doch Quatsch, da will mir jemand nur Angst machen. Aber wer? Ich wusste bisher gar nicht, dass man anonyme Nachrichten verschicken kann, aber ich habe es gegoogelt, und offenbar geht es.

Eine neue Angst hält mich gepackt. Was, wenn die Nachricht von Sophie A. kommt?

Tag 38

Der Tag heute war so anstrengend. Es fing damit an, dass ich auf dem Gang James Bacon begegnete, als ich aus Biologie raus bin, um auf die Toilette zu gehen. Er sagte nichts, sah mich aber mit einem Blick an, der Wein in Essig verwandelt hätte. Ich flüchtete ins Mädchenklo und blieb genau fünf Minuten in der Kabine sitzen. Ich weiß das, weil ich die Zeit auf dem Handy gestoppt habe.

Vor zwei Monaten hätte ich nicht für möglich gehalten, dass James mich mal so ansieht. Warum sollte es mir etwas ausmachen, dass er mich genauso hasst wie ich ihn?

Weil du vielleicht, nur vielleicht, unrecht hattest.

Nein. In meinem Kopf schlug eine Tür zu. *Nein, ausgeschlossen.*

Die zweite stressige Sache war, als Twiggy in der Mittagspause zu mir kam und sagte: »Ich muss sofort mit dir reden.«

Wir gingen bis zum Ende des Sportplatzes. Twiggy lehnte ihren Hockeyschläger an den Zaun, griff in ihre Tasche und hielt mir einen Stoß DIN-A4-Seiten unter die Nase.

»Ich brauche dabei deine Hilfe.« Daran, wie ihr linkes Auge zuckte, merkte ich, wie angespannt sie war.

Ich runzelte die Stirn. »Das ist ein bisschen spät.« Die vertraute Handschrift auf der ersten Seite sagte: *Das ist unter deinem Niveau, Sophie. Sprich bitte nach dem Unterricht mit mir.*

Vertraute Handschrift, die von James Bacon. *Was hast du zu Twiggy gesagt, James? ›Das habe ich von der tumben Sophie erwartet‹? Oder hast du gesagt, sie sei die beste Sophie, weil du es mit den anderen beiden ja schon probiert hast?*

»Mr Bacon meinte, wenn ich noch einen besseren Aufsatz abgebe, sei er bereit, den hier zu ignorieren.«

Ich sah sie misstrauisch an. »Ich dachte, du bist in Englisch gut.«

»Dachte ich auch.« Twiggy strich sich den Pony aus den Augen. »Komm schon, ich zahl auch extra.«

»Das Doppelte.«

»Ich meinte nicht, *so* viel extra.«

Ich gab ihr die Hausarbeit zurück. »In so was steckt eine Menge Arbeit, wie du weißt. Oder vielleicht auch nicht.«

»Also gut, das Doppelte«, schimpfte Twiggy. »Aber nur, wenn ich bestehe.«

»Natürlich bestehst du.« Ich drückte mich vom Zaun ab. »Wann braucht du das?«

Twiggy folgte mir über den Sportplatz und ging dabei sorgfältig um die Stellen herum, an denen die Erde aufgeweicht war. »Ende der Woche.«

»Freitag? Ist das ein Witz?« Wie sollte ich in vier Tagen die beiden Bücher lesen, die Twiggy ausgewählt hatte, einen Aufsatz darüber schreiben und gleichzeitig auch noch meine eigenen Hausaufgaben machen?

»Nein, das ist kein Witz. Ich zahle dir das Doppelte, ja? Und ich weiß, dass du eins der Bücher schon gelesen hast. Das, von dem du vergangenen Sommer ständig geredet hast. *Solange wir lügen*, schon vergessen?«

Ich reiße ihr den Papierstapel aus der Hand.

»Also gut, einverstanden, ich mach's.« Ich wusste immer noch nicht, wie ich das schaffen sollte. Schade, dass ich keinen Kaffee trank. Vielleicht musste ich damit anfangen.

Und weil aller guten Dinge immer drei sind, hätte ich nicht über die seltsame Nachricht überrascht sein dürfen, die ich am Abend auf dem Handy bekam, als ich *Dangerous Girls* für Twiggys Aufsatz schon zu einem Drittel gelesen hatte.

Ich weiß, was du tust. Und wenn du weißt, was gut für dich ist, hörst du damit auf.

Sie kam von einer unbekannten Nummer. Wenn James sie geschrieben hat, dann ist mir das egal, weil ich viel mehr gegen ihn in der Hand habe als er gegen mich. Und wenn nicht? Wenn sie etwas mit seinem Bruder zu tun hat? Der ist nämlich Bulle.

Nein, unmöglich, dass Patrick davon weiß.

Trotzdem … Ich überlege immer wieder, ob alles gut gegangen wäre, wenn Patrick Jimmy und mich damals nicht mitten bei Du-weißt-schon-was überrascht hätte. Weil rückblickend ab da alles anders war.

Ich hatte mich hastig angezogen, während Jimmy mit Patrick rausging, um mit ihm zu sprechen. Den verfänglichen Schulblazer, den ich im Wohnzimmer hatte liegen lassen, stopfte ich in meine Tasche. Trotzdem konnte ich an Jimmys Miene, als er wieder reinkam, ablesen, dass es zu spät war, etwas zu vertuschen.

»Hör zu«, hatte Jimmy leise gesagt, »wir müssen jetzt erst mal in Deckung gehen, okay?«

»Was hat er denn gesagt?« Meine Wangen brannten, obwohl es kalt war.

»Ich kann darüber im Moment nicht sprechen. Kommst du zu Fuß zur Schule?« Er sah mich nicht mal an.

»Schon, aber ...«

»Mac, Patrick wartet draußen im Auto. Du musst jetzt gehen.«

»Gut, okay.« Ich wandte mich ab, damit er nicht die Tränen sah, die mir in die Augen getreten waren. »Wir sehen uns dann in der Schule.«

Jimmy gab keine Antwort.

Die nächsten vier Tage sah ich ihn kaum. Mum hatte noch mein Handy, es war deshalb schwierig, mit ihm zu kommunizieren. Und in der Schule mit ihm zu sprechen, kam nicht infrage. Wir hatten schon genug riskiert.

Am Sonntagmorgen rief Mum mich ins Wohnzimmer und gab mir mein Handy wieder. Sie fragte, ob ich noch mal von Mason gehört hätte. *Nein*, sagte ich. *Es ist vorbei.*

In meinem Zimmer lud ich das Handy auf. Jimmy hatte nicht geschrieben. Ich war ziemlich down, als ich das sah. Vielleicht war es mit uns wirklich vorbei.

Aber ich war nicht bereit, ihn so leicht aufzugeben. Also schrieb ich ihm: *Alles gut mit uns?*

Dreiunddreißig Minuten vergingen, bis er antwortete, und ich war drauf und dran, dass dumme Handy aus dem Fenster zu schmeißen.

Ich träume immer noch von dir, magische Sophie. Arbeitest du morgen Abend?

Das Herz sprang mir aus der Brust und flog dreimal durchs Zimmer.

Dann fiel mir ein, dass Mum mich ja zur Arbeit bringen und wieder abholen würde.

Ich musste mir etwas einfallen lassen.

Am folgenden Abend sprang ich, als zehn Minuten von meiner Schicht vergangen waren, von der Kasse auf und rannte zum Klo. Ein paar Minuten später rannte ich zur Bedientheke und machte Mike auf mich aufmerksam.

»Äh, ich habe irgendwie diese Magen-Darm-Sache.«

Mike zog die Nase kraus. »Magen-Darm-Sache?«

»An beiden Enden«, erklärte ich, und er wich vor mir zurück.

»Okay, schon verstanden. Kommst du nach Hause?«

»Ja, ich kann bei jemandem mitfahren. Tut mir wirklich leid.«

Meine Mitfahrgelegenheit wartete mit ausgeschalteten Scheinwerfern am anderen Ende des Parkplatzes.

»Hey«, sagte Jimmy, als ich in das dunkle Innere stieg. Er berührte meine Wange, und ich hätte vor Erleichterung fast losgeheult. »Hey«, sagte er noch einmal und küsste mich.

Aber als ein Auto an uns vorbeifuhr, zog er sich zurück. Er drehte den Schlüssel im Zündschloss. »Dann mal los.«

Bei ihm zu Hause verschwendeten wir keine Zeit und machten da weiter, wo wir in der Woche zuvor aufgehört hatten.

»Mein Gott«, sagte Jimmy ein paar Minuten später. »Die Liebe wächst doch wirklich mit der Entfernung.«

»So nennst du das?« Ich schob mein Kinn in die Kuhle zwischen seinem Schlüsselbein und seinem Hals.

»Ich drücke mich nur höflich aus.« Er küsste mich auf den Scheitel. »Und hast du immer noch Hausarrest?«

»Noch drei Wochen.« Ich drückte die Hand auf seine Brust. »Was hat eigentlich Patrick letzte Woche gesagt?«

Jimmys Herz schlug unter meinen Fingern. »Also«, sagte er nach einigen Schlägen, »er meinte, ich sei ein hirnverbrannter Idiot.«

»Aber er hat dich nicht angezeigt?«

»Er meinte, er würde davon absehen, wenn ich ... Du weißt, was jetzt kommt, ja?«

»Ja.« Ich richtete mich auf. »Was hast du gesagt?«

»Ich sagte, du hast vollkommen recht, ich mache mit ihr Schluss. Was hätte ich sonst sagen sollen?«

»Klar.« Ich drehte mich auf den Rücken und starrte zur Decke hinauf. »Und was passiert jetzt?«

»Wir müssen supervorsichtig sein. Er zieht im Juni hierher.«

»Toll.« Ich war mir nicht sicher, ob ich Jimmys Bruder noch mochte.

»Das verändert nichts zwischen uns.« Jimmy zog mich wieder an sich. »Ich liebe dich trotzdem.«

»Ich liebe dich auch.« Die Leuchtzeiger seines Radioweckers, die ich über seine Schulter sah, standen auf neun. In gut anderthalb Stunden wollte er mich wieder zum Supermarkt fahren, wo Mum mich dann abholte.

»Wir können uns vielleicht nicht mehr so oft sehen, aber Qualität ist besser als Quantität, richtig?« Ich spürte seinen Atem warm am Ohr.

»Vielleicht.« Ich war nicht überzeugt, aber was für eine Wahl hatte ich? Ab und zu mit Jimmy zusammen zu sein war immer noch besser als überhaupt nicht.

»Erzähl mir von deinem Tag«, sagte er und wandte sich wieder einzelnen Körperteilen von mir zu. Ich glaube, ich kam bis zehn Uhr vormittags.

Tag 37

Den größten Teil des Nachmittags habe ich in meinem Zimmer verbracht und meinen Englischaufsatz entworfen. Ich habe mir überlegt, dass ich mit einer Definition des Außenseiters anfange. Laut *Cambridge English Dictionary* ist ein Außenseiter eine Person, die nicht zu einer gesellschaftlichen Gruppe oder Gruppierung gehört oder nicht an einem festen Ort lebt.

Als Nächstes habe ich die Definition eines gesellschaftlichen Außenseiters nachgeschlagen. Dort begegneten mir Ausdrücke wie *Randexistenz, Exzentriker* und *Person, die in einer Gesellschaft lebt, der sie sich nicht zugehörig fühlt.* Gegenwärtig trifft das alles auf mich zu. Mir ist, als würde ich in einer Blase schweben, während das Leben um mich seinen Lauf nimmt.

Seit Sophie A. verschwunden ist, ist das Leben für mich auf eine Abfolge von Tagen geschrumpft. Siebenunddreißig Tage sind seitdem vergangen und fünf Monate, seit James und ich unseren ersten Streit hatten.

Warum erinnere ich mich an diesen Tag so genau? Vermutlich weil mir damals zum ersten Mal klar wurde, dass es mir vielleicht nicht reichte, James für mich zu haben. Vielleicht wollte ich zu viel. Was habe ich erwartet, als Siebzehnjährige in einer Affäre, die doch offenbar gegen alle Konventionen verstieß?

Es war an einem Dienstagabend. Was Mum anging, war ich zum Lernen bei Sophie A. Was Jimmy anging, spielten wir in seiner Wohnung Scrabble.

Jawohl, Scrabble. Ich hatte ihn noch nie besiegt, aber ich arbeitete daran.

Wie schreibt man noch mal *manipulativ*, James? Oder nein, will ich gar nicht wissen. Wie schreibt man *Kompensation?* Oder *Revanche?*

Wir saßen im Schneidersitz auf dem verschlissenen Teppich im Wohnzimmer, das Spielbrett zwischen uns, und ich blickte finster auf Jimmys letztes Wort.

»Was soll *mystizistisch* bedeuten? Gibt es das überhaupt?«

Jimmy gähnte und kratzte sich an der Nase. »Es bedeutet wundergläubig, schwärmerisch.«

»Gut.« Ich schlage das Lexikon zu. »Dann verwende ich das bestimmt in meinem nächsten Aufsatz.«

»Mach das«, sagte Jimmy. Im selben Moment zuckten wir beide zusammen.

»War das an deiner Tür?«, fragte ich und lauschte. Es klopfte wieder.

»Äh, ja.« Er sprang auf und spähte durch einen Spalt in der Jalousie. »Scheiße, mein Bruder.«

»Dein Bruder?«

»Ja. Vielleicht könntest du ...« Er winkte in Richtung Schlafzimmer und ging zur Tür. Ich rührte mich nicht.

Zugegeben, ich bin manchmal ein wenig störrisch. Und ich war neugierig, wollte seinen älteren Bruder kennenlernen, den Jimmy nur einmal am Rand erwähnt hatte.

»Hey, Bruderherz.« Wenn ich in den vergangenen sechs Wochen nicht so viel Zeit mit Jimmy verbracht hätte, wäre mir der gestresste Unterton in seiner Stimme entgangen. »Ich wusste gar nicht, dass du in der Stadt bist.«

»Ach, das war eine spontane Entscheidung.« Die Stimme war tiefer und hatte einen stärkeren neuseeländischen Akzent als die von Jimmy. Das Gesicht, das über seine Schulter blickte, war ähnlich, aber mit mehr Falten und einer längeren Nase. »Ah, Entschuldigung, ich wusste nicht, dass du Besuch hast.«

Jimmy trat zur Seite. Seine Miene war ausdruckslos. »Das ist Sophie«, sagte er. »Sophie, mein Bruder Patrick.« Ich weiß nicht, warum Jimmy so ängstlich war. Zumindest war ich vollständig angezogen, wenn auch nur wegen der Kaltfront, die an diesem Abend durchzog.

»Hallo, Sophie.« Patrick lächelte. »Entschuldige, ich wollte euch nicht den Abend verderben.«

»Kein Problem, wir haben nur etwas gespielt.« Jimmy winkte Patrick nach drinnen. »Willst du was trinken?«

»Sehr gern einen Kaffee. Danke.« Patrick hängte seine Jacke über die Lehne des Sessels und ließ sich hineinfallen.

»Kommt sofort.« Jimmy verschwand in Richtung Küche.

Ich setzte mich auf das Sofa.

»James sagte, Sie sind Polizist.« Er hatte mir das erzählt, als wir ein paar Wochen zusammen waren und uns über unsere Familien austauschten. Ich beneidete Leute mit einer richtigen Familie, also praktisch alle außer mir.

»Stimmt.« Patrick lächelte. »Aber er hat mir gar nichts von dir erzählt. Seid ihr schon lange zusammen?«

Zusammen. Sollte ich lügen und sagen, wir seien nur befreundet? Aber wozu? Jimmy hatte gesagt, seine Familie lebe in Christchurch, woher sollte Patrick also wissen, dass ich nur Schülerin war?

»Seit zwei Monaten.« Ich kratzte einen Mückenstich an der Innenseite meines Knöchels. »Ich studiere Medizin.«

»Das ist bestimmt anstrengend.«

Ich zuckte mit den Schultern. »Das Jahr hat gerade erst angefangen. Wo arbeiten Sie bei der Polizei?«

»Beim Kinderschutz.« Patrick stand auf und ging zum Fenster. »Wie habt ihr euch kennengelernt?«

»Beim Joggen«, sagte Jimmy, der mit einem dampfenden Becher hereinkam. Er gab ihn Patrick. »Ich bin hingefallen und habe mir den Kopf angeschlagen, und Sophie hat mich verarztet.«

»Stimmt«, sagte ich nach einem minimalen Zögern. »Ich hatte gerade meinen Erste-Hilfe-Kurs gemacht und konnte ihn dann gleich anwenden.«

»Das glaube ich.« Patrick lächelte auf dieselbe Art wie

Jimmy, ein wenig schief, als wäre er selbst davon überrascht. »Und bei dir, James – wie ist der neue Job?«

»Ich musste erst reinkommen, aber jetzt ganz gut. Es sind überwiegend nette Kinder.« Zu meiner Überraschung legte Jimmy mir die Hand aufs Knie. »Und was führt dich her, Bruderherz?«

»Ich wurde um einen Besuch gebeten. Kann sein, dass ich hier rauf versetzt werde.«

»Wirklich?« Jimmys Hand rutschte von meinem Knie.

Patrick zuckte mit den Schultern. »Noch ist alles in der Schwebe. Wann besuchst du uns mal wieder zu Hause?«

»Weiß ich noch nicht.« Jimmy klang ausweichend, sein Blick wanderte durchs Zimmer.

»Bring Sophie doch mit, wenn du die Trennung nicht ertragen kannst.« Patrick sah mich lächelnd an. »Schon mal in Christchurch gewesen, Sophie?«

Er blieb nicht lange, ungefähr eine Stunde, aber als er ging, war es schon spät, kurz nach zehn. Es war anstrengend gewesen, ständig aufpassen zu müssen, dass mir nichts herausrutschte, aber ich war ganz aufgekratzt. Ich hatte Jimmys Bruder kennengelernt, und er war nett. Mehr als das – er war sympathisch und hatte Humor. Ich hatte soeben einen Vorgeschmack darauf bekommen, wie es sein könnte, wenn Jimmy und ich unsere Beziehung nicht mehr geheim halten mussten.

Vielleicht habe ich deshalb so reagiert, wie ich reagiert habe.

»Okay«, sagte Jimmy, nachdem Patrick rückwärts aus der Einfahrt gefahren war, »das ging ja gut.«

»Hast du etwas anderes befürchtet?«

»Ich war mir nicht sicher.« Er ließ sich gegen die Sofakissen fallen. »Ich meine, wenn ich gewusst hätte, dass er kommt, hätte ich ...«

»Mir gesagt, ich soll zu Hause bleiben?«

Jimmy trommelte mit den Fingern auf die seitliche Sofalehne. »Richtig.«

Ich wurde wütend. »Tut mir leid, dass ich dich in Schwierigkeiten gebracht habe.« Ich stand auf und griff nach meiner Tasche neben dem Tisch.

»So habe ich es nicht gemeint.«

»Aber es klang so. Entschuldigung, wenn ich dir peinlich bin.« Ich marschierte zur Tür, aber Jimmy folgte mir und hielt mich am Handgelenk fest.

»Ich sagte doch, dass es ein Geheimnis bleiben muss, und du hast versprochen, es zu halten.«

Ich machte mich los. »Heißt das, ich darf deine Familie und Freunde nie kennenlernen?«

»Herrgott, weißt du, was passieren könnte, wenn Patrick herausfindet, wer du in Wirklichkeit bist?«

»Was denn? Glaubst du, er würde dich anzeigen?«

Jimmys Augen schossen Blitze. »Zumindest würde er mir sagen, was ich zu tun habe, damit er mich nicht anzeigen muss.«

»Sprich, mit mir Schluss machen?«

»Ja, Sophie, mit dir Schluss machen. Willst du das?«

»Ich will nur wissen, dass ich dir nicht peinlich bin. Mehr nicht.« Ich öffnete die Tür und eilte draußen die Einfahrt hinauf. Dass Jimmy hinter mir herkam, überraschte mich nicht, und auch nicht, dass er mich zu sich umdrehte, als ich die Straße erreichte.

»Ich habe nie gesagt, dass du mir peinlich bist.« Das Licht der Straßenlaterne fiel schräg über sein Gesicht. War er wütend? Beschämt? Tat es ihm leid? Ich konnte es nicht sagen.

»Du hast es nur nicht ausgesprochen.«

»Ich bitte dich nur um ein wenig Verständnis, ja? Komm schon, du weißt doch, wie viel du mir bedeutest.«

»Nein, James, ich weiß nicht, wie viel ich dir bedeute«, rief ich. »Ich könnte genauso gut nur jemand sein, den du ficken willst. Bin ich das? Weil ... ich brauche vielleicht ein wenig mehr.«

»Nicht so laut!«, zischte er.

»Ich bin so laut, wie ich will!« Ich stampfte mit dem Fuß auf. Jimmy packte mich am Arm und zerrte mich wieder die Einfahrt hinunter. Unsanft schob er mich durch die Wohnungstür und schlug sie hinter uns zu.

»Okay, du willst, dass ich dir sage, was du mir bedeutest? Ich habe gerade meinen Bruder deinetwegen angelogen. Ich habe alle Leute, die ich kenne, deinetwegen belogen. Ich habe für dich alles riskiert, was ich habe. Weißt du, wie viel leichter es für mich wäre, eine Freundin in meinem Alter zu haben?«

»Warum hast du dann keine?«, schrie ich.

»Weil ich dich liebe!«, brüllte er.

Wir starrten einander an.

»Oh.« Ich drückte mich flach an die Wand.

»Ja.« Jimmys Blick wanderte zu meinem Arm, wo ich mir meine neuen Prellungen rieb. »Habe ich dir wehgetan?«

»Ja«, flüsterte ich und begann zu weinen.

»Ach, Scheiße«, sagte er und trat näher, um den Schaden zu begutachten. »Entschuldige, Sophie, es tut mir leid, ich wollte das nicht.« Er hob mein Handgelenk an den Mund und küsste die unter der Haut geplatzten Äderchen, und ich ließ ihn machen, weil er mich liebte. Mich liebte, mich liebte.

War das gelogen, James? Ich würde gern denken nein, aber ich werde es vermutlich nie wissen.

Vielleicht bin ich ja *mystizistisch* veranlagt.

Ich hasse dieses Wort.

Tag 36

Mum ging heute mit mir ins Einkaufszentrum, damit ich eine neue Jeans kaufen konnte. Ich durfte fahren, weil ich vor ein paar Monaten endlich das Geld zusammenhatte, die Führerscheinprüfung zu machen. Meine Fahrkünste verbesserten sich schnell, nachdem ich James kennengelernt hatte, vor allem, weil er mir jedes Mal das Steuer überließ, wenn wir einen Ausflug machten. Die vielen Male, wenn Mum glaubte, ich sei bei Sophie A.

Fast als könnte sie meine Gedanken hören, sagte Mum: »Du musst Sophie A. sehr vermissen.«

Ich fuhr auf den Parkplatz und zog den Schlüssel aus dem Zündschloss.

»Täglich.«

Sechsunddreißig Tage, und ich hatte immer noch das Gefühl, eine Panikattacke zu bekommen, sobald ich ihren Namen hörte. Würde ich unseren letzten Streit je aus dem Kopf bekommen?

Ich wusste, dass so was passieren würde.

Du musst mir glauben, er war es nicht.

Das glaube ich dir nicht.

»Sophie?« Meine Mutter sah mich mit dem besorgten Gesicht an, das sie in letzter Zeit oft macht.

»Ich komme.« Ich stieg aus und folgte ihr in das Einkaufszentrum. Dort herrschte das übliche Gedränge von Teenagern und Familien mit hysterisch schreienden Kindern. Ich bin nicht gern in einem Einkaufszentrum, aber vor allem deshalb, weil ich so gut wie nie Geld zum Ausgeben habe.

Ich ging geradewegs in Richtung *Just Jeans*, hielt aber im letzten Moment an, bevor ich den Laden betrat. *Oh nein, oh nein.*

»Willst du nicht reingehen?« Mum klang nicht mehr besorgt, sondern genervt.

Ich fuhr herum. »Ich glaube, ich gehe doch lieber zu *Jeanswest*.«

»Ich dachte, du magst *Just Jeans* lieber.« Mum folgte mir, und einen seltsamen Moment lang war es, als hätten wir die Rollen getauscht.

»Ich habe meine Meinung geändert.«

Im Laden zog ich drei verschiedene Jeans aus den Regalen und eilte zu den Umkleidekabinen. Ich wählte die Jeans, die am wenigstens schlecht passte – meine Mutter hatte recht, nicht mein Lieblingsgeschäft –, marschierte wieder nach draußen und gab sie meiner Mum.

»Hier.«

»Bist du sicher?«, fragte Mum. Es war der vermutlich schnellste Jeanskauf, den ich je getätigt habe. Meist brauchte es mindestens eine halbe Stunde qualvollen Hin- und Herüberlegens, welche Hose meinen Hintern am kleinsten aussehen ließ.

»Ja, ganz sicher. Danke.« Ich blieb bei den Blusen stehen. Verflixt, da war er schon wieder. James Bacon ging draußen vorbei und gab etwas in sein Handy ein. Ich wandte mich ab und wünschte mir, der Boden möge sich unter ihm öffnen und ihn für immer verschlucken.

Bevor ich ihn kennenlernte, habe ich niemanden gehasst.

»Bitte.« Mum drückte mir die Tüte in die Hand. »Alles in Ordnung, Schatz? Du wirkst gereizt.«

»Alles in Ordnung.« Das war gelogen.

Die einzige Person, die ich noch mehr hasse als James, bin ich selbst.

Tag 35

Heute kam noch mal die Polizei, um mich zu befragen. Sie kamen um fünf, als Mum von der Arbeit wieder zu Hause war. Es waren dieselben beiden Beamten wie letztes Mal, Sharon Fowler und Troy Watkins. Ich frage mich, ob sie Patrick kennen, James' Bruder. Ein Teil von mir wollte sie fragen, ein anderer wollte es gar nicht wissen.

Ich frage mich auch, was Patrick von all dem hält. Ob James ihm *seine* Version der Ereignisse erzählt hat.

Das würde er nicht wagen.

»Danke, dass du noch einmal bereit warst, mit uns zu sprechen, Sophie«, sagte Detective Fowler, als hätte ich eine Wahl gehabt. Draußen warf der Wind Regen gegen die Fenster, und der Himmel war dunkel und drückend.

»Ich möchte dich nach dem letzten Mal fragen, als du mit Sophie Abercrombie gesprochen hast«, fuhr Fowler fort, als ich nichts sagte. Ihre kurz geschnittenen Locken hatten eine ähnliche Farbe wie die von Sophie A., obwohl ich das Gefühl hatte, dass Sharon Fowler ihre Haare färbte, denn ihre Augenbrauen waren schwarz. »Nicht nur, wann du sie im Auto gesehen hast.«

Mum seufzte und zog sich die Strickjacke über die Brust. Um diese Jahreszeit bekommen wir das Wohnzimmer einfach nicht warm, egal, wie viele Heizkörper wir einschalten. Mum sagt, das liege an der fehlenden Isolation und dass ich deshalb vor ein paar Wochen so krank geworden sei.

»Okay«, sagte ich, denn was sollte ich sonst sagen?

»Kannst du uns sagen, wann das war?«

Ich holte tief Luft. »Es war in der Mittagspause des Freitags, an dem sie verschwunden ist. Wir saßen in einem Klassenzimmer und spielten Karten.«

»Nur du und Sophie?«

»Nein, wir waren eine ganze Gruppe. Ich und Sophie A., dann Will O'Reilly und der verrückte Deutsche – ich meine Peter Schmidt. Und noch jemand.« Ich überlegte. »Ach ja, Steven Wong, weil Twiggy nicht da war, deshalb brauchten wir noch jemanden. Und Mr Bacon.«

Fowler sah Watkins an, der einen Pickel an seinem fliehenden Kinn befingerte, und dann wieder mich.

»Mr Bacon war auch da?«, fragte sie.

»Ja, doch. Er hat uns Anfang des Jahres Euchre beigebracht.«

»Was hattest du für einen Eindruck von Sophie?«

Ich zuckte mit den Schultern. »Sie wirkte … irgendwie abwesend, denke ich. Sie hat ständig vergessen, was für Karten schon ausgespielt waren.«

»Hat sie gesagt, warum?«

»Nein. Wie gesagt, wir waren eine ganze Gruppe. Wir konnten nicht allein sprechen.«

»Und Mr Bacon?«

»Er wirkte auch irgendwie abwesend«, sagte ich.

Aber ich war noch viel abwesender. Sie wären das auch gewesen, wenn Sie gesehen hätten, wie Ihr Freund sich gegenüber einer Ihrer besten Freundinnen verhält.

Watkins balancierte sein Handy auf dem Knie.

»Wann warst du denn das letzte Mal mit Sophie allein?«

Ich starrte auf das Handy, wartete darauf, dass es hinunterfiel. Vergeblich.

»Äh, das muss am Tag davor gewesen sein, als ich nach der Schule zu ihr nach Hause ging.«

»Was habt ihr dort getan?«

»In ihrem Zimmer gechillt. Auf Instagram rumgespielt.«

Ich muss dir was sagen. Aber Mac …

Ja?

Du musst mir versprechen, dass du es niemandem erzählst. Niemals.

Ich werde es niemandem erzählen. Niemals.

»Über was habt ihr euch unterhalten?« Das war wieder Fowler. Wenn die beiden »Guter Bulle, böser Bulle« spielten, konnte ich ums Verrecken nicht herausfinden, wer welcher war. Im Fernsehen wäre die Szene zum Gähnen langweilig gewesen.

Ich seufzte.

»Daran kann ich mich wirklich nicht erinnern. Es ist so lange her. Wahrscheinlich haben wir darüber geredet, wer mit wem geht. Also in der Schule und bei den Promis.«

Wer ist der Vater?

Das kann ich dir nicht sagen. Ihm habe ich es auch nicht gesagt. Ich muss nur schnell klären, was ich tun will.

»Und wie kam Sophie dir damals vor?«

»Ich weiß nicht«, sagte ich. »Ich meine, sie lachte und alles. Aber sie wirkte genau wie am folgenden Tag irgendwie ... abgelenkt.«

»Hat sie von Mr Bacon gesprochen?«

Ich schüttelte ganz langsam den Kopf. »Nein«, antwortete ich, erleichtert, endlich auch mal die Wahrheit sagen zu können. »Nein, gar nicht.«

Ich finde, du solltest es ihm sagen, Soph. Er kann dir vielleicht helfen.

Dann fragte Watkins mich wieder nach der Kussszene im Auto, und ich erzählte den beiden genau, was ich gesehen hatte, dasselbe wie beim letzten Mal. Und genau wie beim letzten Mal fühlte es sich wieder an, als würde mir jemand ein Messer in den Eingeweiden herumdrehen.

Die beiden sprachen genau siebenunddreißig Minuten mit mir. Als sie weg waren, ging ich nach oben und legte mich auf mein Bett, während der Regen draußen immer lauter wurde. Ich hasse den Regen.

Tag 34

Als ich heute Nachmittag nach Hause gekommen bin, habe ich es mir im Bett gemütlich gemacht, um den *Fänger im Roggen* fertigzulesen. Es ist eins der Bücher, die ich für meinen Englischaufsatz verwenden will. Ich war mir zunächst nicht sicher, ob ich es wirklich wollte, weil es ein Lieblingsbuch von James ist, und deshalb müsste ich es jetzt ja eigentlich hassen ... richtig?

Aber ich hatte nun mal beschlossen, Bücher über Teenager zu lesen, die Außenseiter sind, und da passte es perfekt rein. Außerdem frage ich mich vermutlich, ob das Buch erklären kann, was James getan hat, oder mir vielleicht sogar einen Hinweis gibt, warum seine Wahl überhaupt auf mich gefallen ist.

Ist es schwachsinnig, sich zu wünschen, es wäre alles wieder so wie vor sieben Monaten?

An dem Tag, an dem ich im Park gestürzt bin, hat James mich, wie versprochen, nach Hause gefahren. Er öffnete die Beifahrertür seines schwarzen Ford Falcon, warf ein sandiges Handtuch nach hinten und trat dann zur Seite, um mich einsteigen zu lassen.

»Riecht gut hier drinnen.« Es roch nach Trauben. Ich umklammerte das Papiertaschentuch, das er mir gegeben hatte. Es war inzwischen von meinem Blut leuchtend rot gefleckt.

»Das liegt daran.« James zeigte auf den Duftspender aus Pappe, der am Rückspiegel baumelte. »Der Vorbesitzer hatte einen Golden Retriever, und ich bin immer noch damit beschäftigt, den Gestank loszuwerden.«

»Das hat schon ganz gut geklappt.« Ich lehnte mich an die Kopfstütze. »Was bist du für ein Lehrer?«

James blinkte und fuhr vom Randstein los.

»Englisch. Und was bist du für eine Studentin?«

»Eine gute«, sagte ich, und er sah mich grinsend an. Oh, bei diesem Grinsen vollführte mein Magen doppelte und dreifache Saltos. Wir fuhren auf die Autobahn, James trat aufs Gas und überholte drei Autos und einen Bus.

Doch er ließ nicht so schnell locker.

»Ein gute also«, sagte er, nachdem er auf die nach Norden führende Spur gewechselt hatte, »und in was?«

»Ich habe gerade einen Platz für Medizin bekommen.«

»Oha.« Machte er sich über mich lustig? Aber als ich ihn kurz ansah, merkte ich am Zucken seiner Mundwinkel, dass er mich nur ein wenig necken wollte. Wie gern hätte ich jetzt ein Foto von ihm gemacht, das ich später ausgiebig betrachten und den anderen Sophies zeigen konnte. »Dann bist du also verdammt schlau.«

»Ich habe eigentlich vor allem hart gearbeitet.« Themenwechsel, schnell. »Hast du in Auckland studiert?«

»Nein, in Canterbury.« James kurbelte sein Fenster ein wenig herunter, und ich roch Abgase und das Meer. »Ich bin erst vor ein paar Wochen hierhergezogen.«

Ich wollte gerade fragen, an welcher Schule er unterrichten würde, da bremste er plötzlich.

»Taxis!«, brummte er und wechselte erneut mit einem scharfen Schwenk die Spur. »Gehst du oft joggen?«

»Täglich. Du?« Ich kurbelte mein Fenster ebenfalls herunter. Sommerlich schwüle Luft strömte herein.

»Ich bin nicht so diszipliniert.« Er wechselte permanent die Spur, und der Motor brummte. Die Geschwindigkeit, der Wind in meinen Haaren, die warmen Gerüche nach Salz, Trauben und seiner Haut machten mich ganz aufgekratzt. »Dreimal die Woche, wenn's hochkommt. Aber du siehst ziemlich fit aus.«

»Bin ich inzwischen auch.« *Du siehst fit aus.* War das ein Kompliment? Ich strich mit den Händen über meine Schenkel und bemerkte einen Blutfleck an meinem rechten Handgelenk. Vielleicht konnte ich ihn ablecken, wenn James gerade mal nicht hinsah. »Aber vor ein paar Monaten war ich noch ein richtiges Faultier.«

»Zu viel studiert? Du weißt schon, dass das nicht gut ist.«

»Studieren oder Joggen?«

»Zu viel von irgendwas. Wohin soll ich fahren?«

Ich gab ihm Anweisungen für die viel zu kurze Fahrt zu mir nach Hause.

»Wohnst du in einer WG?«, fragte James, als wir vor unserem Bungalow standen. Mir fiel auf, dass er den Motor abgestellt hatte.

»Nein, ich wohne noch zu Hause bei meiner Mum. Ich spare Geld für die Studiengebühren.« Ich konnte an einem Tag nicht durchgehend lügen.

»Na, dann viel Erfolg dabei. Kommst du allein rein?«

»Ja, es geht mir wieder gut.« Ich öffnete die Tür. »Noch mal danke.«

»Kein Problem.« Er tippte sich an die Schläfe. »Pass auf dich auf.«

»Mach ich.« Ich stieg mit einem hohlen Gefühl der Enttäuschung im Bauch aus. Gerade hatte ich die Beifahrertür hinter mir zugemacht, da hörte ich seine Stimme.

»Hey, Sophie?«

Ich drehte mich um. James war ebenfalls ausgestiegen und stand auf der Straße. Die Arme hatte er auf das Autodach gelegt.

»Wenn du das nächste Mal beim Joggen Gesellschaft haben willst …« Er zuckte mit den Schultern. »Oder vielleicht auch nicht.«

»Nein, ich … sehr gern.« Ich lächelte. »Wann?«

»Wann dir danach ist.« Er sah mich unentwegt an. Es war ein Wunder, dass meine Wunde nicht wieder zu bluten begann, bei dem vielen Blut, das mir in den Kopf schoss.

»Ich denke, Donnerstag müsste es wieder gehen.« Am nächsten Tag arbeitete ich, und ich konnte es mir nicht leisten, eine Schicht zu versäumen.

»Super.« James holte sein Handy aus der Tasche. »Wie ist deine Nummer?«

Als ich an diesem Abend ins Bett ging, piepte mein Handy.

Du ruhst dich hoffentlich gerade aus, Sophie. Ich freue mich schon auf Donnerstag, obwohl ich ein wenig Angst habe, du könntest schneller laufen als ich. ☺

Mit einem Kribbeln im Bauch antwortete ich: *Ich stolpere beim Laufen öfter, falls du es nicht bemerkt hast. Dann bis Donnerstag.* Ich scrollte durch meine Emojis und fügte einen Smiley und einen Regenbogen hinzu.

Ich blicke aus dem Fenster meines Zimmers. Heute kein Regenbogen, nur stahlblauer Himmel und eine einsame Wolke, die aussieht wie eine zerquetschte Qualle.

Ich spüre kein Kribbeln im Bauch. Das Kribbeln ist unter dem Gewicht des Wissens, das ich mit mir herumtrage, erstickt.

Ich jogge immer noch, James Bacon. Aber kann ich schneller laufen als du?

Ich denke nicht, dass einer von uns die Antwort darauf schon kennt.

Tag 33

Heute hat es wieder geregnet. In der Mittagspause wollte Will Euchre spielen, aber ich habe gefragt, ob wir stattdessen nicht lieber Gin Rommé spielen könnten. Peter Schmidt und Twiggy haben auch mitgemacht, aber nach zehn Minuten wurde es Twiggy langweilig, und sie ging und unterhielt sich stattdessen mit Mitchell und seinen Kumpeln.

Alle finden, Twiggy und Mitchell sollten etwas miteinander anfangen, aber ich glaube, daraus wird nichts. Ich weiß nicht, warum, es ist nur so ein komisches Gefühl, das ich habe.

Wir waren nicht die Einzigen im Klassenzimmer. Am Fenster saß eine Gruppe von Mädchen, die mit ihren Handys etwas spielten. Dabei lachten sie viel. Ich kann mich nicht erinnern, wann ich das letzte Mal so gelacht habe.

»Hey«, sagte Peter, als Will die Karten für eine neue Runde mischte, »mir fällt gerade was ein. Glaubt ihr, Sophie A. hat sich im Busch verirrt?«

»Im Busch?« Ich zog den Reißverschluss meiner Jacke hoch. Es war saukalt. Ich sehnte den Sommer herbei, aber bis dahin waren es noch vier Monate. »Wie kommst du darauf?«

»Nur so ein Gedanke.« Peter klang aufgrund seines Akzents abgehackt, als hätte jemand seine Worte mit einer Schere bearbeitet. »Vielleicht hat sie eine Wanderung gemacht und sich verirrt? Sie könnte irgendwo in den Waitakere Ranges sein.«

»Aber sie wurde zuletzt in North Shore gesehen.« Will teilte den Kartenstapel und schob die Karten ineinander. Ich habe nie gelernt, wie das geht, obwohl Jimmy versucht hat, es mir beizubringen.

»Aber doch auch im Westen, oder? Jemand glaubte, er hätte sie in Piha gesehen, erinnert ihr euch?«

»Na ja«, sagte ich, »vielleicht.« Ich hatte den Bericht auch gelesen, aber es hatte sich nichts daraus ergeben. Und warum hätte Sophie A. in Piha sein sollen?

Erstaunlich, wo sie überall gesehen wurde. Wahrscheinlich wollen die Leute nur helfen. Es dürfte viele blonde weibliche Teenager geben, die allein in Neuseeland unterwegs sind.

»Es ist sehr kalt«, sagte Will und klatschte Karten auf die Pulte vor uns. »Sie hätte eine Unterkühlung bekommen. Das überlebt niemand lange.«

»Das kann man so allgemein nicht sagen.« Peter schob das Kinn vor. »Es schneit ja nicht. Vielleicht hat sie sich einen Unterschlupf gebaut.«

Will verzog spöttisch den Mund. »Und von Schweinefleisch gelebt – klar.«

»Man kann einen Monat ohne Essen überleben.« Peter zeigte zum Fenster. »Wasser ist genug da.«

»Man kann ohne Essen ungefähr vierzig Tage überleben«, sagte ich. »Aber glaub mir, Sophie A. wusste nicht, wie man einen Unterschlupf baut.«

Will sah mich an, und ich blickte rasch auf meine Karten. Das passiert oft, wenn einer von uns in der Vergangenheitsform von Sophie A. spricht. Wir wissen, sie ist wahrscheinlich … du weißt schon … aber niemand will zugeben, dass er es denkt. *Tot.* Je länger ich an dieses Wort denke, desto elender wird mir zumute.

In einer Mittagspause im März hat Jimmy uns beigebracht, Euchre zu spielen, nicht lange, nachdem er das Haiku für mich gedichtet hatte. Es regnete, und wir saßen zu mehreren in seinem Klassenzimmer und unterhielten uns. Manche Lehrer sperren die Zimmer in der Mittagspause zu, aber Jimmy ließ seins immer offen.

Ich war irgendwie überrascht, als Jimmy mit den Karten zu uns kam. In der Schule gingen wir uns eigentlich möglichst aus dem Weg. Was auch gar nicht so schwer war, weil ich Englisch ja nicht bei ihm hatte.

Er zog sich einen Stuhl her und kippte die Karten aus der Schachtel. »Habt ihr schon mal Euchre gespielt?«

»Ein paarmal, ja«, sagte Will. »Aber ich erinnere mich nicht mehr an die Spielregeln.«

»Es ist ein tolles Spiel.« Jimmy begann zu mischen. »Jeder muss sich einen Partner wählen. Und ihr dürft nicht neben eurem Partner sitzen.«

Will nickte mir zu. »Ich und Mac spielen zusammen.«

»Ich nehme Twiggy«, sagte Peter.

»Du kannst mich nicht *nehmen*«, sagte Twiggy mit einem listigen Grinsen. »Aber wir können zusammen spielen, klar.«

Damit blieben noch Sophie A. und Jimmy übrig. Ich müsste lügen, wenn ich behaupten würde, ich wäre überhaupt nicht eifersüchtig gewesen, als die beiden sich zusammentaten. Weil ich weiß, wie Sophie A. auf Typen wirkt. Sie hat mir mal gesagt, es sei nicht immer leicht, so hübsch zu sein, aber das glaube ich nicht. Die Leute sind viel netter zu attraktiven Mädchen. So ist das eben im Leben.

Natürlich haben Jimmy und Sophie A. gewonnen, weil Jimmy das Spiel schon kannte. Wir haben es danach noch oft gespielt, meist in Mittagspausen, in denen es regnete (und davon gab es viele), und wurden alle besser. Manchmal spielte ich sogar mit Jimmy als Partner. Dann gewannen wir fast immer, Jimmy und ich. Wahrscheinlich, weil wir die Körpersprache des anderen lesen konnten.

»Ich glaube, wir sollten uns nicht mehr als Partner zusammentun«, sagte Jimmy eines Abends, als wir im Bett lagen. »Wir sind eine tödliche Kombination.«

»Ja, kann sein.« Ich schlief schon halb. Die Woche war anstrengend gewesen, denn ich hatte Hausarbeiten für Twiggy und mich schreiben müssen. Ich verdiente mein Geld hart.

Jimmy schmiegte sich wie ein C an mich. »Hast du an deine Pille gedacht?«, fragte er wie so oft.

Mir stockte für einen Moment der Atem.

»Soph?«, fragte er – nicht alarmiert, mehr wie um zu überprüfen, ob ich schon eingeschlafen war.

»Äh, ich glaube. Scheiße.« Ich fuhr hoch und begann zu zittern, als ich die kalte Luft an der nackten Haut spürte. »Ich sollte gestern eine neue Packung anfangen.« *Sollte*, nachdem ich eine Woche lang die Zuckerpillen genommen hatte. Ich hatte es aber nicht getan, weil ich die Zuckerpillen weggeworfen und dann vergessen hatte, die neue Packung anzufangen. Mist.

»Was? Wie viele Tage hast du ausgelassen?«

»Nur zwei.« Ich schaltete die Nachttischlampe ein, begann, meine Kleider einzusammeln, und fand schließlich auch meine Unterwäsche am Fuß des Betts. »Ich nehme sie beide, wenn ich nach Hause komme.«

»Nein, das reicht nicht. Du brauchst die Pille für den Morgen danach.«

»Die Pille für den Morgen danach?«

»Ja, genau – hast du davon gehört?« Jimmy saß jetzt auch, und der Schein der Lampe fiel schräg über sein angespanntes Gesicht. »Damit du nicht schwanger wirst.«

»Natürlich habe ich davon gehört. Ich bin nicht blöd.« Ich fummelte am Verschluss meines BH. »Aber ich habe morgen Schule.«

»Ich denke, die Pille danach zu besorgen ist wichtiger, als schwanger zur Schule zu gehen.«

Ich biss die Zähne zusammen. »Ich bin nicht schwanger.«

»Woher weißt du das?« Jimmy sprang aus dem Bett. »Herrgott noch mal, Sophie, gehst du morgen bitte zu Family Planning? Ich fahre dich selbst hin, wenn's sein muss.«

»Das brauchst du nicht, ich geh ja schon, okay? Hör auf, mich anzuschreien.« Tränen liefen unter mein Kinn. Ich wusste, dass er recht hatte. Was, wenn ich schwanger war? Dann war mein Leben vorbei. Nein, vielleicht nicht vorbei, aber ich müsste abtreiben lassen und versuchen, es vor Mum geheim zu halten. Und was kostete das und was war, wenn ich dabei innere Verletzungen erlitt, also dauerhafte, und wenn Jimmy mit mir Schluss machte und ...

»Hey, Soph, nicht weinen.« Jimmy zog mich wieder aufs Bett und wischte mit einem Zipfel des Lakens meine Tränen weg. »Tut mir leid, ich will doch nur nicht, dass du einen schlimmen Fehler machst, ja? Das könnte alles kaputtmachen.«

Meine Stimme zitterte. »Ich weiß.«

Er zog die Decke über uns und küsste eine weitere Träne weg. »Bleib heute Nacht hier. Ich fahre dich morgen früh hin. Ich fange sowieso mit einer Freistunde an. Niemand bekommt etwas mit.«

»Mum will nicht, dass ich woanders übernachte, wenn ich am nächsten Tag Schule habe«, flüsterte ich, aber ich wollte nichts lieber, als weiter in seinen Armen liegen, im Wissen, dass er nicht böse auf mich war. Also schrieb ich Mum, ich würde bei Sophie A. übernachten und erst am nächsten Tag heimkommen. Sie antwortete: *Meinetwegen, aber ich will nicht, dass das zur Gewohnheit wird.*

Ich glaube, das vermisse ich am meisten. Die Nächte, die ich in deinen Armen verbracht habe. Wenn du uns nicht Euchre beigebracht hättest, wäre das alles, glaube ich, nicht passiert.

Ich hasse dieses dumme Spiel.

Tag 32

Heute ist der letzte Tag im Juli. Und außerdem der Geburtstag meiner Mutter. Eine von Mums ältesten Freundinnen, Claire, hat ein Überraschungs-Geburtstagsessen für sie gemacht. Das heißt, sie und ein paar andere Frauen kamen mit Essen und Wein zu uns. Mum war so glücklich, dass sie geweint hat. Sie sagt immer zu mir, Claire sei für sie wie eine Schwester, weil Claire ihre erste Freundin war, als sie die Exklusiven Brüder verließ. Ich glaube, Mum vermisst ihre wirkliche Schwester mehr, als sie zugibt.

Ich frage mich, wie es ist, einen Bruder oder eine Schwester zu haben. Jimmy hat beides, obwohl ich nur Patrick begegnet bin. Er meinte, er sei einsam gewesen, bevor er mich kennengelernt hat, auch schon in Christchurch, und ich konnte nicht verstehen, wie das möglich war.

Die Sophies waren für mich wie Schwestern, aber jetzt habe ich sie auch verloren.

Das ist einsam.

Jimmy und ich waren Ende März, über das Osterwochenende, vier Tage weg. Mum sagte ich, ich würde mit Sophie A. und ihrer Familie wegfahren. Die Lügen folgten mir inzwischen auf Schritt und Tritt, wie Schmeißfliegen. Ich konnte von Glück sagen, dass Mum den Schmeißfliegen nicht bis zur faulen Wahrheit folgte.

Ironischerweise gehörte das Strandhaus, in dem wir wohnten, der Familie eines Lehrers von der Schule. Ich wette, Mr Wood würde ausrasten, wenn er wüsste, mit wem Jimmy dort übernachtet hat.

Das Haus lag natürlich in Northland. Jimmy war von dem sogenannten »Winterlosen Norden« fasziniert, nachdem er bis zu diesem Jahr sein ganzes Leben auf der Südinsel verbracht hatte. Die Fahrt dauerte drei Stunden. Das Strandhaus lag an einer dieser Straßen, auf denen Kinder noch Kricket spielen können, ohne fürchten zu müssen, dass sie überfahren werden. Die Wahrscheinlichkeit, dass wir hier jemandem begegneten, den wir kannten, war fast null.

Am ersten Nachmittag, Karfreitag, sammelten wir am Strand Kiefernzapfen und Treibholz und machten am Strandhaus ein offenes Feuer. Zum Abendessen gab es Salami, Käse, Cracker und Bier, dazu beobachteten wir die Funken, die durch den Kamin zum nächtlichen Himmel aufstiegen.

»Glaubst du, es hängt mit der Evolution zusammen, dass die Menschen so fasziniert vom Feuer sind?«, fragte ich. Die Nacht war rasch hereingebrochen. Eben noch hatte man rosafarbene Streifen am Himmel gesehen, im nächsten Moment war alles schwarz wie Teer.

Jimmy streckte die Beine. »Ich würde sagen, ja.« Seine Füße waren nackt unter den ausgefransten Rändern seiner Jeans. »Schließlich haben wir das Feuer gebraucht, um zu überleben.«

»Aber jetzt haben wir Strom. Und Gasöfen.« Ich zerquetschte eine Ameise, die auf einen Spalt zwischen den Dielenbrettern zulief. »Die aber bei Weitem nicht so unterhaltsam sind.«

»Auf keinen Fall.« Jimmy hob seine Bierflasche. Ich lag auf dem Bauch und schloss die Augen vor den flackernden Flammen.

»Jimmy?« Hinter meinen Lidern leuchtete es orange, in meinem Bauch wurde es ganz warm.

»Ja?«

»Wie viele Freundinnen hattest du schon?« Ich hatte ihn das schon seit einiger Zeit unbedingt fragen wollen, mich aber bis jetzt nicht getraut.

Er ließ die Andeutung eines Rülpsers hören. »Freundinnen«, wiederholte er langsam. Ich dachte schon, er würde überhaupt nicht antworten, und legte den Kopf auf die Arme und wartete.

»In der Highschool gab es ein paar Mädchen«, sagte Jimmy, »aber es dauerte nie lange. Und dann, als ich siebzehn war ...« Ich hörte, wie er wieder einen Schluck Bier nahm. »Eine Freundin meiner Mutter kam aus Frankreich zu Besuch. Meine Mutter hat sie kennengelernt, als sie ein Auslandsjahr in Europa gemacht hat. Colette blieb zwei Monate bei uns. Sie und ich ... also.«

Ich drehte mich auf den Rücken. »Du warst mit der Freundin deiner Mutter zusammen? Wie viel älter war sie denn?«

Er fuhr sich mit der Hand über die Lippen. »Sie war jünger als Mum«, sagte er, »aber nicht viel. Als wir uns kennenlernten, war sie dreiundvierzig.«

Ich überschlug das schnell im Kopf. »Sechsundzwanzig Jahre älter als du? Wow.«

»Ja.«

»Was habt ihr gemacht?«

Er sah mich an. »Lass überlegen. Ich verlor meine Unschuld, hatte zwei Monate lang viel Sex, und dann ging sie wieder nach Hause.«

»Das war's? Ihr habt nie wieder miteinander gesprochen?« Ich setzte mich auf. Mir war ein wenig schwindelig.

»Also, ich habe ihr oft geschrieben, aber sie hat nur einmal geantwortet. Mach's gut, und danke für den Fisch – in der Art.«

»Danke für den *Fisch?*«

Seine Lippen zuckten. »Du scheinst *Per Anhalter durch die Galaxis* nicht gelesen zu haben.«

»Ähm, nein.« Ich rückte näher an ihn heran, und Jimmy schloss Zeigefinger und Daumen um meinen rechten Knöchel.

»Das Originellste im ganzen Buch war ein außerirdisches Wesen namens Babelfisch. Man steckte ihn sich ins Ohr, und er übersetzte dann aus fremden Sprachen.«

»Das kann mein Handy auch.«

»Besserwisserin.« Er lachte, stellte sein Bier an den Kamin und drehte sich so, dass er auf dem Bauch lag und sein Kinn auf meinem Bauch. »Du solltest es lesen.«

»Ich setze es auf meine lange Liste. Warst du verliebt?«

»Wer ist nicht in die erste Person verliebt, mit der er schläft?«

»Vermutlich.« Aber stimmte das immer? Wenn es sich um einen One-Night-Stand handelte?

»Mac«, murmelte Jimmy und brachte seine Augen mit ein wenig Ruckeln und Strecken auf dieselbe Höhe wie meine. »Ich höre deine Sorgen bis zu mir.«

»Ich mache mir keine Sorgen.« Aber ich tat es doch. Wie sollte ich mit einer französischen Intellektuellen mithalten können?

»Ich glaube, doch. Ich werde dich nicht verlassen, okay?«

»Okay.« Ich beobachtete die Spiegelbilder der Flammen, die über seine Pupillen flackerten. »Ich habe mich offenbar auch in die erste Person verliebt, mit der ich geschlafen habe.«

»Freut mich zu hören.«

»Und nach ihr?«

»Nach ihr kam nur immer dasselbe, eine Reihe kurzer Liebschaften. Nichts Ernstes.«

»Nichts Ernstes«, echote ich.

Jimmy lächelte und berührte meine Schläfe genau an der Stelle, wo ich bei unserer ersten Begegnung geblutet hatte. »Bis du gekommen bist.« Dann begann er, uns auszuziehen – meine Kleider, seine Kleider –, bis wir nackt waren, nackt in jeder Beziehung, körperlich und seelisch.

Wer aber seine Seele bloßlegt, setzt sich den Elementen aus. Bestimmte Teile von mir werde ich nie wieder zurückbekommen.

Tag 31

Traumtagebuch: Wir spielen in Jimmys Klassenzimmer Euchre, aber jeder, der eine Partie verliert, muss sich ausziehen. Jimmy und Sophie A. glauben, dass ich nicht merke, wie sie sich ansehen, aber ich merke es doch. Ich weiß Bescheid.

Es ist ungerecht. Sophie A. konnte jeden haben, den sie wollte, aber stattdessen will sie den einzigen Typen, den ich je geliebt habe, den Einzigen, der mich je geliebt hat.

Sophie A. fängt an zu lachen. Als sie den Mund öffnet, tröpfelt Wasser heraus – zuerst nur ganz wenig, aber schon bald wird daraus ein Tsunami, und wir werden alle fortgerissen, purzeln unter einem Himmel voller brodelnder Wolken durcheinander.

Ich kann nicht atmen, kriege keine Luft mehr.

Tag 30

Es ist jetzt dreißig Tage her, dass Sophie A. verschwunden ist, genau einen Monat, und ich glaube, ich habe seitdem keine Nacht mehr durchgeschlafen.

Es ist Sonntag. Ich hasse Sonntage. Da ist nie was los. Zumindest war das so, bis ich James kennenlernte. Fünf Monate lang habe ich die Sonntage geliebt. Wir haben so viel zusammen unternommen. Aber dann haben wir Schluss gemacht, und ich hatte wieder meine langweiligen Sonntage. Nicht nur langweilige, sondern ganz unerträgliche Sonntage, weil ich mit all den Gedanken leben muss, von denen mir der Kopf schwirrt.

Deshalb habe ich heute, als Will fragte, ob ich beim Touch Rugby mitspielen wollte, weil einer aus der Mannschaft krank war, tatsächlich zugesagt.

Ich weiß nicht, was ich mir dabei gedacht habe. Ich sehe mir nie Touch-Rugby-Spiele an und kenne erst recht nicht die Spielregeln. Jedes Mal, wenn ich tatsächlich den Ball bekam, was zu meiner Erleichterung nicht oft war, hatte ich keine Ahnung, ob ich ihn auf dem Boden ablegen musste oder zu jemand anderem passen durfte. Zuletzt rannte ich einfach willkürlich über das Feld und hoffte, die anderen würden den Ball möglichst von mir fernhalten.

Twiggy spielte auch mit. Sie hatte zwar ein gleichgültiges »Hallo« in meine Richtung gesagt, aber ansonsten hätte ich genauso gut Luft sein können, so wenig beachtete sie mich. Nicht, dass es mir etwas ausmachte. Nicht viel.

Nach Ende des Spiels gingen wir zu McDonald's, um uns Pommes und Cola zu holen. Wenigstens konnte ich mir das leisten. Meine Abmachung mit Twiggy ist ganz lukrativ, obwohl ich irgendwie trotzdem alles Geld ausgebe, das ich verdiene.

»Danke fürs Einspringen«, sagte Will. Er saß mir gegenüber, die langen Beine ausgestreckt, sodass sie fast meine Knöchel berührten.

Ich bewegte meine Beine ein wenig von ihm weg.

»Ich bin nicht sicher, ob ich ein Gewinn war.«

»Du würdest es lernen, wenn du regelmäßig kommen würdest. Übung macht den Meister.«

Peter Schmidt, der verrückte Deutsche, trank schlürfend.

»Ich habe gehört, man braucht tausend Stunden, bis man etwas wirklich kann.«

»Nur?« Ich nagte am Ende einer Pommes. »Ich hätte gedacht, man braucht mehr.«

»Tausend Stunden sind fast zweiundvierzig Tage«, sagte Peter.

»Nur wenn man nicht schläft«, sagte ich. »Wenn man acht Stunden Schlaf abzieht und zwei Stunden täglich fürs Essen und Duschen ...«

»Dann bleiben noch vierzehn Stunden täglich für Touch Rugby«, sagte Will. »Das heißt, für tausend Stunden braucht man in Wirklichkeit einundsiebzig Tage.« Er sah Peter mit hochgezogenen Augenbrauen an. »Nur, dass ich mich erinnern kann, dass man zehntausend Stunden braucht, um etwas wirklich zu können, und das wären ohne Pausen fürs Schlafen, Essen und Duschen vierhundertsechzehn Tage.«

Twiggy warf eine Pommes nach ihm.

»Ihr seid solche Klugscheißer.«

»Klugscheißer regieren die Welt«, sagte Will. Ich konnte nicht ertragen, wie er mich anlächelte, und flüchtete auf die Toilette.

Als ich nach Hause kam, war es halb sechs, und Mum machte Shepherd's Pie zum Abendessen.

»Gutes Spiel?«, fragte sie.

»Ganz toll«, sagte ich und ging duschen.

Ich frage mich, ob man auch zehntausend Stunden braucht, um eine perfekte Lügnerin zu werden oder der perfekte Verführer von Schulmädchen. Oder ist so was angeboren, wie bei Psychopathen?

Nicht, dass ich James für einen Psychopathen halte. Aber ein vorbildlicher Lehrer ist er auch nicht.

Andererseits bin ich auch keine vorbildliche Schülerin. Was niemand vermuten würde, solange er nicht mit James oder Twiggy spricht.

Du behältst dein Geheimnis für dich, James Bacon, und ich meins. Versprochen.

Tag 29

Heute hatte ich einen Tagtraum. Das ist mir lieber als die Albträume, die ich jede Nacht habe, seit Sophie A. vermisst wird.

Ich war online und sah nach, wie man Rechtsmedizinerin wird. Ich habe das schon ganz oft getan. Du studierst Medizin, bestehst alle Prüfungen und dann die Prüfungen in Pathologie. Insgesamt dauert es mindestens zwölf Jahre. Ich weiß zwar nicht, wie ein gewöhnlicher Mensch wie ich das alles schaffen soll, zumal wir kein Geld haben, aber ich bin fest entschlossen, es wenigstens zu versuchen.

Ursprünglich wollte ich Forensikerin werden, eine von denen, die an Tatorten von Verbrechen arbeiten. Aber das wollen anscheinend viele, und es gibt nicht viele Stellen. Im Supermarkt gibt es einen Kassierer, der einen Bachelor in Geisteswissenschaften und Schulden vom Studium hat und der keine andere Stelle findet. So will ich nicht enden.

Nachdem ich mir wieder mal mit den Zulassungskriterien für Medizin Angst gemacht hatte (im ersten Studienjahr braucht man lauter Bestnoten und muss auch noch ein Gespräch bestehen), begann ich stattdessen nach interessanten Fakten aus der Forensik zu suchen.

Dabei erfuhr ich, dass es fünf verschiedene Arten von Ertrinken gibt. Einmal das *nasse Ertrinken*, wenn jemand Wasser in die Lunge einatmet. Dann das *trockene Ertrinken*, wenn der Kehlkopf des Ertrinkenden dichtmacht, sobald er mit Wasser in Berührung kommt, sodass auch keine Luft mehr durchkommt. Beim trockenen Ertrinken stirbt man an Herzstillstand. Die anderen drei Arten sind der *Tiefwasser-Blackout*, der *Schwimmbad-Blackout* und, besonders interessant, das *sekundäre Ertrinken*. Diese Art des Ertrinkens ist eine Reaktion des Körpers auf das Einatmen einer kleinen Menge Flüssigkeit und kann noch bis zu vierundzwanzig Stunden, nachdem der Schwimmer das Wasser verlassen hat, eintreten. Das in der Lunge verbliebene Wasser führt zu einer weiteren Ansammlung von Flüssigkeit und dadurch zu Sauerstoffmangel.

Ich weiß nicht, warum ich angefangen hatte, das zu lesen, aber ich konnte nicht mehr aufhören. Ich habe manche Leute sagen hören, Ertrinken sei schmerzlos, es stelle sich ein euphorischer Zustand ein. Aber in vielen Blogs, die ich gelesen habe, stand das überhaupt nicht. Vielleicht ist es mehr so, wie wenn man sich verschluckt und hustet und würgt, bis man das Gefühl hat, man muss sich übergeben.

Anschließend hatte ich eine kleine Panikattacke und löschte sämtliche Internetsuchen zu diesem Thema von meinem Handy.

Schade, dass ich das, was ich gerade gelesen habe, nicht auch aus meinem Kopf löschen kann. Ich träume nicht mehr. Ich sitze in einem Albtraum fest, aus dem ich nicht rauskomme.

Tag 28

Heute ist der vierte Freitag, seit Sophie A. verschwunden ist. Natürlich beschäftigt mich das gegenwärtig am meisten, das und die Krämpfe in meinem Bauch.

Heute, am 27. Juli, ist allerdings auch ein schlimmer Tag für meine Mutter. Genau vor einem Jahr ist ihr Vater – mein Großvater – gestorben.

Mum wusste nicht, ob sie zur Beerdigung gehen sollte oder nicht. Schließlich hatten er und der Rest der Familie den Kontakt zu ihr abgebrochen. Sie ging dann nicht hin, aber sie sagt, dass sie deshalb bis heute ein ganz schreckliches Gefühl hat.

»Aber es war doch nicht deine Schuld«, sagte ich beim Abendessen heute. Wir aßen Käsemakkaroni, die ich gemacht hatte, weil ich wusste, dass sie Mums Trostessen sind. »Er hat doch gesagt, dass er dich nie wiedersehen will.«

»Ich weiß.« Mum nahm einen großen Schluck Wein. Normalerweise können wir uns Wein nicht leisten, aber sie hat die Flasche vergangene Woche bei einer Tombola in einem Pub gewonnen, zusammen mit einem Packen Fleisch, der uns ein paar Wochen reichen wird. »Aber ich habe jetzt das Gefühl, dass ich ein Kapitel meines Lebens nicht abschließen kann. Es klingt seltsam, aber wenn man sich von jemandem nicht verabschieden kann, fällt es einem schwer, zu glauben, dass er nicht mehr da ist.«

Ich nippte an der kleinen Menge Wein, die Mum mir genehmigt hatte. Wenn sie wüsste, wie viel ich mit James getrunken habe.

»Und wenn du sein Grab besuchst?«, fragte ich.

»Vielleicht.« Mum trank aus und blickte in den dunklen Garten hinaus. »Lust auf einen Ausflug nach Taupo?«

»Klar«, sagte ich, obwohl ein Besuch am Grab meines toten Großvaters nicht gerade meine Vorstellung von Spaß war.

Meine Mutter schob ihren Teller weg. »Vielleicht im Sommer. Wir könnten auf einem Campingplatz übernachten, das wäre billiger.«

»Klar«, sagte ich noch einmal, aber ich war in Gedanken nicht mehr bei meinem ätzenden Großvater. Ich dachte an die Eltern von Sophie A., die bei der verzweifelten Suche nach ihrer Tochter allmählich durchdrehten. Sie tot zu finden war vermutlich noch besser, als sie überhaupt nicht zu finden.

Mum sah mich befremdet an. »Ich hätte schwören können, dass da eben noch ein halbes Glas Wein neben deinem Teller stand.«

»Es war doch gar nicht so viel«, log ich. In Wahrheit hätte ich mich heute am liebsten richtig volllaufen lassen, aber ich wollte das nicht unbedingt vor meiner Mutter tun.

Was hatte ich beim letzten Mal davon? Einen Mordskater, und kaum war der überstanden, wurde ich dann richtig krank.

Vielleicht hat die Natur mich damit für das bestraft, was ich nicht getan habe.

Ist das ein Verbrechen? Etwas nicht zu tun?

Na, komm schon, Sophie, bist du wirklich so blöd, dass du die Antwort auf diese Frage nicht kennst?

Halt doch die Klappe.

»Alles in Ordnung?«, fragte Mum beim Abspülen – wahrscheinlich, weil sie auf alles, was sie sagte, nur einsilbige Antworten bekam.

»Klar«, sagte ich zum wiederholten Mal. Aber ich glaube, Mum wusste inzwischen, dass *Klar* eigentlich *Nein* hieß. Ich wollte allerdings nicht über Sophie A. reden, nicht, wenn alle seit Wochen nur noch über sie sprachen. Deshalb sagte ich: »Hast du schon mal überlegt, herauszufinden, wo er ist?«

Mum spülte ein Glas und stellte es umgekehrt auf das Abspülgestell. »Ich vermute mal, du sprichst nicht mehr von deinem Großvater.«

»Nein, wo *der* ist, ist ja wohl klar. Ich meine den Samenspender.«

»Musst du ihn so nennen, Sophie?« Meine Mutter schrubbte einen Teller.

»Aber das ist er doch, oder?«

»Die Antwort auf deine Frage lautet: Nein, ich überlege nicht, wie ich ihn finden könnte. Das wäre viel zu schwierig.«

»Weil du seinen Nachnamen nicht kennst?«

Mum nahm die Scheuerbürste in die Hand. »Er hieß Bradley. Mehr weiß ich nicht.«

»Für eine Suche auf Facebook reicht das wahrscheinlich nicht.«

Sie presste die Lippen zusammen. »Das will ich auch gar nicht.«

»Hast du nie daran gedacht, ihm von mir zu erzählen?«

Sie strich eine Haarsträhne zur Seite und hinterließ dabei eine Seifenspur auf ihrer Stirn.

»Um die Wahrheit zu sagen, nein.«

»Warum nicht?«

Mum seufzte. »Haben wir dieses Gespräch nicht schon geführt?«

»Schon, aber du hast mir nie gesagt, warum du es ihm nicht erzählen wolltest«, beharrte ich. Mein Leben wäre womöglich viel leichter gewesen, wenn sie es getan hätte – finanziell und emotional. Ich konnte immer noch hören, wie die Kinder auf dem Pausenhof mich hänselten, als wir hergezogen waren, sah immer noch das höhnische Grinsen auf ihren Gesichtern.

Weißt du, was ein Bastard ist?

Nein, was?

Das bist du, weil du keinen Vater hast.

Mum legte die Spülbürste weg und sank auf einen Esszimmerstuhl.

»Also gut, wir haben uns auf einer Party kennengelernt. Meine Eltern dachten, ich sei im Bett. Ich stieg gegen zehn heimlich durch das Fenster und trampte in die Stadt. Wir waren beide betrunken, und ich suchte vermutlich Ärger.«

»Du *wolltest* schwanger werden?«

»Gott, nein, aber ich wollte über die Stränge schlagen, mich ausleben, weil ich zu Hause so unglücklich war. Ich war nicht ganz blöd. Wir haben ein Kondom verwendet, aber … es ist gerissen.«

»Igitt, so genau wollte ich es gar nicht wissen.« Großer Ekel.

Ohne mein verzerrtes Gesicht zu beachten, sagte Mum: »Ich habe ihn nie wiedergesehen. Ich hätte versuchen können, ihn zu finden, wenn ich es wirklich gewollt hätte, aber ich sah den Sinn nicht. Was für einen Unterschied hätte es gemacht?«

Ich ließ mich auf den Stuhl ihr gegenüber fallen.

»Ich hätte ihn kennenlernen können«, sagte ich. »Irgendwann.«

Mum rieb sich die Schläfe und starrte auf den Seifenschaum an ihrer Hand.

»Ja«, sagte sie. »Daran habe ich damals nicht gedacht.« Sie strich über meinen Schenkel. »Tut mir leid, Liebes. Wenn man siebzehn ist und in einer verzweifelten Lage, denkt man nicht immer an die Folgen.«

»Nein«, sagte ich, und mir war auf einmal ganz schwummerig zumute. »Nein, das tut man nicht.«

Als meine Mutter meinen Blick erwiderte, waren ihre Wangen gerötet, und ihre Augen glänzten.

»Tut mir leid, Schatz. Aber du musst wissen, dass ich dich mehr liebe als alles auf der Welt. Ich würde alles für dich tun.«

»Ich weiß.« Als ich sah, dass meine Mum den Tränen nahe war, hätte ich am liebsten auch geweint, aber das ging nicht. Ich fürchtete, dass ich, wenn ich anfing, vielleicht nicht mehr aufhören konnte. Also stand ich auf. »Ich nehme ein Bad.«

Ich habe meiner Mutter immer alles gesagt, und jetzt kann ich ihr gar nichts mehr sagen.

Tag 27

Als ich heute in der Mittagspause an James' Klassenzimmer vorbeikam, sah ich, dass die Tür abgesperrt war. Kein Euchre mehr mit den Schülern. Überhaupt kein engerer Kontakt zu Schülern mehr, soweit ich sehe.

Aber weiß ich es? Wir konnten unsere Beziehung ja auch über Monate geheim halten. James könnte jede Menge Schülerinnen vögeln und sie zum Schweigen verpflichten.

Dich auch, Sophie A.? Und hat er gesagt, du seist die beste Sophie? Vielleicht nannte er dich nicht die *klügste* Sophie, aber bestimmt die *hübscheste*. Die Zeichen waren alle da, aber ich habe sie in meiner Blindheit nicht bemerkt. Zunächst.

Dann im April unser nächster großer Streit.

Es war am Tag nach der Party bei Arthur George / George Arthur. Sophie A. war nicht die Einzige, die einen Kater hatte. Jimmys Augen waren blutunterlaufen, sein Gesicht bleich.

»Das war der Kaffee Martini«, sagte er, als wir an diesem Nachmittag im Bett lagen. »Den hätte ich nicht mehr trinken sollen.«

Ich massierte ihm den Rücken. »Das hat Sophie A. auch gesagt.«

»Was? Dass sie keinen Kaffee Martini hätte trinken sollen?«

»Nein, dass ihr letzter Drink einer zu viel war, Blödmann. Was kostet ein Kaffee Martini überhaupt?«

Jimmy stöhnte. »Das willst du nicht wissen. Ich will gar nicht daran denken, wie viel Geld ich gestern verbraten habe. Wie war deine Party überhaupt?«

»Ganz gut, nur dass Sophie sich auf Twiggys Auto übergeben hat.« Ich massierte einen Knoten in seiner Schulter. »Es gab ein Schwimmbad.«

»Schön, konntest du ein paar Runden schwimmen?« Jimmy klang schläfrig.

»Nein ... ich war vor allem mit Will im Wellnessbereich.«

»Du und Will.« Er drehte sich zu mir herum und sah mich blinzelnd an. Wir hatten die Vorhänge gegen die Sonne und neugierige Nachbarn zugezogen, aber es war trotzdem so hell, dass ich sein verärgertes Gesicht sehen konnte. »Wie lange warst du denn mit Will in diesem Wellnessbereich?«

»Keine Ahnung, vielleicht eine Stunde.« Ich drehte mich weg. »Warum?«

»Der Typ fragt ständig, ob du mit ihm ausgehst, und du wunderst dich, warum ich wissen will, wie lange du mit ihm zusammen warst?«

»Wie bitte?« Ich setzte mich auf und zog die Decke über meine Brüste. »Wir haben uns nur unterhalten.«

»Na prima.« Es klang kurz angebunden.

»Du vertraust mir nicht?«

»Dir schon.« Jimmy setzte sich ebenfalls auf. »Ich habe gesehen, wie er dich anstarrt.«

»Wann? *Was?*«

»Als wir Karten gespielt haben, dann. Bist du blind?«

»Sei nicht so herablassend.« Ich rutschte vom Bett. »Was erwartest du von mir? Dass ich zu Hause bleibe, während du mit deinen schicken Freunden durch Auckland ziehst?«

»Ich erwarte jedenfalls nicht, dass du mit einem notgeilen Teenager halb nackt an einem dampfenden Becken sitzt«, schimpfte er.

Die Wut ging mit mir durch. »Weißt du, was? Du kannst mich mal. Ich habe dir vertraut, als du gestern Abend aus warst, also warum kannst du mir nicht auch vertrauen?«

Jimmy sah mich nur an und ballte fortwährend die Hände zu Fäusten, also ging ich.

Am nächsten Tag versammelte sich um die Mittagszeit die übliche Runde, um Euchre zu spielen – ich, Jimmy, Will, Sophie, Peter und Twiggy.

Jimmy und ich sprachen immer noch nicht miteinander, aber natürlich merkte das niemand. Jimmy tat sich mit Sophie zusammen. *Leck mich doch*, dachte ich und tat mich mit Will zusammen.

Ich bin nicht besonders gut im Flirten, aber ich muss zu meiner Schande gestehen, dass ich die ganze Zeit schamlos geflirtet habe. Ich lachte über alles, was Will sagte. Wenn ich ihn ansah, klimperte ich mit den Wimpern und stieß ihn wiederholt an.

Bei Jimmy war es nicht ganz so offensichtlich. Er hätte

wahrscheinlich Schwierigkeiten bekommen, wenn jemand es bemerkt hätte. Aber ich konnte nicht ignorieren, wie er immer wieder Sophies Blick auffing und ihr heimlich zulächelte; mit einem Lächeln, das sonst für mich reserviert war.

Ich kochte innerlich und Jimmy auch. Ich merkte es an der Röte, die von seinem Hals aufstieg.

Am Abend gingen wir aufeinander los.

»Ich hätte es wissen müssen«, fauchte ich. Wir standen in Jimmys Wohnzimmer, die Gesichter wutverzerrt und vier Hände zu Fäusten geballt, während der Junkie-Nachbar »Scar Tissue« von Red Hot Chili Peppers spielte.

»*Was* wissen müssen?«

»Dass du dich früher oder später über sie hermachst.«

»Nicht *ich* habe mich über jemanden hergemacht.« Ich hatte Jimmy noch nie am ganzen Leib beben sehen. So wütend war er. »Deine Zunge war praktisch in seinem Ohr.«

»Ich war nur nett zu ihm.« Sprich *empört*, Mr Bacon. Das war ich, *empört* und *selbstgerecht*.

»Ja, und er hat dich vor meinen Augen begrapscht.«

»Er hat mir den Arm um die Schultern gelegt«, brüllte ich. »Wie es Freunde tun. Tust du das bei deinen Freunden nie?«

»Ich lasse mich von ihnen nicht vor meiner Freundin begrapschen«, brüllte Jimmy zurück.

»Stell dir vor, jemand *wüsste*, dass ich deine Freundin bin.«

Jimmys Wut füllte das Wohnzimmer so vollkommen aus, dass ich kaum Luft bekam. »Jetzt redest du Unsinn und weißt das auch.«

»Und du benimmst dich wie ein Arschloch.«

Ein lauter Knall. Das war ich, wie ich durch die Wohnungstür marschierte und nach draußen in die Nacht.

Noch einer. Das war Jimmy, der mir folgte.

Es war immer dasselbe. Jimmy packte mich und zog mich wieder nach drinnen. Er stieß mich gegen die Wand und unter meiner Haut bildeten sich Blutergüsse. Wenn ich weinte, küsste er mich und sagte, er liebe mich, nur mich.

Wir versöhnten uns auf die einzige Art, die wir kannten.

Würde ich jetzt zulassen, dass er das wieder tut?

Ich weiß es nicht.

Tag 26

Heute Morgen bin ich fröstelnd aufgewacht. Beim Ausatmen kamen kleine Wölkchen aus meinem Mund. Ich wollte nicht aufstehen, wusste aber, dass es in der Schule deutlich wärmer sein würde als zu Hause.

Im Wohnzimmer saß Mum neben dem Ölradiator und hielt mit beiden Händen eine Tasse Tee.

»Ich hasse den Winter«, sagte ich schlecht gelaunt und ging duschen.

Ich glaube, mir war zuletzt richtig warm, als James und ich das letzte Mal oben im Norden waren. Abends saßen wir stundenlang am Feuer und redeten und kuschelten. Wir toasteten sogar Marshmallows, wie Kinder. Ich hatte das Gefühl, mich ewig mit ihm unterhalten zu können – über Bücher, Kino, seine Träume und meine. Er sagte, er wolle irgendwann nach New York. Ich sagte, ich wolle nach Afrika. Wir sprachen sogar darüber, gemeinsam wegzugehen. Ich war so aufgekratzt, dass ich kaum schlafen konnte.

Wann warst du das erste Mal von mir gelangweilt, James? Ich glaube, es muss damals im April gewesen sein. Du hast gesagt, ich könne am Samstagabend nicht zu dir kommen, weil du mit einigen anderen Lehrern durch die Bars in der Stadt ziehen wolltest.

War ich eifersüchtig? Aber so was von.

Bin ich zu Hause geblieben und habe mich nach dir verzehrt?

Nein. Nein, bin ich nicht.

»Wow, ich kann nicht glauben, dass du heute Abend wirklich mitgekommen bist.« Twiggy zwirbelte ihren Pferdeschwanz und ließ den Blick durch das Zimmer wandern. »Dachte, du müsstest lernen.«

»Ich lerne nicht die ganze Zeit.« Ich lehnte an der Wohnzimmerwand und fragte mich, wie ich den Abend überstehen sollte, ohne mich zu Tode zu langweilen. Ich hatte Twiggy und Sophie A. zu einer Party begleitet, die von irgendeiner Sportskanone gegeben wurde, einem Freund von Twiggy und Mitchell. Mitchell ist der Schülersprecher. Twiggy mochte ihn, aber ich bin nicht sicher, ob das Gefühl gegenseitig war.

Wie auch immer. Die Sportskanone hieß Arthur George oder George Arthur, ich weiß nicht mehr, wie herum. Seine Eltern müssen stinkreich sein, denn er wohnt in Takapuna direkt am Strand. Es gibt dort im Garten einen Wellnessbereich *und* ein beheiztes Schwimmbad, das fast doppelt so groß ist wie unser ganzes Haus.

Bring deinen Bikini mit, hatte Twiggy gesagt. Ich trug ihn unter Jeans und Bluse, war aber zu gehemmt, mich auszuziehen, obwohl ich liebend gern in den Pool gesprungen wäre. Ich kannte so gut wie niemanden, und mit ziemlicher Sicherheit kannte mich auch niemand. Sogar mit Mitchell hatte ich kaum mehr als zwei Worte gewechselt. Wir verkehrten nicht in denselben Kreisen.

Anders Sophie A. Sie war bereits im Pool, hielt einen Fertigdrink in der Hand und redete wie ein Wasserfall auf Mitchell ein. Er lachte und fuchtelte mit den Händen. Twiggy neben mir kochte still vor sich hin.

»Entspann dich«, sagte ich. »Du hast gehört, was sie neulich über ihn gesagt hat.«

»Nein«, sagte Twiggy und nahm einen großen Schluck aus ihrem mit Bier gefüllten Plastikbecher. »Was denn?«

»Dass sie nie mit jemand gehen könnte, der Blumenkohlohren hat.«

»Er hat keine Blumenkohlohren.«

»Nein, sie sehen mehr aus wie Artischocken.« Ich grinste.

Twiggy sah mich wütend an. »Ist dir je aufgefallen, dass sie Typen anzieht wie ...«

»Fleisch die Maden?«

»Ja, genau.« Twiggy hätte fast gelächelt. Dann kamen zwei Mädchen aus dem Jahr unter uns und verwickelten sie in ein Gespräch, irgendwas über ein Hockeyspiel am nächsten Tag, und ich entschuldigte mich und ging nach draußen auf die Terrasse.

Der Pool, dessen Oberfläche von grünen und roten Lichtern beleuchtet wurde, sah ziemlich einladend aus. Es war inzwischen dunkel, und ich brachte den Mut auf, Bluse und Jeans auszuziehen, und ließ mich in das Wasser gleiten.

»Hey, Mac.« Ein Arm um meinen Hals. »Das ist Sophie McKenzie, eine meiner besten Freundinnen.« Sophie A. sprach schon ein wenig undeutlich, dabei war es erst halb zehn.

»Hey«, sagte ich zu der Silhouette vor mir. Sie gehörte nicht Mitchell, der in diesem Moment auf kürzestem Weg der Kühltasche in der Ecke der Terrasse zustrebte.

»Noch eine Sophie?« Der Typ lachte. »Vermehrst du dich einfach so nach Lust und Laune?«

»Richtig. Gefällt's dir?« Sophie A. war immer eine solche Flirterin. Sie machte das ganz unbewusst.

»Gefällt mir«, sagte der Typ, und Sophie A. begann zu lachen. *Kotz*, dachte ich und schwamm zur anderen Seite des Pools hinüber, wo ich auf Will stieß.

»Schön, dass du auch da bist«, sagte er.

»Ja«, sagte ich und unterhielt mich die nächste Stunde mit ihm, überwiegend im Wellnessbereich, weil es dort wärmer war.

Sophie A. sah ich erst zwei Stunden später wieder, als es Zeit war, nach Hause zu fahren.

Wir fuhren zusammen nach Hause, alle drei Sophies in Twiggys Mini Cooper. Ich saß am Steuer, weil ich als Einzige keinen Tropfen Alkohol getrunken hatte. Twiggy war zwar nicht richtig betrunken – dazu war ihr das Hockeyspiel am nächsten Tag zu wichtig –, aber bei einer Kontrolle wäre schon ein Drink zu viel gewesen.

Sophie A. hing mit dem Kopf aus dem hinteren Beifahrerfenster. »Wehe, du kotzt in mein Auto«, hatte Twiggy sie beim Einsteigen gewarnt. Das hatte sie offenbar wörtlich genommen. »Wo warst du überhaupt die ganze Zeit?«

»Ich habe gechattet«, lallte Sophie A., und ich musste lachen, denn es klang wie *geschnattert*.

»Mit wem?«

»Mein Gott, ich habe den Namen vergessen.« Sophie A. rülpste und schluckte.

Twiggys Anspannung war mit Händen zu greifen. »Kotz bitte nicht in mein Auto.«

»Ich werde nicht in dein Auto kotzen.«

Als ich an einer roten Ampel hielt, steckte Sophie A. den Kopf aus dem Fenster und ließ ein schreckliches Würgen hören.

»Sie hat nicht in dein Auto gekotzt«, sagte ich, als wir zehn Minuten später vor Sophie A.s Haus hielten.

»Aber dafür *auf* mein Auto.« Twiggy steckte den Schlüssel in die Haustür.

»Das kannst du morgen früh mit einem Wasserschlauch abspritzen.«

»Dann ist es schon festgeklebt«, sagte Twiggy gereizt.

Sophie A. begann zu kichern, und ich fiel ein. Twiggy war so witzig, wenn sie schlecht gelaunt war.

»Pst, ihr weckt die anderen auf«, schimpfte Twiggy leise. Wir halfen Sophie A. durch den Flur zu ihrem Zimmer. Twiggy verschwand im Bad und überließ es mir, Sophie A. ins Bett zu bringen.

»Musst du noch aufs Klo?«, fragte ich und öffnete den Reißverschluss ihrer Jeans.

»Nein. Oder doch.« Sophie A. hielt rasch die Hände vor die Jeans, aber da hatte ich den dunklen Fleck im Schritt schon gesehen.

»Ähm – du blutest ja.«

»Scheißregel«, sagte Sophie A., zerrte am Hosenbund und schwankte in Richtung Bad.

»Noch zwei Minuten!«, schrie Twiggy, als Sophie A. anfing, gegen die Tür zu hämmern. So viel zur Nachtruhe.

Nach meiner Berechnung dürfte das Sophie A.s letzte Regel gewesen sein.

Tag 25

Heute sagte uns Ms Taylor, unsere Biologielehrerin, dass das Herz im Durchschnitt sechzig bis hundert Mal pro Minute schlägt, dass es aber auch schneller schlagen kann, wenn es notwendig ist. Mein Herz schlägt seit fünfundzwanzig Tagen mindestens hundert Mal pro Minute. Das ist bestimmt nicht notwendig. Es tut mir auch bestimmt nicht gut. Wenn ich nun vom ständigen Stress einen Herzinfarkt kriege?

Hier einige weitere Fakten, die ich über das Herz gelernt habe: Das Herz eines noch nicht geborenen Babys beginnt bereits nach vier Wochen zu schlagen. Das heißt, Sophie hatte eine kurze Zeitlang zwei Herzen. Wie findest du das, James? Und wusstest du, dass ein Tintenfisch drei Herzen hat? Bist du neidisch? Solltest du sein. Ich glaube nämlich, du hast gar keins.

Manchmal überlege ich, ob ich zur Polizei gehe und denen die ganze Wahrheit erzähle. Aber was ist, wenn sie mir nicht glauben?

Tag 24

Heute Abend hatte ich meine übliche Montagsschicht im Supermarkt. Draußen prasselte der Regen auf den Beton.

Ich hasse den Regen. Und auch den Juli.

Will kam vorbei, wie oft am Montagabend. Heute hat er eine Flasche L&P und eine Tüte Green-Onion-Chips gekauft. Kaum hatte ich ihm die Quittung gegeben, kam Tip-Top mit seinem üblichen Einkaufswagen voller Softdrinks und der Großpackung Eiscreme. Will wartete am Fenster, während ich die Sachen von Tip-Top einscannte.

»Danke«, sagte er und ging. Von wegen schon mal gesehen – er kommt jeden Montagabend um halb acht hier durch, seit ich hier arbeite.

»Glaubst du, er isst das ganze Eis auf einmal?«, fragte Will, nachdem der Typ durch die automatische Tür nach draußen verschwunden war.

»Mike sagt, dass er jeden Tag einen solchen Becher kauft, also vermutlich.«

»Das ist ja deprimierend.« Will hielt mir die Chipstüte hin. »Willst du?«

Eigentlich nicht, aber ich nahm trotzdem ein paar. Appetit hatte ich seit ein paar Wochen so gut wie keinen.

»Ähm.« Will warf einen Blick über die Schulter, beugte sich zu mir und murmelte: »Weißt du was Neues?«

Ich presste die Lippen zusammen und schüttelte den Kopf.

Er machte eine Grimasse. »Drei Wochen sind lang.«

Vierundzwanzig Tage ganz genau, also dreieinhalb Wochen, dachte ich, verbesserte ihn aber nicht. Es sollte nicht klingen, als würde ich mitzählen.

»Hat sie was zu dir gesagt? Also, bevor sie verschwunden ist?«

»Nein.« Ich schluckte und Chipskrümel kratzten mich im Hals. »Ich meine, nichts Ungewöhnliches.«

»Meine Mum meint, sie ist bestimmt entführt worden.« Will hielt die Limonadenflasche an die Brust gedrückt. »Ich will gar nicht darüber nachdenken, was passiert sein könnte.«

»Dann tu's nicht. Ich will auch nicht daran denken. Hoffentlich ist sie weggelaufen.«

Will schüttelte sich die schwarzen Locken aus den Augen. »Aber wohin? Ihr Pass war offenbar noch zu Hause.«

»Keine Ahnung. Ich hoffe das einfach.«

Hoffen kann ich doch noch, oder? Wenn Wunder geschehen, dann hoffe ich, dass es bei dir so war, Sophie. Dass du vielleicht auf der Jacht von irgendjemandem auftauchst, in der Nähe einer Insel im Pazifik, braun gebrannt und lächelnd.

»Hey, Mac.« Will stupste mich an die Schulter. »Tut mir leid.«

»Schon okay.« Ich fuhr mit dem Arm über meine nassen Augen und wandte mich dem nächsten Kunden zu. »Hallo, wie geht es Ihnen?«

Die Kundin, eine magere Frau in einem Kostüm und mit einem mürrischen Gesicht, gab sich nicht mal die Mühe, zu antworten. Mir auch recht. Hinter ihr wartete, halb versteckt, ein älterer Mann in einem lavendelfarbenen Pullover mit einer Packung Kondome in der Hand.

»Das ist ja wie in einem zweitklassigen Gruselfilm«, murmelte Will an meinem Ohr und entfernte sich in Richtung Fenster. Ich lachte. Es klang wie ein Schluckauf, und die magere Frau sah mich böse an. Der ältere Mann schob das Kondompäckchen in die vordere Tasche seiner zu engen Jeans und nahm einen Schokoriegel von dem Regal neben ihm.

Na toll. Ein Lustgreis, der auch noch ein Ladendieb war. Der Abend wurde immer besser.

Wenigstens lenkte es mich ab. Jetzt, wo ich im Bett liege, rast mein Herz. Vierundzwanzig Tage sind vergangen, seit ich über einen Strand mit schwarzem Sand gerannt bin, und Regen und Tränen über die Wangen gelaufen sind, und seitdem klopft mein Herz so schnell.

Ich hasse den Regen, und ich hasse mein Herz. Es hat mir diesen Schlamassel eingebrockt.

Bei unserem zweiten Date wartete ich an der Ecke unserer Straße auf James. Ich wollte nicht, dass er mich von der Arbeit abholte, und musste noch nach Hause und duschen, mich rasieren und mich mit Mums Parfüm einsprühen. James hatte mich zu Hause abholen wollen, aber ich hatte gesagt, meine Mum sei sehr religiös und wolle nicht, dass ich mit älteren Männern ausging.

Die zweite Hälfte stimmte mit ziemlicher Sicherheit. Und die erste hat früher auch gestimmt, als Mum noch nicht beschlossen hatte, dass die Exklusiven Brüder nichts für sie waren.

Man nennt das eine Notlüge, aber ich sage dazu Halbwahrheit.

Ich hatte Mum gesagt, ich würde auf einen achtzehnten Geburtstag gehen und Twiggy würde mich abholen.

Mum lieh mir ein Kleid, weiß mit blauen Blumen. Es reichte

mir nur bis kurz über die Knie. In dieser Hinsicht kann es ein Vorteil sein, eine junge Mutter zu haben – ich kann mir manchmal ein Kleid von ihr borgen.

Als ich ins Auto einstieg, gab James mir einen Kuss. Nicht nur ein flüchtiges Küsschen auf die Wange, sondern einen langen Kuss, bei dem mir ganz heiß wurde, noch bevor wir überhaupt losgefahren waren. Er hatte sich frisch rasiert, und seine Haare rochen nach Kokos. Wenn er gesagt hätte, wir würden zu ihm fahren, statt indisch essen zu gehen, wäre ich einverstanden gewesen.

Zum Glück sagte er es nicht, sonst wäre ich vielleicht in derselben Klemme wie Sophie, als sie mir vor siebenundzwanzig Tagen ihre Neuigkeit anvertraute.

James trug dunkelblaue Jeans und ein weißes Hemd. Auf der Fahrt in die Stadt sah ich ihn immer wieder verstohlen an. Der Himmel war dunkellila, das Licht weich, und ich kam mir vor wie im Traum. Mein Magen war leer, vielleicht war ich deshalb ein wenig benommen. Ich hatte mittags kaum etwas gegessen. Offenbar war der Appetit der Lust zum Opfer gefallen.

Der Lust? Der Liebe? Woher sollte ich den Unterschied kennen? Ich hatte noch nie eine solche Situation erlebt.

Noch nie hatte ein Mann mir die Tür aufgehalten, noch nie hatte ein Mann mich gefragt, was für einen Wein ich mochte. Ich sagte Sauvignon Blanc, weil ich keine andere Sorte kannte.

Ich erfuhr, dass James die vergangenen zwei Jahre an einer Highschool in Christchurch unterrichtet hatte. Dass er gern Bücher von Autoren las, von denen ich noch nie gehört hatte, wie Tim Winton, Michael Ondaatje und Hilary Mantel.

»Hilary Mantel hat ein faszinierendes Buch namens *Wölfe* geschrieben«, sagte er. »Über Thomas Cromwell, den Berater Heinrichs des Achten.«

»Der alle seine Frauen köpfen ließ?«

»Nicht *alle*.« James nahm einen kleinen Schluck Wein. »Einer Theorie zufolge hatte er Syphilis und konnte deshalb keine Kinder bekommen.«

»Würg.«

»Tja, Geschlechtskrankheiten gab es offenbar schon damals. Entschuldige, kein gutes Essensthema. Was liest du denn?«

Ich fuhr mit dem Löffel um die restliche Schokoladensoße auf meinem Teller. Sogar einen Nachtisch hatte James mir bestellt. »Ich habe in der Bücherei einige Bücher über eine Gerichtsmedizinerin namens Kay Scarpetta entdeckt. Die habe ich mit dreizehn, vierzehn alle gelesen. Die Autorin hat selber als Gerichtsmedizinerin gearbeitet, sie wusste also, wovon sie sprach.«

»Klingt sehr interessant.« James' Hand lag auf meinem Knie. »Liest du oft Bücher über Gerichtsmedizin?«

»Ja.« Ich zog den Kopf ein wenig ein, aus Furcht, das könnte absonderlich klingen.

»Erzähl mir was Interessantes aus diesem Gebiet«, sagte James. »Egal, was.«

»Ähm.« Ich wischte mir die Lippen mit einer Serviette ab. »Vor Kurzem habe ich etwas über bekannte Fälle gelesen, bei denen Menschen vergiftet wurden. Es gab da eine Studentin in Peking, die plötzlich unerklärliche Anfälle von Übelkeit bekam. Sie sah nicht mehr scharf, die Haare fielen ihr aus, und sie bekam Bauchschmerzen. Dann fiel sie ins Koma. Zwei Freundinnen recherchierten im Internet und kamen zu dem Schluss, sie könnte sich mit Thallium vergiftet haben, also überprüften die Ärzte das, und die Freundinnen hatten recht.«

James schob seine Schale weg. »Und dann?«

Ich griff nach meinem Weinglas. »Es ist wirklich traurig. Die Ärzte haben ihr zwar das Leben gerettet, aber sie ist trotzdem vollständig gelähmt und kann nicht sprechen. In dem Artikel, den ich gelesen habe, stand, die Hauptverdächtige sei ihre Mitbewohnerin, weil sie Zugang zu Thallium gehabt hätte, vermutlich aufgrund ihrer Forschungsarbeit. Andererseits hatte die Mitbewohnerin Angehörige in der Kommunistischen Partei, deshalb ist der Fall immer noch ungelöst ... schwer zu verstehen, was?«

»Richtig ...« James klang interessiert. Entweder das oder er bereute, mich zum Essen ausgeführt zu haben.

»Deprimierendes Thema. Tut mir leid.«

James lächelte, streckte die Hand aus und berührte meine Stirn. »Was für interessante Fakten hast du da drinnen noch auf Lager?«

»Nicht so viele«, sagte ich verlegen. »Jetzt bist du dran.«

»Was willst du wissen?« Mit dem Daumen seiner anderen Hand beschrieb er auf meinem Schenkel Halbkreise, was meine Aufmerksamkeit stark beanspruchte.

»Keine Ahnung. Vielleicht noch was über Heinrich den Achten?«

»Hm.« James klopfte sich ans Kinn. »Mal überlegen ... Er wurde mit siebzehn zum König gekrönt.«

»Mit siebzehn.« Wollte er mich ködern? Nein – woher sollte er wissen, dass ich erst sechzehn oder fast siebzehn war? »Ich kann mir nicht vorstellen, in diesem Alter König oder Königin zu sein.«

»Oder in irgendeinem Alter.« James trank sein Glas leer. »Lust auf einen Spaziergang?«

»Sehr gern«, sagte ich.

Sommerabende in der Domain sind wunderschön. Und Sommerabende in der Domain mit deinem zukünftigen Geliebten sind überirdisch.

Wir gingen Hand in Hand zu der schattigen Stelle, an der ich erst vor wenigen Tagen gestürzt war. Kurz darauf lagen wir unter dem Baum im Gras. Und kurz darauf lag James auf mir, die Finger in meiner Unterwäsche.

Gott weiß, wie mein vom Wein und von James benommener Kopf zur Besinnung kam. Aber als er am Reißverschluss seiner Jeans zerrte und meinen Slip nach unten ziehen wollte, wusste ich, dass ich ihn stoppen musste.

»Äh«, sagte ich. Mir war, als wäre ich auf einer Skipiste ohne Sicherheitsabsperrung unterwegs. »Ich habe das noch nie gemacht. Ich nehme die Pille nicht.« Und selbst wenn ich sie genommen hätte, war ich ganz klar nicht bereit, schon beim zweiten Date von A bis Z zu gehen.

»Mmm. Okay.« Er stöhnte leise und rollte von mir herunter. »Okay. Klar.«

»Tut mir leid.«

Er rutschte näher und nahm mein Gesicht in beide Hände.

»Du Süße«, sagte er. »Ich hätte es wissen müssen.«

»Es tut mir leid«, murmelte ich. Ich war so ein kleines Mädchen. Warum sollte er mit mir weitermachen wollen, wenn er jede Frau haben konnte, die er wollte?

»Entschuldige dich nicht. Ich kann warten, bis du bereit bist. Zumindest kann ich warten, bis du die Pille nimmst.« Er gab mir einen Kuss. »Wir haben alle Zeit der Welt, Sophie.«

Ich habe mich nicht schon damals in ihn verliebt. Wie sollte ich, wenn ich ihn doch erst seit sechs Tagen kannte? Aber damals fing es, glaube ich, an.

Lust und Liebe, besteht da ein Unterschied?

Leider ja.

Tag 23

Es ist wieder Sonntag. Ich wünschte, Sonntage würden aus dem Kalender gestrichen. Sie sind wie die trägen Schmeißfliegen, die es im Sommer gibt. Wenn die Sonntage gestrichen würden, würde das Jahr viel schneller vorbeigehen.

Wenigstens konnte ich ein wenig arbeiten, auch wenn ich nur meine Notizen ins Reine geschrieben habe. Als ich dann davon genug hatte, was nicht lange dauerte, habe ich mein Zimmer sauber gemacht. Unter dem Bett lag noch ein Haufen Papiertaschentücher von neulich, als ich Grippe hatte, außerdem die leeren Zellophanpapierchen von Hustenbonbons und die Geburtstagskarte, die ich von Jimmy bekommen hatte. Ich öffnete sie und las noch einmal, was er geschrieben hatte, obwohl ich jedes Wort auswendig kannte.

Denk dran, niemand wird dich je so lieben wie ich.

Ich sah die Karte noch einmal lange an, dann riss ich sie in lauter winzige Schnipsel. Als Nächstes riss ich den Juli von meinem Wandkalender ab, obwohl erst der Zweiundzwanzigste ist, weil ich den Anblick nicht mehr ertragen konnte. Es war der längste, schrecklichste Juli meines Lebens.

Vor drei Monaten, am 22. April, bin ich in Jimmys Bett aufgewacht. Es war auch ein Sonntag. Jimmy hatte die Arme um meine Brust geschlungen. Mein Kopf war schwer, mein Mund trocken. Die vielen Tränen vom Abend zuvor hatten mich ausgetrocknet. Ich kam mir vor wie ein neben dem Spülbecken liegen gebliebener Schwamm, der darauf wartet, wieder Wasser aufzunehmen.

Jimmys Lippen an meinem Ohr: *Es tut mir leid wegen gestern Abend. Das war nur, weil ich dich so sehr liebe.*

Nur damit das klar ist: Er hat mich nie geschlagen. Nie.

Tag 22

Heute war ein sehr dunkler Tag, fast noch schlimmer als der Tag nach Sophie A.s Verschwinden, obwohl der Himmel vor meinem Fenster strahlend blau war. Ich weiß nicht, warum heute alles über mir zusammenschlägt. Jedenfalls konnte ich nicht aufstehen. Ich sagte Mum, ich hätte Kopfweh, aber ich glaube, sie wusste, dass das nicht das eigentliche Problem war.

Sie sagte: »Schatz, ich weiß, wie schwer das mit Sophie A.s Verschwinden ist. Wenn du nicht mit mir reden kannst, möchtest du dann vielleicht mit jemand anderem reden, zum Beispiel Doctor Harper oder einem Berater?«

Als ob ich mit Doctor Harper, der sich, seit ich neun bin, um meine Hautausschläge und Ohrenschmerzen kümmert, über etwas reden wollte. Als ob er mich verstehen würde.

Kurz bevor Sophie A. verschwand, habe ich sie angeschrien. Immer wieder. Hat er zu dir gesagt, du seist die beste Sophie? Die hübscheste?

Du lügst wie gedruckt.

»Was sollte ich denn sagen? Niemand weiß, wo Sophie A. ist, und alle sind krank vor Sorge. Keine Worte von irgendwem können das ändern.« Dann fing ich an zu weinen, und Mum wiegte mich, als wäre ich ein Baby.

Es war ein Unfall. Ein *Unfall.*

Tag 21

Heute ist der 20. Juli und der letzte Freitag der längsten Schulferien meines Lebens. Ich konnte eine Extraschicht im Supermarkt einlegen, die mich acht Stunden lang abgelenkt hat. Regale zu befüllen ist sonst nicht meine Lieblingsbeschäftigung, aber heute bereitete es mir ein eigenartiges Vergnügen, alles genau richtig aufzureihen, vielleicht, weil ich dabei nicht zu denken brauchte.

Um Mittag stieß ein Junge, der nicht älter aussah als zwölf, gegen ein Regal mit Tampons, und ein Wasserfall von Schachteln ging auf ihn nieder. Er war so verlegen, dass er aus dem Supermarkt rannte, ohne beim Aufräumen zu helfen. Da musste ich fast lachen. Fast.

Aber jetzt bin ich zu Hause und denke daran, wie James und ich vor genau drei Monaten, am 20. April, unseren größten Streit überhaupt hatten.

Warum erinnere ich mich an das Datum? Ich erinnere mich daran, weil es Wills siebzehnter Geburtstag war. Und weil er mich eingeladen hatte.

Es war Freitagabend, und ich war gerade bei Jimmy eingetroffen. Er rollte auf der Arbeitsplatte Pizzateig aus und sang laut zum Radio: »Don't« von Ed Sheeran. An seinem T-Shirt und seiner Nase war Mehl, und er sah so süß aus. Ich zog mein Handy aus der Tasche, weil es piepte, las die Nachricht aber nicht, jedenfalls nicht gleich. Stattdessen legte ich es auf die Arbeitsplatte, schlang die Arme um Jimmys Hals und küsste ihn auf die mehligen Lippen.

Das Mehl war überall.

»Magst du Peperoni?«, fragte Jimmy und ließ mich im Kreis durch die Küche fliegen. Lachend legte ich den Kopf in den Nacken. Als er aufhörte, drehte die Decke sich weiter, wie ein Kreisel. Als wäre ich betrunken. Als hätte ich mit meinem heimlichen Geliebten soeben Walzer durch die Küche getanzt.

Jimmy küsste mich auf die pochende Ader an meinem Hals. Und alles nahm seinen Lauf, wie immer. Als wir fertig waren, war auch an verschiedenen anderen Körperteilen von mir Mehl.

»Ich muss einen weicheren Teppich kaufen«, sagte er und strich über eine aufgeschürfte Stelle an meinem Schenkel.

»Ich mag übrigens Peperoni«, sagte ich.

Er stand auf und ging wieder in die Küche. Nahm mein Handy von der Arbeitsplatte und hielt es stirnrunzelnd hoch.

»Da will jemand dich unbedingt erreichen«, sagte er.

Ich hatte zwei Nachrichten, beide von Will.

Hey, Mac, überlege gerade, ob du morgen Abend vielleicht zum Essen mitkommen willst?

Und die nächste Nachricht, deren Eintreffen ich gehört

hatte, als Jimmy meinen nackten Leib gerade mit seinem bedeckt hatte: *Ich habe heute Geburtstag ... meine Oma hat mir einen Lone-Star-Gutschein geschenkt, von dem ich mit ein paar Freunden zu Abend essen kann.* ☺

»Also«, sagte ich, »eigentlich kann ich ja.«

»Du kannst eigentlich was?«

Ich zuckte mit den Schultern. »Er hat Geburtstag. Wäre wohl unhöflich, nicht hinzugehen.«

Warum, warum bloß habe ich dich so provoziert?

Wegen dem Blick, mit dem du Sophie A. beim Euchre fortwährend angesehen hast, deshalb.

Ja, du hast es zwar hartnäckig bestritten, aber ich wusste es besser.

Wie du dich vielleicht erinnerst, James, bin ich dann doch nicht zu Wills Geburtstagsessen gegangen. Wie du dich vielleicht erinnerst, fing unser Streit um 18.47 Uhr an und dauerte, unterbrochen von Schmollpausen, auch noch den ganzen nächsten Tag.

Er ist doch nur ein Freund.

Ein Freund, der dir an die Wäsche will.

Soll ich ihm also sagen, dass ich schon vergeben bin? Willst du das?

Sei nicht lächerlich.

Aber bin ich denn vergeben, Jimmy? Bin ich das wirklich? Was sagst du der nächsten Frau, die dich zu etwas einlädt?

Ich werde sie jedenfalls nicht hinhalten, wie du diese Schlafmütze hinhältst, das ist schon mal sicher.

Hinhalten? So nennst du das? Sophie, willst du mit mir zu-

sammen spielen? Sophie, klimperst du bitte mit den Wimpern, wenn du viel Herz hast?

Ach, leck mich doch.

Nein, leck du mich.

Du hast eine blühende Phantasie.

Wirklich? Habe ich das wirklich?

Du hast mich nie geschlagen. Aber ich erinnere mich noch, wie ich am nächsten Morgen beim Duschen an den dunkelblauen Fingerabdrücken um meinen Oberarm gerieben habe, dem Tattoo deiner Wut. Und ich weiß noch, dass ich nach unserem Streit eine Woche lang eine Beanie getragen habe, obwohl es noch nicht kalt war, noch gar nicht.

Niemand wird dich je so lieben wie ich, Sophie. Denk dran.

Oh ja, daran denke ich. In der Tat.

Tag 20

Traumtagebuch: Wir sitzen in einem Mini Cooper, aber nur zwei Sophies statt drei. Die Röcke unserer Schuluniformen fallen über unsere vier Schenkel. Die von Sophie A. sind von dicken, schwarzen Wollstrümpfen bedeckt. Meine sind nackt. Vereinzelte Regentropfen sprenkeln die Windschutzscheibe. Sophie A. sagt: *Ich muss mit dir reden*, und ich sage: *Ich muss auch dringend mit dir reden*. Also fahren wir. Wir fahren und fahren und fahren, bis wir zum Strand kommen, schwarzer Sand unter einem rußigen Himmel, und warum, warum bloß musste es so enden?

Schweißnass wache ich auf. Es ist Donnerstagmorgen. Nächste Woche fängt die Schule wieder an. Ich muss für

Tests lernen, Aufsätze schreiben. Aber ich kann nur daran denken, wie Sophie A. immer wieder alles abgestritten hat.

Hast du ihr gesagt, sie soll es geheim halten, James Bacon? Vermutlich konnte sie Geheimnisse besser bewahren als ich. Ich musste es ihr sagen.

Ich weiß nicht, was ich tun soll. Ich habe Angst, dass, wenn ich den Mund aufmache, ein ganzer Tsunami von Wörtern herauskommt, und dann ist mein Leben vorbei.

Manchmal denke ich daran. Wo doch mein Leben vorbei ist. Aber nicht einmal dazu habe ich den Mut.

Bitte komm zurück, Sophie A. Ich vergebe dir auch, was du getan hast.

Tag 19

Die Schulferien ziehen sich hin. Ich verbringe den größten Teil davon zu Hause, eingeschlossen, mit einer Wärmflasche im Schoß und einer Decke um die Schultern, und versuche zu lernen. Aber heute Morgen hat Will geschrieben. Er fragte, ob ich mich mittags mit ein paar anderen am Strand zu Fish 'n' Chips treffen wollte.

Ähm, es ist Winter?, antwortete ich.

Na und?, schrieb er zurück. *Ich dachte, wir könnten einen Vorgeschmack auf den Sommer gebrauchen. Und hast du schon mal aus dem Fenster geguckt?*

Ich zog die Vorhänge auf. Am stahlblauen Himmel funkelte eine kalte Sonne.

Okay, schrieb ich. *Aber wenn ich mich erkälte, bist du schuld.*

Wir saßen also mittags, eingewickelt in unsere Jacken und

Schals, unter den Bäumen am Strand. Mit *wir* meine ich Will, Peter Schmidt, Twiggy und mich. Das Meer lag still und glasig da. Es sah eisig aus.

Unweigerlich wandte sich das Gespräch Sophie A. zu. Es gibt keine Gespräche ohne Sophie A., jedenfalls nicht zurzeit.

»Ich verstehe nicht, wie jemand einfach verschwinden kann«, sagte Twiggy. Sie saß im Schneidersitz auf ihrer Tasche, mit den Schnürsenkeln ihrer Laufschuhe beschäftigt. Am Mundwinkel hatte sie einen Fleck Tomatensoße, von dem ihr noch niemand etwas gesagt hatte. Früher hätte ich mich vielleicht einfach vorgebeugt und ihn ihr abgewischt.

»Mir fallen da schon ein paar Möglichkeiten ein«, sagte Peter. Wir sahen uns an, und dann sahen wir alle weg. Niemand wollte an die vielen Möglichkeiten denken, wie jemand verschwinden konnte, ob nun lebendig oder tot. Wir alle haben genügend Folgen von *CSI* gesehen und, schlimmer noch, Sendungen über wirkliche Verbrechen, um zu wissen, was für schreckliche Dinge Menschen einander oder sich selbst antun.

»Irgendwas hatte sie«, sagte Twiggy. »Bevor sie verschwand.«

Will stocherte in den noch übrigen Pommes herum.

»Was denn?«

»Keine Ahnung, sie wollte es mir nicht sagen.« Twiggy zog an einem Ende ihres Schnürsenkels, und ich sah zu, wie er aufging. »Aber in den letzten beiden Wochen hat sie bei der kleinsten Kleinigkeit angefangen zu heulen, wo sie doch sonst immer so fröhlich war.«

»Hat sie dir was gesagt?«, fragte Will mich.

»Nichts Ungewöhnliches.« Ich habe in den vergangenen Monaten so viele Lügen erzählt. Manchmal merke ich gar nicht mehr, dass ich lüge. Aber das war bisher eine der größten. Sie stand so groß und schwarz zwischen uns, dass es ein Wunder war, dass niemand von den anderen sie bemerkte.

Peter nahm die letzte Pommes, hielt sie hoch, wartete, bis alle abgelehnt hatten, und steckte sie sich in den Mund.

»Was haltet ihr von der Frau, die meinte, sie hätte sie vergangene Woche in *Dreamworld* gesehen?«

»An der Gold Coast?« Twiggy schnaubte. »Ich bitte dich, wenn Sophie A. in ein Flugzeug zur Gold Coast gestiegen wäre, hätten wir das erfahren. Die Polizei wäre der Spur nachgegangen.«

»Vielleicht hatte sie einen falschen Pass«, sagte Peter. »Oder sie hat farbige Kontaktlinsen und eine Perücke getragen.«

»Warum, zur Hölle, sollte sie das tun?«, fragte ich. Er sollte doch einfach bloß den Mund halten. Jede neue Theorie, jede neue Nachricht stach in meine Gedärme wie eine Glasscherbe.

Peter zuckte mit den Schultern. »Vielleicht, weil sie etwas zu verbergen hatte.«

Will warf ein Steinchen nach ihm. »Du guckst zu viele Filme, verrückter Deutscher.«

»Und der Typ, der seine Tochter vierundzwanzig Jahre im Keller versteckt hat?«, beharrte Peter. »Der in Österreich. Die hatte sieben Kinder von ihm.«

»Hör auf!« Twiggy wirkte, als würde sie gleich in Tränen ausbrechen. »Das ist nicht hilfreich.«

»Twiggy hat recht.« Ich stand auf. »Darüber zu reden hilft uns nicht weiter. Wir können nur warten.«

Wir verfielen in Schweigen. Wahrscheinlich wussten alle, was die anderen dachten, aber niemand wagte es auszusprechen: *Wie lange denn noch?* Wann wird eine vermisste Person zu einer Person, die *vermisst, mutmaßlich tot* ist?

Wenn man uns das gefragt hätte, hätte eine von uns wahrscheinlich eine ganz andere Antwort gegeben als die anderen.

Aber wahrscheinlich wiederum auch gar nicht.

Tag 18

Heute Morgen bin ich megafrüh aufgewacht, um halb sechs. Also stand ich auf und ging laufen. Ich habe das seit Monaten nicht mehr getan, aber laut dem Fitness-Tracker in meinem Handy schaffte ich trotzdem fünf Kilometer. Als ich fertig war, schnitt die Luft mir wie mit Messern durch die Brust, und meine Waden fühlten sich an, als hätte man sie auf einer Folterbank gestreckt. Doch die Folter hatte einen Zweck. Eine halbe Stunde lang konnte ich all die schrecklichen Gedanken aus meinem malträtierten Kopf verbannen.

Kann Stress einen töten? Wenn ja, wie lange dauert es?

Als ich nach Hause kam, wartete Mum im Wohnzimmer, auf dem Fenstersims eine volle Teetasse.

»Ich finde, du solltest nicht allein im Dunkeln laufen«, sagte sie. »Das ist gefährlich.«

Natürlich musste sie das sagen. Seit Sophie A. verschwunden ist, bringen viel mehr Eltern ihre Kinder zur Schule und holen sie wieder ab und verbieten ihnen, nachts durch die Straßen zu ziehen.

»Ich bin nur in gut beleuchteten Gegenden gelaufen.«

Mum sah mich mit ihrem »Erzähl-mir-nichts«-Blick an. »Darum geht es nicht, und das weißt du auch. Warum bist du überhaupt jetzt gelaufen, wo du doch noch den ganzen Tag Zeit hast?«

»Ich konnte nicht schlafen.« Wütend sah ich sie an.

Mum erwiderte den Blick genauso wütend. »Du läufst nicht mehr im Dunkeln. Ich habe schon genug Sorgen am Hals.«

Ich brummte etwas und marschierte aus dem Zimmer, um zu duschen.

Es sah Mum gar nicht ähnlich, mir solche Auflagen zu machen, nicht, wo man ihr als Kind doch selbst so viel verboten hatte. Aber in unserer Gegend war der schlimmste Albtraum passiert, den Eltern haben können, und das einer meiner besten Freundinnen, und ich weiß, dass Mum das umtreibt.

Das letzte Mal hat Mum mich vor zwei Monaten so ausgeschimpft. Ich kam nach Hause, nachdem ich das ganze Wochenende mit James verbracht hatte, und bekam einen Monat Ausgehverbot.

Nicht, dass es wirklich schlimm wäre, wenn sie das wieder tun würde. Ich kann genauso gut zu Hause bleiben. Am besten der Boden tut sich auf und verschluckt mich.

Es würde mir nichts ausmachen, wenn das jetzt gleich passieren würde. Ich wäre sogar erleichtert.

Tag 17

Sophie A. kam in den Fernsehnachrichten heute Abend an dritter Stelle. Der Nachrichtensprecher sagte, die Polizei suche die weitere Umgebung des Ortes ab, an dem Sophie A. zuletzt gesehen worden sei – in der Nähe der öffentlichen Toilette an unserem Strand, nur zehn Minuten von ihrem Zuhause entfernt, außerdem die kleinen Flüsse der Gegend und die Wege durch das Gebüsch auf den Klippen. Von einem leuchtend orangefarbenen Mini war nicht die Rede, aber ich bin trotzdem kurz vorm Ausrasten. Und ich muss dauernd denken: *Was ist, wenn …*

Das Foto in den Nachrichten ist dasselbe, das für die Zeitungsberichte verwendet wurde, dasselbe, das an allen Schwarzen Brettern und Laternenpfählen von North Shore klebt. Auf dem Foto fallen Sophie A. die goldenen Locken bis auf die Schultern, und sie hat tiefe Grübchen und große himmelblaue Augen. Sie trägt den karierten Rock der Schuluniform und die weiße Bluse, deren oberster Knopf offen steht, sodass man das silberne Medaillon um ihren Hals sieht. Sophie A.s Schwester Carrie hat genau das gleiche Medaillon. Es enthält, wie ich weiß, eine Haarlocke ihres kleinen Bruders, der mit nur drei Monaten gestorben ist. Am plötzlichen Kindstod.

Oh Gott, Carrie. Ich habe sie nur einmal gesehen, seit das alles passiert ist. Vergangene Woche sind Mum und ich auf dem Weg zum Supermarkt an ihr vorbeigefahren. Sie war ganz schmal im Gesicht und hatte dunkle Ringe unter den Augen. Vierzehnjährige sollten nachts nicht wach liegen und sich fragen müssen, ob ihre Schwester je wieder nach Hause kommt. Und niemand, also wirklich niemand sollte sowohl den Bruder als auch die Schwester verlieren müssen.

Wenn ich den anderen jetzt von dem Unfall erzähle, was

passiert dann? Zum einen wüsste die Polizei schon mal, wo sie suchen muss.

Nein, dazu ist es siebzehn Tage zu spät.

Tag 16

Wenn ich doch nur mehr Arbeit im Supermarkt für die Ferienzeit angenommen hätte. Stattdessen hänge ich zu Hause rum und wünsche mir, ich könnte die vergangenen sieben Monate aus meinem Gedächtnis löschen.

Die einzige halbwegs schöne Zeit des Tages war, als Mum mit mir frühstücken gegangen ist. Die Male, die wir auswärts gefrühstückt haben – ein Luxus, den wir uns nicht leisten können –, kann ich an einer Hand abzählen. Aber ich spüre, dass Mum sich Sorgen um mich macht. Ich habe an meinem French Toast herumgestochert, während sie einen Marmelade-Frischkäse-Bagel gegessen hat. Es ist mir nicht entgangen, dass Mum das billigste Gericht der Speisekarte gewählt hat.

Sophie A.s Foto kam auf Seite drei der Zeitung. Wenn ein Mädchen im Teenageralter sechzehn Tage vermisst wird, ist das eine lange Zeit. Alle Eltern in North Shore behalten ihre Töchter jetzt genauestens im Auge, und meine Mutter ist keine Ausnahme.

Ich frage mich, was Mum sagen würde, wenn ich ihr erzähle, was damals passiert ist, als ich Sophie das letzte Mal lebend gesehen habe.

Aber ich kann das nicht. Es würde Mum zu einer Komplizin machen. Ich weiß zwar nicht, bei *was*, aber ich weiß, dass es falsch ist, Informationen für sich zu behalten, wenn jemand vermisst wird. Und das Letzte, das ich will, ist, dass meine Mutter die Wahrheit über mich herausfindet, über Sophie A. und mich und über James Bacon und mich. Ich erinnere mich noch an den Streit, den ich mit Mum hatte, als ich von meinem letzten Wochenende mit James oben im Norden zurückkam.

Es war der heftigste Streit, den wir je hatten.

»Wir müssen reden«, sagte Mum an jenem Sonntag, kaum, dass ich den Fuß über die Schwelle gesetzt hatte. Sie saß mit übereinandergeschlagenen Beinen in dem Sessel am Fenster.

Ich stellte meine Tasche ab.

»Tut mir leid, wenn ich mich verspätet habe.« Es war Mittag, und ich hätte vor zwei Stunden zu Hause sein sollen. An der Art, wie Mum mit dem rechten Fuß wippte, spürte ich, wie geladen sie war.

»Ich wäre schon froh gewesen, wenn du wenigstens auf meine Nachrichten geantwortet hättest.«

»Mein Akku war leer«, sagte ich und blickte sehnsüchtig in Richtung meines Zimmers. *Beeil dich doch bitte mit deiner Strafpredigt.*

»Ach ja? Wirklich?« Mum hielt etwas hoch. Eine Art Schachtel, die aussah wie …

Scheiße!

»Wo hast du die her?« Ich verschränkte die Arme, grub die Fingernägel in die Haut. Die Schachtel war hellgrün und enthielt, wie ich wusste, zwei Lagen von in Folie verpackten Antibabypillen. Die dritte steckte ganz unten im Innenfach meiner Tasche.

Jawohl, Jimmy, ich habe an meine Pille gedacht.

Das würde ich nie wieder vergessen. Die Pille für den Morgen danach hatte ich nicht gut vertragen. Andererseits, was waren ein paar Stunden Übelkeit, verglichen mit einem lebenslangen Mühlstein um den Hals?

»Aus deiner Wäscheschublade, als ich deine Wäsche aufgeräumt habe – du warst ja weg und konntest es nicht selber tun.« Unablässig wippte der Fuß auf und ab, und mein Herz pochte im Takt dazu.

»Ich dachte einfach, für den Fall der Fälle«, murmelte ich. Ich sah förmlich den Rauch aus Mums Ohren aufsteigen.

»Komm mir nicht damit, Sophie. Du hast auch nicht bei Sophie A. übernachtet, stimmt's?« Und als ich zögerte: »Sag mir wenigstens einmal die Wahrheit.«

Meine Gedanken rasten. Die Wahrheit? Wie konnte ich Mum die Wahrheit sagen, ohne sowohl Jimmy als auch mich in größte Schwierigkeiten zu bringen? Denn trotz meiner ständigen Beschwerden wegen der Heimlichtuerei wusste ich natürlich, dass Jimmy recht hatte. Er konnte seinen Job verlieren. Wir konnten einander verlieren.

»Ich war nicht bei Sophie A.«, sagte ich nach einem unerträglichen Moment des Schweigens.

»Gut, wenigstens das passt zu dem, was Ellen sagte, als ich sie heute Morgen anrief. Sie sagte übrigens, sie hätte dich seit Wochen nicht gesehen – nicht an diesem Wochenende und auch nicht an Ostern.«

»Du hast Sophie A.s Mum angerufen?«

»Warum nicht? Sophie, du bist siebzehn. Weißt du, was ich mir für Sorgen gemacht habe, als du heute Morgen nicht auf meine Nachrichten geantwortet hast?« Mum ließ die Tablettenschachtel auf den Couchtisch fallen. »Wer ist es?«

»So ein ... Typ eben.« Ich setzte mich auf die Vorderkante eines Sessels und wählte willkürlich einen Namen. »Mason. Du kennst ihn nicht.«

»Du warst also bei ihm zu Hause?«

»Mhm.«

»Wo? Geht er auch auf die Eastbrook High?«

»Nein, eine andere Schule. Eine private. Aber«, fügte ich hinzu, »ich glaube nicht, dass wir uns noch mal sehen.«

Mum massierte sich den Nasenrücken. »Und warum nicht?«

»Wir passen wohl doch nicht so gut zusammen.«

Meine Mutter öffnete den Mund und schloss ihn wieder.

»Oh, mein Gott!«, sagte sie, mehr zu sich selbst. »Oh, mein Gott!«

Ich umklammerte den Arm meines Sessels. »Es ist keine so große Sache.«

Mum starrte mich an. »Keine so große Sache?«

Ich duckte mich unwillkürlich und wartete darauf, dass meine Mutter explodierte.

Was nicht lange auf sich warten ließ.

Nachdem meine Mutter eine halbe Stunde lang abwechselnd gebrüllt, mich verhört und mich belehrt hatte, sagte sie, dass ich ohne ihre Aufsicht einen Monat lang das Haus nicht verlassen darf, außer um zur Schule zu gehen und am Montagabend zur Arbeit. Als wäre sie selbst nie jung gewesen. Als hätte sie nicht genau dasselbe getan.

Inbegriff einer scheinheiligen Person: meine Mutter.

»Und ich bringe dich zur Arbeit und hole dich wieder ab«, fügte sie hinzu.

Ich hatte inzwischen aufgegeben, empört zu tun, wo ich die Strafe doch verdiente. Stattdessen rannte ich in mein Zimmer und schrieb Jimmy: *Bin in großen Schwierigkeiten. Mum weiß, dass ich heimlich bei einem Typen war, aber sie weiß nicht, dass du es bist.* Ich drückte auf Senden und löschte dann sämtliche Nachrichten an ihn und von ihm. Fünf Minuten später kam Mum ins Zimmer marschiert. Sie machte sich nicht einmal die Mühe, anzuklopfen, und beschlagnahmte auch noch mein Handy.

»In einer Woche kriegst du es wieder«, sagte sie. »Wenn du Glück hast.«

»Ich wusste gar nicht, dass du so gemein sein kannst«, schrie ich und knallte die Tür hinter ihr zu.

Den restlichen Tag war ich unruhig. Wie sollte ich jetzt mit Jimmy kommunizieren, von weiteren Treffen ganz zu schweigen?

Aber ich war die kluge Sophie, die beste Sophie. Mir würde etwas einfallen. Musste etwas einfallen.

Aber jetzt, wo ich auf meinem Bett liege, komme ich mir überhaupt nicht klug vor.

Ich frage mich, ob man Sophie A.s Schultasche schon gefunden hat. Und sich den Inhalt schon angesehen hat.

Traumtagebuch: Ich liege in Jimmys Bett, in seinen Armen, und es ist, als wäre überhaupt nichts passiert. Kein Bruder, der meine Schuluniform gesehen hat, keine Teenager-Schwangerschaften, keine Sophie und Jimmy, die hinter den beschlagenen Scheiben eines schwarzen Ford Falcon sitzen.

Nein, da sind nur Jimmy und ich, die im Dunkeln atmen, aneinander, ineinander. Er flüstert mir ins Ohr: *magische, megacoole Sophie, meine Königin*. Aber als ich mich umdrehe, sehe ich im Schein des Monds Sophie A. Und sosehr ich mich auch bemühe, ich bekomme ihre verschwommenen Umrisse nicht scharf. Sie verblasst, entgleitet mir. Ich strecke die Hände nach ihr aus, aber sie verschwindet, ihr Bild platzt wie eine Blase, und ich bleibe allein und einsam zurück.

Als ich aufwache, weine ich. Ich bin weder magisch noch megacool und auch keine Königin. Vielleicht war ich das nie.

Ich habe auch einige Wörter für dich, James, die dir aber nicht gefallen dürften.

Wichser, Witzfigur, Weichei James.

Bekloppter, Blender, Bastard Bacon.

Ich könnte immer so weitermachen.

Nein, kann ich nicht. Nicht so.

In Wahrheit wünsche ich mir manchmal, ich könnte mit Sophie A. tauschen.

Gott, die Wahrheit. Ich glaube, ich weiß selbst nicht mehr, was das ist.

Deshalb brauche ich dieses Tagebuch. Um dafür zu sorgen, dass alles stimmt, dass auf diesen Seiten die Wahrheit festgehalten ist. Liebes Tagebuch, das ist die einzige Wahrheit, die ich kenne.

Du musst mir glauben.

Tag 15

Heute habe ich einen langen Strandspaziergang gemacht. Der Himmel hing voller grauer Wolken, und ein salziger Nieselregen wehte mir in die Augen. Es war Ebbe, also spazierte ich an den Felsen entlang und blieb manchmal stehen und fuhr mit den Fingern durch das Wasser der Gezeitentümpel. Versehentlich trat ich dann in einen hinein, machte meine Leggings bis zum Knie nass und fror auf dem ganzen Nachhauseweg.

Als ich heimkam, bekam Mum einen Anfall. Ich sagte ihr zwar, dass ich wegen der nassen Kleider nicht wieder eine Grippe bekommen würde, aber sie sah das offensichtlich anders.

»Du bist immer noch nicht ganz gesund«, sagte sie und ließ mich duschen. »Du hast immer noch einen schrecklichen Husten. Und gibst du mir bitte Bescheid, wenn du das nächste Mal gehst?«

»Ich geh doch die ganze Zeit raus, wenn du bei der Arbeit bist«, sagte ich, aber sie hörte mir nicht zu. Offenbar bin hier nicht nur ich paranoid. Den restlichen Tag war ich in meinem Zimmer, um zu lernen. Der Stress stellt seltsame Dinge mit meinem Gedächtnis an, jedenfalls konnte ich mir nichts von dem merken, was ich las.

Erinnerungen sind wie Fotos. Wenn sie alt werden, verblassen sie, bis man keine Details mehr erkennen kann. Wenn das passiert, kann man sie ganz verschieden deuten.

Erinnerungen sind fehlbar, formbar und entsprechend unzuverlässig.

Hier die Erinnerungen, die ich an uns habe, Jimmy. Ich glaube, dass sie stimmen, aber, wie gesagt, meine Erinnerungen und deine sind wahrscheinlich ganz verschieden.

An unserem dritten Date, eine Woche, nachdem wir uns kennengelernt hatten, hast du mich von zu Hause abgeholt. Es war neun Uhr morgens, und Mum war vor einer Stunde zur Arbeit gegangen. Du bist mit mir zu einem deiner absoluten Lieblingsstrände gefahren, einer Bucht, an der deine Großeltern gewohnt haben, als du noch klein warst.

Der Strand hieß Pipi Bay. Er war ganz klein und abgeschieden, als hätte ihn noch niemand entdeckt.

Wir sind gar nicht erst joggen gegangen. Wir haben eine Decke unter einem Pohutukawa-Baum ausgebreitet, sind geschwommen und lagen anschließend in der Sonne und haben geknutscht.

An das erinnere ich mich: den salzigen Geschmack auf deiner Haut, als ich über deine Schulter leckte. Du hast gelacht und gesagt: *Was machst du da? Bin ich ein Eis?*

Und an das: wie du beim Küssen meine Unterlippe zwischen die Zähne gezogen und gesagt hast: *Ich kann es kaum erwarten, mit dir allein zu sein. Also, ganz allein.*

Und daran: wie du mein Bauchnabelpiercing gestreichelt und gefragt hast, ob es wehgetan hätte, es machen zu lassen. *Ja*, habe ich gesagt, *ich habe am lautesten geschrien.*

Am lautesten?

Wir haben uns alle drei zur selben Zeit ein Piercing stechen lassen, habe ich gesagt. *Ich und die anderen beiden Sophies.*

Ich habe dir von den drei Sophies erzählt. Und da hast du gesagt: *Du bist bestimmt die beste Sophie. Die schönste Sophie.*

Und du hast gesagt: *Die anderen nennen mich James, aber für dich bin ich Jimmy.*

Du wusstest, wie du mich in dich verliebt machen konntest, Schritt für Schritt.

Wie würdest du *Hypokrit* definieren, James Bacon?

Tag 14

Ich glaube, heute war der erste Tag, an dem ich nicht alle zwei Minuten an Sophie A. denken musste, aber trotzdem habe ich noch mindestens fünf Mal pro Stunde an sie gedacht. Ich kann mich immer noch ganz schlecht konzentrieren, so schlecht, dass Mum alles zweimal sagen muss, bevor ich es höre. Ich bin so abwesend, dass ich fast von einem Bus überfahren wurde, als ich vor dem Abendessen noch schnell im Laden an der Ecke Klopapier gekauft habe.

Ich denke ständig: *Was ist, wenn ...*

Es ist zwei Wochen her, dass Sophie A. verschwunden ist, und zwei Monate, dass Patrick Bacon mich nackt in Jimmys Bett gesehen hat.

Ich glaube, es war damals, als alles allmählich außer Kontrolle geriet. Auslöser war allerdings der Streit mit meiner Mutter und der Hausarrest.

Wenn ich nicht hätte zu Hause bleiben müssen, hätten wir es nie gemacht.

»Wie lange?«

»Einen Monat.«

»Einen ganzen Monat?«

Es war Montag und Mittagspause, ein Tag, nachdem Mum

den Hausarrest verhängt hatte. Jimmy und ich saßen in Jimmys Klassenzimmer und unterhielten uns leise. Die anderen Euchre-Spieler waren noch nicht da. In der gegenüberliegenden Ecke am Fenster spielten zwei Jungs mit einem Fünfzigcentstück Tischfußball.

Ja, wir gingen ein Risiko ein, aber was für eine Wahl hatten wir?

Jimmy mischte immer hektischer die Karten. »Und kein Handy?«, murmelte er. »Wie soll ich dann …?«

»Weiß auch nicht …«

»Hi, Leute.« Sophie A. ließ sich neben mich fallen und warf mit einer Kopfbewegung die Haare über die Schultern, erst über die eine, dann die andere. »Bringt ihr euch schon in Stimmung?«

»Ja, Mac sagte gerade, wie sie uns heute fertigmachen will.« Jimmys Lächeln war unbeschwert, aber nicht sein Blick. Ich wollte ihn berühren, seinem Blick die Zärtlichkeit zurückgeben. Es war zwei Tage her, dass er mich bei mir zu Hause um die Ecke abgesetzt hatte, ohne Abschiedskuss, falls jemand uns sah.

Wir waren so vorsichtig gewesen.

Sophie A.s Grübchen vertieften sich. »Fertigmachen?«

»Will und ich werden euch heute massakrieren«, sagte ich. Auf dem Gang draußen hörte ich Will lachen.

»Das wird ein blutiges Gemetzel«, sagte Jimmy, und wir steigerten uns immer mehr hinein, vor allem Jimmy und ich, weil Sophie A. bei so was nicht so gut war.

Eine Sammlung gewalttätiger Wörter. Wir hätten es nicht tun sollen.

Am Mittwochvormittag nahm Jimmy mich auf dem Flur beiseite und flüsterte: »In der Mittagspause bei mir.« Er trat zurück und fügte lauter hinzu: »Pass ja auf, was du sagst. Letzte Warnung!«

»Was ich sage?«, wiederholte ich ein paar Stunden später. Wir lagen in seinem Bett, und die Mittagssonne fiel schräg durch die Jalousien. »Was habe ich denn angeblich gesagt?«

»Vermutlich das F-Wort.«

»Sehr witzig.«

»Ich bin immer witzig.« Jimmy stützte sich auf den Ellbogen auf und zog mit dem Finger träge Kreise um den Bauchnabelring, den er mir geschenkt hatte. »Du hast mir gefehlt.«

Ich zog ihn zu einem Kuss herunter. »Du mir auch«, sagte ich und schob meine Hüften unter ihn. Er holte scharf Luft.

»Wir kommen zu spät in die Schule.«

»Ich habe nur Lernzeit.«

»Und ich die Elfer«, sagte Jimmy und fuhr mit den Zähnen meinen Hals hinunter.

»Dann geh doch.«

»Gleich.« Er bewegte den Mund immer tiefer. Ich lächelte und schloss die Augen.

In der Nähe schlug eine Tür zu. Wir hörten trotzdem nicht auf – wir nahmen unsere Umgebung überhaupt nicht mehr wahr, bis jemand sagte: »Scheiße, sorry!«

Das Herz schlug mir bis zum Hals. Jimmy rollte von mir herunter und zog das Laken über unsere nackten Körper.

»Schon mal was von Anklopfen gehört?«

Patrick, der sich bereits abgewandt hatte, sagte: »Die Tür war offen, Bruderherz. Sorry, Sophie.«

Und vielleicht wäre ja alles gut gegangen, wenn ich nicht Teile meiner Schuluniform zwischen Wohnungstür und Schlafzimmer verstreut hätte, vor allem den Schulblazer mit dem vorne aufgenähten Schulemblem.

Das ist das Problem, wenn man einen Bullen als Bruder hat. Dem entgeht nichts.

Patrick macht mir Sorgen. Große Sorgen.

Tag 13

Als ich heute zum Laden an der Ecke gegangen bin, fuhr ein Polizeiauto superlangsam an mir vorbei. Haben die nach Sophie A. gesucht? Vielleicht. Vielleicht auch nicht.

Wie würdest du *paranoid* definieren, James?

Ich bin nicht paranoid, ich … nehme nur alles sehr genau wahr.

Und ich habe Angst.

Tag 12

Heute war wieder ein langer Tag. Lang, kalt und schrecklich. Ich wollte einen Roman lesen, etwas lernen, aber jedes Mal hat mich das Internet abgelenkt. Ich habe nach neuen Schlagzeilen gesucht, nach Sophie A. Es gibt allerdings nicht viel Neues, also habe ich stattdessen in die Suchmaske bei Google »Vermisste« eingegeben.

Ungefähr vierhundert Neuseeländer wurden seit 1939 vermisst. In diesem Jahr begann der Zweite Weltkrieg. Über hundert Personen wurden auf See vermisst. Fast eine Hälfte war in den Bergen und im Gelände unterwegs und verschwand für immer. Über ein Drittel der Fälle wird nie aufgeklärt.

Aber niemand, der die Statistik kennt, weiß deshalb, was dir zugestoßen ist, Sophie A.

Die meisten Vermissten werden innerhalb von vierzehn Tagen gefunden.

Heißt das, dass wir in zwei Tagen die Hoffnung aufgeben? Ich glaube nicht.

Tag 11

Heute Abend haben die Nachrichten von TV1 ein Interview mit Sophie A.s Mum und ihrem Stiefvater gebracht. Ellen, Sophie A.s Mum, sah genauso aus wie in Wirklichkeit, nur schmaler und grauer im Gesicht. Dave, Sophie A.s Stiefvater, wirkte genauso groß und breit wie immer. Wenn ich ihn sehe, lächelt er meistens. Man merkt gar nicht, dass er mindestens hundertfünfzig Kilo wiegt.

Ich finde, Dave ist ein netter Mensch. Er hat den Kummer, den die Medien ihm machen, nicht verdient.

Manche Leute fragen sich, ob Sophie A. zur Gold Coast geflogen ist, um bei ihrem Vater zu leben. Aber ihr Vater hat der Polizei gesagt, dass das nicht stimmt.

Woher ich das weiß? Weil ich es in der Zeitung lese.

Gut, man soll nicht alles glauben, was man in der Zeitung liest oder im Fernsehen sieht.

Die Wahrheit ist: Ich wollte nicht, dass das passiert. Als wir damals nach Muriwai gefahren sind, wollte ich nur, dass Sophie A. mir erzählt, was in Wirklichkeit passiert ist.

Hat sie das? Wahrscheinlich werde ich es nie wissen.

Tag 10

Heute Abend habe ich wie immer im Supermarkt gearbeitet. Tip-Top hat Vanille-Karamell-Eis gekauft. Wir nennen ihn Tip-Top, weil das seine bevorzugte Eismarke ist. Er ist so wahnsinnig dick, dass er beim Sprechen außer Atem kommt, und seine Schenkel sind so massiv wie die Stämme von Kauri-Bäumen. Dann tauchte aus heiterem Himmel Will auf und kaufte Frozen Joghurt und eine Tafel Black-Forest-Schokolade.

»Auch ein Stück?«

»Nein, danke.« Der Nebel in meinem Kopf war so dick, dass ich mich nur mit Mühe konzentrieren konnte. Die Schlagzeilen der vergangenen Woche waren alle Variationen desselben Themas, nur, dass sie von Tag zu Tag aufgeregter werden.

Verschwinden des Teenagers aus North Shore gibt Rätsel auf.

Suche nach der siebzehnjährigen Sophie Abercrombie geht weiter. Sie wird seit zehn Tagen vermisst.

»Willst du sonst was?« Will lehnte sich an die Kasse mir gegenüber. »Vielleicht eine Cola? Magst du Cola?«

»Danke.« Ich wollte nichts essen, und ich wollte nichts trinken. Und Schlafen – war praktisch sowieso unmöglich.

Will musterte mich. »Du siehst wirklich beschissen aus, Mac. Bis du sicher, dass du die Grippe überstanden hast?«

»Schon.« Ich konzentrierte mich auf den nächsten Kunden, einen Mann im Anzug mit einem Bund Bananen und einem Exemplar des *Herald*. Der Artikel war auf der Titelseite abgedruckt: *Highschool-Lehrer nach Verschwinden eines siebzehnjährigen Mädchens verhört und wieder freigelassen.*

»Behalten Sie das Wechselgeld«, sagte der Mann. Es handelte sich um ganze zehn Cent.

»Lies nicht, was in den Zeitungen steht«, sagte Will, als der Mann gegangen war.

»Versuche ich ja.«

Aber wie kann ich die Zeitungen nicht lesen? Wie nicht hören, was im Radio kommt, oder nicht sehen, was das Fernsehen bringt?

»Gut«, sagte Will und verlagerte sein Gewicht auf das andere Bein. »Dann geh ich wohl mal wieder.« Er beugte sich vor und umarmte mich ungeschickt. »Schreib mir, wenn du jemanden zum Reden brauchst.«

»Mach ich«, sagte ich. Mach ich nicht.

Ich sah ihm nach und dachte an die Schlagzeile von gestern in der Sonntagszeitung: *Sie hat sich in Luft aufgelöst – die verzweifelte Suche einer Mutter nach ihrer Tochter.*

Es war nicht Luft, eher Nebel, dick und klamm. Wir waren nass und froren. Und wir waren verzweifelt, wütend.

Und dann waren wir nicht mehr wir.

Nicht mehr die drei Sophies.

Tag 9

Heute bin ich zum ersten Mal seit über einer Woche vor elf aufgestanden. Zehn ist vielleicht nicht viel besser – aber es war immerhin etwas.

»Du hast immer noch einen schrecklichen Husten«, sagte Mum, als ich in die Küche geschlichen kam, um Toast zu machen. »Glaubst du wirklich, dass du morgen arbeiten kannst?«

»Auf jeden Fall. Bis morgen Abend ist es doch noch ewig.« Ich hatte mich schon in der vergangenen Woche krankmelden müssen. Noch einen Ausfall kann ich mir nicht leisten.

»Willst du einen Tee mit Zitrone und Honig?«

»Wenn ich davon noch mehr trinken muss, kotze ich.« Ich nahm ein Glas Vegemite aus dem Regal. »Ich habe kein Fieber mehr.« Und wenn ich noch länger zu Hause bleibe, gehe ich kaputt.

Dass ich letzte Woche krank wurde, hat mich nicht überrascht. Ich habe halb gehofft, die Grippe würde bei mir einen schweren, tödlichen Verlauf nehmen. Aber im Internet fand ich dann heraus, dass vor allem Babys und ältere Menschen an so was sterben. Und außerdem Menschen mit schlechtem Immunsystem oder chronischen Krankheiten. Es sei denn, man hat die Schweinegrippe oder H1N1. Daran kann jeder sterben.

»Aber sei vorsichtig. Nicht, dass du einen Rückfall bekommst.«

»Bin ich ja.« Ich füllte ein Glas am Wasserhahn. Wenn die Grippe mich nicht umbringt, muss ich mir womöglich etwas anderes überlegen, wenn die Verzweiflung zu groß wird. Gestern habe ich mich über Zyanid informiert. Ich habe in Filmen gesehen, wie die Leute das genommen haben, wenn sie auf einen Angriff der Nazis warteten oder so ähnlich. Wenn man es einatmet, kann es einen innerhalb von Sekunden töten. Man hört auf zu atmen, und das Herz bleibt stehen.

Ich glaube allerdings nicht, dass man so leicht an Zyanid rankommt.

Außerdem bin ich nicht sicher, ob ich wirklich sterben will. Aber wenn die Wahrheit herauskommt … dann könnte sich das ändern.

Tag 8

Ich habe wieder den ganzen Tag im Bett verbracht, hustend, schwitzend – und nachdenkend. Wenn ich bloß aufhören könnte nachzudenken. Wenn ich meinen dummen Kopf bloß irgendwie dazu bringen könnte, VERDAMMT NOCH MAL RUHE ZU GEBEN. Geht aber nicht. Mein letztes Gespräch mit Sophie A. schwirrt permanent durch meinen Schädel wie eine Schmeißfliege.

Was ist denn, Mac? Warum bist du so wütend?

Ich wusste, dass so was passieren würde. Ich habe gesehen, wie ihr euch angeguckt habt.

Du musst mir glauben, er war es nicht.

Sophie A. sah mir dabei in die Augen. Es waren die letzten Worte überhaupt, die sie zu mir sagte.

Ich kann nicht mehr daran denken.

Ich will an etwas Schönes denken. An die letzten goldenen Erinnerungen, die ich an mich und Jimmy habe.

Warum quäle ich mich damit? Aber im Moment bringt die Gegenwart mich um. Die Vergangenheit ist alles, was ich habe.

Also denke ich jetzt an das letzte Mal, dass Jimmy mit mir zu dem Strand in Far North hinaufgefahren ist, damals, als ich noch glaubte, alles würde gut werden, auch nach unserem Riesenkrach wegen Will und Sophie A. Es war das dritte Maiwochenende. Die Lage hatte sich im Wesentlichen wieder beruhigt, auch wenn die Spannung während unserer mittäglichen Euchre-Partien noch zu spüren war. Spürten die anderen es auch? Ich bin mir nicht sicher. Was passiert, wenn zwei Dreiecksbeziehungen sich überschneiden? Ist das dann eine Viereckbeziehung?

Das Wortspiel würde James gefallen.

Zu Mum hatte ich gesagt, ich würde das Wochenende bei Sophie A. verbringen. Mum hatte erwidert: *Du bist zurzeit ja kaum noch zu Hause. Aber nur eine Nacht, ja?*

Also gut, nur eine Nacht, hatte ich zugestimmt. Aber Samstagnachmittag hatte ich Mum geschrieben, ich wollte mit meinen Freundinnen noch das Rugbyspiel ansehen und es sei leichter, anschließend bei Twiggy zu pennen.

Meinetwegen, hatte Mum geantwortet. *Aber wenn du Sonntagmorgen zurückkommst, müssen wir reden. Sei bitte spätestens um zehn da. Keine Widerrede.*

Okay, schrieb ich in einem Anflug von Panik zurück – denn ich war ja im Norden, drei Stunden Fahrt von zu Hause entfernt. Ich konnte unmöglich schon um zehn am Sonntagmorgen zu Hause sein – es sei denn, wir fuhren um sieben los.

»Was willst du tun?«, fragte Jimmy am Samstagabend. Wir saßen am Feuer und spielten Scrabble. Kein *mystizistisch* an diesem Abend – ich hatte das Y schon für *Enzym* verwendet.

»Ich lass mir was einfallen. Morgen früh.«

»Glaubst du, du bekommst Hausarrest?«

»Den habe ich noch nie in meinem Leben bekommen.« Ich

drehte mich so, dass ich auf dem Bauch lag, und legte alle sieben Buchstabensteine auf das Brett.

»Mein Gott«, sagte Jimmy.

»Nein, *Rettung*.« Ich sah ihn grinsend an. »Doppelter Wortwert *und* eine 50-Punkte-Prämie.«

»Mein Gott«, sagte er noch einmal. »Ich glaube, du hast bei mir zu viel gelernt.«

»Das glaube ich auch.« Ich zählte meine Punkte zusammen und schrieb sie auf den Wertungsblock zwischen uns. »Finde dich damit ab, ich werde gewinnen.«

»Nein, das kann ich nicht zulassen.« Lächelnd begann Jimmy, seine Steine zu legen. Klack, klack, klack. »Dreifacher Wortwert, mit einem Z.«

»*Zeitnot*, Mist. Na ja, ich gewinne trotzdem.«

Er sah mich listig an. »Das ist nur eine vorübergehende Glückssträhne.«

»Lenk mich nicht ab«, sagte ich, als er sich neben mir ausstreckte und anfing, Kreise auf mein Kreuz zu zeichnen.

»Halbzeit, Mac.« Er drehte mich auf den Rücken und küsste mich auf den Bauch. »Denk einfach nicht an deine Zeitnot.«

»Ah, sehr witzig.« Es war nicht das erste Mal, dass wir es am Kamin trieben – und sollte auch nicht das letzte Mal sein. Als wir fertig waren, schmeckte ich den Schweiß auf seiner Stirn und beobachtete, wie die Schatten der Flammen über unsere Körper strichen.

»Was soll ich meiner Mum sagen?«, fragte ich.

»Sag ihr, du hättest ein Rendezvous mit deinem Lehrer gehabt.«

»Sehr witzig.«

»Das hast du schon gesagt«, murmelte Jimmy.

»Vielleicht könnte ich sagen, dass wir noch zu einem Brunch gehen.«

»Bestimmt.«

Ich legte das Ohr auf seine Brust, lauschte auf sein Herz. »Dir ist das ganz egal, oder?«

Seine tiefe Stimme vibrierte durch meinen Wangenknochen. »Überhaupt nicht. Also, ich kann dich bis Mittag nach Hause bringen, okay?«

Ich hob das Kinn. »Wirklich?«

»Mhm.« Er wandte den Blick ab. »Morgen kommt sowieso Patrick, am späten Nachmittag.«

»Dein Bruder? Er übernachtet bei dir?«

»Nur ein paar Tage.« Jimmy gähnte. »Erinnerst du dich, wie er sagte, er würde vielleicht hierherziehen? Sieht so aus, als würde er es tatsächlich tun. Er sieht sich die Stadt an und sucht nach einer Wohnung.«

»Oh, super.« War es das? Ich war mir nicht sicher.

»Schon. Wir müssen eben aufpassen.«

»Tun wir das nicht schon die ganze Zeit?«

»Du weißt, was ich meine.«

»Ich soll möglichst nicht auftauchen, wenn dein Bruder da ist, meinst du?«

Jimmy ließ den Atem langsam entweichen.

»Soph, du hast eben gesagt, deine Mum will unbedingt, dass du nach Hause kommst. Warum willst du überhaupt bei mir auftauchen?«

Ich setzte mich auf. »Richtig, warum bloß?«

Jimmy langte nach seinen Boxershorts. »Lass uns nicht schon wieder damit anfangen.«

»Nein.« Ich zerrte mein Top über den Kopf. Als mein Kopf wieder auftauchte, nahm Jimmy mein Gesicht in die Hände und küsste mich auf die Lippen. »Hey«, sagte er.

»Hey.« Ich spürte einen heißen Schauer in der Brust. Warum konnte ich es nicht auf sich beruhen lassen?

»Ich liebe dich. Nur das ist wichtig, ja?«

»Nur das.« Meine Stimme klang hohl.

»Wir müssen einfach noch dieses Jahr überstehen.« Jimmy streichelte meine Wange. »Niemand kann uns nehmen, was wir haben, solange wir unsere Karten richtig ausspielen.«

Dann sagte er noch einmal, dass er mich lieben würde – und ich sagte, dass ich ihn auch liebe. Was ja auch stimmte.

Aber ich habe meine Karten nicht richtig ausgespielt – und er auch nicht.

Wer hat den Trumpf, James?

Hast du geglaubt, ich hätte alles vergessen, was du mir beigebracht hast?

Ich weiß noch, was du gesagt hast, als ich dich beim Schach ein paarmal geschlagen habe: *Du bist immer zwei Züge voraus, stimmt's, Mac?*

Aber du hast dich geirrt. Ich bin immer drei Züge voraus.

Mein Leben hängt davon ab.

Tag 7

Es ist eine Woche her, seit Sophie A. vor meinen Augen verschwunden ist. Ich habe den ganzen Tag im Bett gelegen –

und gehustet, bis ich mich fast übergeben musste. Auf der Bettdecke und auf dem Boden liegen überall Taschentücher. Ich gebe immer wieder *Sophie Abercrombie* in die Suchmaschine meines Handys ein. Die Zahl der Links wächst. Exponentiell. Wie ein Virus.

In mir breitet sich auch ein Virus aus. In mehrerlei Hinsicht. Ich zähle schon gar nicht mehr mit, wie oft ich den Notruf in mein Handy eingegeben habe, die 111. Und jedes Mal lösche ich die Zahlen wieder. 111.

Was würde es nützen? Was würde es nützen, allen zu erzählen, was letzten Freitag passiert ist? Es ändert ja nichts. Es hätte nur Folgen für mich – und zwar ziemlich schlimme.

Ich weiß, es ist egoistisch. Ich weiß auch, wie es aussehen wird. Wenn die Wahrheit jemals herauskommt.

Aber nicht einmal ich kenne die ganze Wahrheit.

Ich weiß nicht, ob ich sie je kennen werde.

Ich huste wieder. Vielleicht habe ich eine Lungenentzündung. Was würdest du sagen, wenn ich sterbe, Jimmy? Deine beiden Sophies weg – was würdest du dann tun?

Oder ist es dir egal?

Hast du mich überhaupt geliebt?

Ich sagte, ich wollte dir nicht mehr nachweinen.

Ich nehme mir das jeden Tag vor.

Aber es geht nicht.

Tag 6

Es ist die letzte Schulwoche – ich habe eine Menge Prüfungen versäumt. Ich musste noch unsere Hausarbeiten in Statistik fertigmachen, also die von mir und von Twiggy. Den ganzen Tag habe ich mich durch die Fragen gequält – und dazwischen immer wieder geschlafen. Um halb drei habe ich Twiggy geschrieben, sie könne die Arbeit abholen. Das macht fünfzig Dollar. Und weitere Punkte für mich.

Ich weiß nicht, wie ich das trotz meines Deliriums geschafft habe.

Laut Internet ist Delirium ein akuter Verwirrtheitszustand, verursacht durch Fieber, Drogen und eine Menge weiterer Störungen. Ich glaube allerdings nicht, dass ich die Grippe dafür gebraucht habe. Ich bin im Delirium, seit ich Freitagabend heimkam. Nass und zitternd und so kalt, dass ich Stunden gebraucht habe, um warm zu werden.

Gestern Abend stieg meine Temperatur auf 39,1 °C. Das sind zwei Grad mehr als normal. Mum gab mir Panadol und Difflam zum Gurgeln. Ich bin immer wieder schweißnass aufgewacht. Musste mir mit Papiertaschentüchern die Brust abwischen.

Vergangene Nacht habe ich von Sophie A. geträumt. Sie hatte einen pinken Bikini an. Und ritt auf einer Riesenwelle wie den Wellen, die man auf YouTube-Videoclips von Hawaii und Portugal sieht.

Ich bin noch da, rief sie mir zu. *Ich bin noch da.*

Ich wollte ihr antworten, sagen, dass ich mir das mehr wünschte als alles andere, aber sie hörte mich nicht.

Tag 5

Mum ist heute mit mir zum Arzt gegangen. Ich war so schwach, dass ich im Wartezimmer kaum aufrecht sitzen konnte. Doctor Harper hat bei mir Fieber gemessen (38,7 °C) und Herz und Lunge abgehört. Und in meinen wunden Hals und meine Ohren geschaut. Außerdem machte er einen Abstrich von meinen Mandeln – für den Fall, dass ich eine Halsentzündung hatte. Er meinte, ich hätte eine *richtige* Grippe.

Was ist eine richtige Grippe?

Und was eine falsche?

Mum fragte, ob ich Antibiotika bräuchte, aber Doctor Harper meinte, nein. »Antibiotika wirken nicht bei einem Virus.« Ich sollte mich ausruhen, regelmäßig Paracetamol nehmen, genug trinken.

»Das war ja reine Zeitverschwendung«, sagte ich auf der Heimfahrt. »Und Geldverschwendung.«

»Es zahlt sich aus, so was nachsehen zu lassen.« Mum wechselte den Radiosender. Ein Nachrichtensprecher sagte, die Polizei würde im Fall der verschwundenen Sophie Abercrombie aus North Shore zwei Männer vernehmen. Bisher habe es aber noch keine Festnahmen gegeben. Ich musste an mein Verhör vor zwei Tagen denken – als ich den Beamten erzählte, dass Sophie und James sich in James' Auto geküsst haben.

»Wie lange, glaubst du, ist das mit Sophie A. und Mr Bacon schon gegangen?«, fragte Mum und bog in unsere Straße ein.

»Keine Ahnung«, krächzte ich. Keine Ahnung.

»Ich hoffe, du hältst dich von dem fern.«

»Bäh, als würde ich den an mich ranlassen.« Als ob. Wir hielten vor unserem Bungalow. Ich drückte die Tür auf. »Der ist doch viel zu alt.«

Mum folgte mir ins Haus. »Es macht mir Sorgen, wie ihr Mädchen solche Beziehungen vor euren Eltern geheim haltet«, sagte sie. »Wenn ich nicht eingegriffen hätte, wärst du jetzt vielleicht in derselben Situation.«

»Mason ist kein Serienmörder.« Und auch James Bacon ist das nicht, wie ich weiß.

Es ist ja nicht so, dass ich mir wünsche, dass James verhaftet wird und ins Gefängnis kommt.

Er soll nur eine Weile schwitzen.

Ich begann zu husten und hustete, bis mir die Tränen über das Gesicht liefen. Mum scheuchte mich in mein Zimmer.

»Ich bring dir einen Tee mit Zitrone und Honig«, sagte sie. »Und Panadol.«

Weil ich vor Husten immer noch nicht sprechen konnte, rollte ich mich im Bett zusammen und schloss die brennenden Augen. So miserabel ich mich fühlte, es tat gut, bemuttert zu werden. Behandelt zu werden, als wäre ich wieder ein kleines Mädchen.

Wenn es sich so anfühlt, erwachsen zu werden, dann will ich das nicht. Im Moment fühle ich mich wie von lauter Haken umgeben, an denen man hängen bleiben kann.

Du hast mich an der Angel, James Bacon. Und ich kann mich ums Verrecken nicht befreien.

Tag 4

Ich kann mich nicht erinnern, je schon mal so krank gewesen zu sein. Was ist, wenn ich Pfeiffersches Drüsenfieber habe, wie Twiggy letztes Jahr? Sie hat drei Wochen in der Schule gefehlt.

Und wenn es etwas Ernsteres ist?

Vielleicht Leukämie – oder ein Lungentumor? Kann man mit siebzehn einen Lungentumor kriegen?

Ich bin mir allerdings ziemlich sicher, dass ich nur eine Grippe habe – so durchnässt, wie ich Freitagabend war.

Wir hatten gar nicht vor, nach Muriwai zu fahren. Ich hatte keinen bestimmten Plan, als ich Sophie A. am vergangenen Freitag abholte. Sie hat mir um halb fünf geschrieben: *Ich muss mit dir reden.* Ich hab geantwortet: *Ich muss auch dringend mit dir reden. Bist du zu Hause?*

Nein, hat Sophie geantwortet. *Ich bin in den Toiletten am Strand. Kannst du kommen und mich abholen?* Sie wusste, dass ich Twiggys Auto hatte. Twiggy hatte es mir für die kommende Woche geliehen. Weil ich mich um ihre Katze kümmerte. Die Familie war auf einer Hochzeit in Rarotonga.

Ich fuhr also zu unserem Strand und sammelte Sophie A. ein. Dort parkte nur noch ein einziges anderes Auto – bei der Bootsrampe am anderen Ende.

Ich weiß nicht, ob uns jemand gesehen hat. Wenn ja – bisher hat sich niemand gemeldet.

Als Sophie A. einstieg, sah ich, dass sie geweint hatte. Ich hatte auch geweint. Als ich losfuhr, sagte zuerst keiner von uns was. Zwei Sophies, mit unablässig tränenden Augen und stürmischen Herzen. Die Schulröcke fielen über unsere Knie – vier Knie nebeneinander.

Natürlich hätte James dir nicht von mir erzählt. Ich war nicht deshalb auf dich wütend, Sophie. Wenn du mir bloß die Wahrheit gesagt hättest.

Die Wahrheit.

Stattdessen hast du mich angelogen.

Du hast gelogen.

Aber ich weiß, dass das nicht entschuldigt, was ich getan habe. Oder nicht getan habe.

Ich habe seitdem ein Meer von Tränen vergossen. Geweint, bis ich mich übergeben musste. Aber selbst das, selbst *das* bringt dich nicht zurück.

Ich habe ein Herz, ja. Es schlägt auch noch. Im Moment wünschte ich allerdings, es würde stehen bleiben.

Ich wünschte, alles würde stehen bleiben.

Ich wünschte, ich wäre tot.

Wie du.

Tag 3

Wenn ich gestern gedacht habe, es würde mir schlecht gehen, dann ging es mir heute Morgen beim Aufwachen noch zehn Mal schlechter. Zur Arbeit zu gehen war völlig ausgeschlossen. Mein Hals ist so wund, dass ich kaum schlucken kann, und mein Kopf fühlt sich an wie mit Zeitung ausgestopft. Sämtliche Glieder tun mir weh – als wäre ich in Twiggys Pool gerade zwanzig Bahnen geschwommen.

Ich kann nicht

Es ist alles zu

Ich wünschte, ich könnte alles aus meinem Kopf löschen. Alles, was in den vergangenen Tagen passiert ist.

Alles.

»Hm«, meinte Mum, als sie heute Morgen bei mir Fieber gemessen hat. Ich hatte 38,5 °C. »Heute keine Schule für dich.«

Dass ich krank bin, macht mir nicht einmal was aus. Wenn ich es nicht wäre, würde ich so tun, als ob. Die Schule ist zu viel für mich. Genau wie die Blicke der Leute, wenn sie mich fragen, ob ich weiß, wo Sophie A. sein könnte.

Aber krank zu sein bewahrte mich nicht davor, mit den beiden Polizisten sprechen zu müssen, die heute zu uns kamen. Sie kamen erst um halb fünf, weil Mum nicht früher von der Arbeit nach Hause konnte. Ich saß auf dem Sofa, eingewickelt in meinen Bademantel und eine Decke, und hoffte, meine laufende Nase, die ich ständig hochziehen musste, würde sie vertreiben.

Fehlanzeige!

Sie waren zu zweit, ein Mann und eine Frau. Ich kann mich nicht mal mehr an ihre Namen erinnern. Vermutlich habe ich nicht richtig zugehört, als sie sich vorstellten. Wahrscheinlich, weil ich damit beschäftigt war, zu überlegen, was ich mit meinen Augen tun sollte. Und mit meinen Händen. Und allen anderen Körperteilen, die die vielen Details preisgeben konnten, die ich aus meinem Bericht aussparen musste.

Der Mann war stämmig, mit sonnengebräunter Haut und einem fliehenden Kinn. Die Frau war groß, mit sehr blonden, kurz geschnittenen Haaren. Sie schien das Sagen zu haben – einmal, weil sie älter war, aber auch, weil sie den größten Teil des Gesprächs übernahm.

»Wir versuchen das kurz zu halten«, sagte die blonde Kurzhaarfrisur. »Deine Mutter sagte, es gehe dir nicht so gut.«

Ich nickte und griff nach einem Papiertaschentuch.

»Kannst du uns deinen Namen sagen?«

»Sophie Jane McKenzie.« Ich putzte mir die Nase. In meinem Kopf rief eine Stimme *Lügen durch Verschweigen. Lügen durch Verschweigen.*

Hör auf!

»Und wie gut kennst du Sophie Abercrombie?«

»Wir sind Freundinnen, seit wir neun sind.« Ich fing an zu husten, und Mum stand auf, um mir ein Glas Wasser zu holen. »Also wahrscheinlich besser als sonst jemand, abgesehen von Twiggy.«

»Twiggy?«, fragte der Blondschopf.

»Sophie Twiggs. Wir nennen sie Twiggy.« Ich griff nach dem Wasser, das Mum mir hinhielt, und nahm einen Schluck. »Sie kennt Sophie A., seit sie gemeinsam im Kindergarten waren.«

»Drei Sophies – wie ungewöhnlich.« Der Blondschopf sah

den Mann an, der alles auf einem Block notierte. »Ihr habt zu Sophie Abercrombie also Sophie A. gesagt?«

»Mhm.«

»Wann hast du sie zuletzt gesehen?«

Ich hätte es ihnen sagen können, ihnen alles erzählen können. Aber natürlich habe ich es nicht getan. Weil ich weiß, was dann passiert.

Lügen durch Verschweigen.

Also erzählte ich ihnen, was ich seit Samstagnachmittag immer wieder eingeübt hatte.

Samstagnachmittag – als mir klar geworden war, dass Sophie A. nie mehr zurückkehren würde.

»Es war nach Schulschluss am vergangenen Freitag«, sagte ich. »Sie saß in einem Auto ... zusammen mit einem Englischlehrer.«

Von Mum kam ein seltsames Geräusch. Ich sah sie nicht an, sah niemanden an. Nichts. Nur das Taschentuch, das ich auf meinem Schoß in kleine Fetzen zerriss.

»Welcher Englischlehrer war das?«, fragte der Blondschopf.

»Mr Bacon«, sagte ich. Ich sehe es noch lebhaft vor mir. Wie er sich zu ihr beugt, wie er die Haare hinter ihr Ohr schiebt. Genau so, wie er es immer getan hat, wenn er mich küssen wollte.

»Was haben sie gemacht?«, fragte der Blondschopf. Im Zimmer wurde es still. Ich spürte, wie alle Blicke auf mich gerichtet waren. Mein Herz begann zu rasen.

Und dann hat er mich über Sophie A.s Schulter angesehen, und unsere Blicke begegneten sich, und ich rannte los. Rannte und rannte.

»Sie haben sich geküsst«, sagte ich.

Ich hasse ihn.
Ich hasse ihn.
Ich hasse ihn.

Tag 2

Heute Morgen bin ich mit Halsweh aufgewacht. Und Kopfweh. Vielleicht, weil ich die halbe Nacht geweint habe. Aber je mehr Zeit vergeht, desto schlechter fühle ich mich. Ich bin erschöpft. Die Beine tun mir weh. Ich habe das wohl verdient.

Die Eltern von Sophie A. fahren überall herum und suchen ihre Tochter. Genau wie die Polizei. Es ist nur eine Frage der Zeit, bis die Bullen hier auftauchen, um mit mir zu reden.

Ich bin damit beschäftigt, zu überlegen, was ich sagen werde. Es alles aufzuschreiben.

Eigentlich kann ich in allem die Wahrheit sagen. Nur nicht über meine letzte Begegnung mit Sophie A. Und meine Beziehung zu James. Das nennt man dann Lügen durch Verschweigen, soviel ich weiß. Es wird ihnen nie einfallen, danach zu fragen – und ich werde es ihnen nie sagen.

Er hat den Versuch aufgegeben, mit mir Kontakt aufzunehmen. Nach gestern. Weil ich mit ihm Schluss gemacht habe.

Mit ihm Schluss gemacht habe. Bevor er mich fertigmacht.

Es ist jetzt früher Nachmittag. Ich habe die meiste Zeit des Tages geschlafen. Obwohl Schlafen Träumen heißt. Das ist ein Zitat von irgendwoher, aber ich weiß nicht mehr, von wo. Schlafen heißt Träumen. Und Träumen heißt Albträume haben. Mein Leben ist zu einem Albtraum geworden.

Wenn ich keinen Hausarrest bekommen hätte, wäre das alles nicht passiert.

Ein Monat Hausarrest bedeutete, dass Jimmy und ich uns viel weniger sehen konnten. Ich konnte es mir nicht leisten, alle Montagsschichten im Supermarkt zu versäumen. Stattdessen mussten wir uns mit hastigen Mittagspausen in seiner Wohnung begnügen. Und das auch nur, wenn Jimmy ganz sicher wusste, dass sein Bruder nicht in der Stadt war.

Noch etwas anderes veränderte sich. Bis dahin war ich der einzige Mittelpunkt von Jimmys Aufmerksamkeit gewesen. Jetzt suchte er nach Ablenkung – weil ich die meiste Zeit nicht da war. Hallenfußball, Pokerabende, ein Feierabend-Drink nach der Schule zusammen mit Kollegen. Unsere Beziehung begann zu zerfasern – und sich dann aufzulösen.

Es war der erste Freitag im Juni. Jimmy sagte, er würde wegfahren.

»Wegfahren? Wohin?« Es war Mittag, und wir waren in seiner Wohnung – eine heimliche halbe Stunde, bevor wir wieder zur Schule zurückmussten.

Jimmy schwang die Beine aus dem Bett und hob sein Hemd vom Boden auf. »Nächstes Wochenende. Ich fahre mit den Jungs nach Rotorua.«

»Nächstes Wochenende?« Ich setzte mich auf. »Aber das ist mein erstes freies Wochenende.«

»Dein erstes freies Wochenende?«, Jimmy zog den Reißverschluss seiner Hose hoch.

»Ja, das erste Wochenende seit vier Wochen, an dem ich keinen Hausarrest mehr habe. Schon vergessen?«

Er holte tief Luft. Setzte sich neben mich. Wie waren seine genauen Worte? »Nein, aber ich konnte nicht Nein sagen.«

»Warum nicht?« Ich spürte die Luft kalt auf meinen nackten Schultern, machte aber keine Anstalten, mich zuzudecken.

»Weil es ein Männerwochenende ist. Wenn ich nicht mitkomme, werde ich womöglich nicht mehr eingeladen.«

»Warum nicht?« Ich brauchte nicht zu fragen, wer die *Jungs* waren – Jimmy hatte sich mit Mark Wilkinson angefreundet, einem Lehrer für Naturwissenschaften an der Schule, und mit dessen Pokerfreunden. Seit Neuestem ging er sogar zu ihren Pokerabenden am Mittwoch.

Er schob mir eine Haarsträhne hinter das Ohr. »Versteh doch«, sagte er und gab mir einen Kuss, bevor er fortfuhr, »es ist nicht so leicht, hier Freunde kennenzulernen. Ich weiß, das Timing ist schlecht, aber glaub mir, wir können das noch oft genug nachholen.«

Ich wich vor ihm zurück. »Wenn Patrick uns lässt.« In nicht einmal zwei Wochen wollte Patrick nach Auckland ziehen – ein weiteres Hindernis für unsere Beziehung.

»Überlass meinen Bruder mir, okay?« Er stand auf und ging aus dem Zimmer. Blinde Wut kam in mir hoch. Ich wickelte mir die Decke um die Schultern und marschierte ins Wohnzimmer. Dort saß Jimmy auf dem Sofa und zog an seinen Socken.

»Ich fasse es nicht, dass du nächstes Wochenende wegfährst, obwohl wir zum ersten Mal wieder länger als eine halbe Stunde zusammen sein könnten.«

Jimmy starrte mich einen Moment lang an. »Und wessen Schuld ist das, Sophie?« Das hätte mich warnen müssen. Dass er gleich die Beherrschung verlieren würde. Er nannte mich sonst nie Sophie jedenfalls nicht ohne ein Adjektiv davor –, aber ich ignorierte es einfach.

»Willst du damit sagen, es ist meine Schuld?«

»Meine auf jeden Fall nicht. Es ist wirklich nicht leicht, mit einer Siebzehnjährigen befreundet zu sein.«

Wir wurden beide immer wütender. »Wenn es so schwer ist, solltest du es vielleicht lieber lassen.«

Jimmy schüttelte den Kopf, langte nach einem Schuh. »Glaub nicht, ich hätte nicht schon darüber nachgedacht«, murmelte er.

»Du kannst mich mal«, schrie ich. Ich zitterte vor Wut und inzwischen auch Angst. Denn mir war ziemlich klar, was gleich passieren würde.

Es war im Grunde keine Überraschung. Als er aufsprang und mich zurückstieß. So heftig, dass ich mit dem Kopf an die Wand hinter mir knallte. Es war im Grunde keine Überraschung. Dass er mich hielt, während ich weinte. Sagte, es tue ihm leid – und er habe mich lieb – immer wieder.

Ich werde dich immer lieben. Ich werde dich nie verlassen. Bitte, bitte, mach mich nicht wütend auf dich.

Es war keine Überraschung. Weil er es auch davor schon so oft getan hatte.

Tag 1

Heute habe ich den ganzen Tag im Bett gelegen. Ich sagte Mum, mir sei nicht gut. Das war auch nicht gelogen. Ich habe den schlimmsten Kater aller Zeiten. Und ich bin am Durchdrehen. Nicht nur das – ich kämpfe gegen den dicken, schwarzen Nebel in meinem Kopf.

Jimmy hat mir drei Mal geschrieben.
07.00: Wir müssen reden.
12.32: Mac, es war nicht das, was du denkst. Bitte, gib mir die Chance, es zu erklären.
15.37: Sophie A. war vollkommen aufgelöst und musste reden. Ich denke, du weißt, warum. Aber du musst mir glauben, ich würde niemals etwas tun, das das, was ich mit dir habe, gefährdet.

Zittern, weinen. Endlich antworte ich ihm: *Du hast nichts mit mir, nicht mehr. Es ist vorbei. Wenn du mir noch einmal nahekommst oder versuchst, Kontakt mit mir aufzunehmen, rufe ich die Polizei. Im Ernst.*

Dann löschte ich alle seine Nachrichten – und blockierte seine Nummer.

Wir sind fertig miteinander. Ich bin fertig.

Ich weiß nicht, ob man jemanden gleichzeitig lieben und hassen kann – aber genau das fühle ich gerade.

Und jetzt habe ich niemanden mehr, mit dem ich reden kann. Niemanden.

Ich kann nicht – will nicht –

Wenn mir doch jemand sagen würde, was ich tun soll.

Tag 0

Liebes Tagebuch … Fängt man so ein Tagebuch an? An diesem Tagebuch ist nichts lieb. Eine Zeile habe ich schon durchgestrichen. Aber ich muss es aufschreiben. Es in Worten festhalten. Bevor die Erinnerung verblasst und unscharf wird.

Oh, mein Gott, oh, mein Gott!

Ich weiß nicht, was ich tun soll. Ich sollte den Rettungsdienst verständigen. Ich sollte Sophie A.s Eltern anrufen. Ich sollte mit meiner Mutter sprechen.

Aber das geht nicht – wie denn, wenn ich es doch schon vor ein paar Stunden hätte tun sollen, und jetzt …

Es ist fast Mitternacht. Alles, was ich getan habe, seit ich wieder zu Hause bin, ist duschen. Und in meinem Zimmer sitzen. Während mich der Vollmond durch das Fenster anstarrt. Und die Flasche Kochwein trinken, die ich in der Speisekammer ganz unten gefunden habe. Und auf den Fingernägeln kauen, bis die Nagelhaut blutet.

Blut. Es kommt mir richtig vor, dass ich blute. Dass ich leide.

Oh, mein Gott, oh, mein Gott!

Ich muss das im Kopf sortieren – was passiert ist – oder

nicht passiert ist – angefangen mit dem, was ich Jimmy und Sophie heute Nachmittag in Jimmys Auto habe tun sehen.

Heute war es kalt – ungefähr so kalt wie im Winter. Himmel aus rostfreiem Stahl. Wind, der geradewegs durch meinen Anorak schnitt. Beim letzten Klingeln zum Schulschluss ging ich in die Bücherei. Dort habe ich eine halbe Stunde gelernt. Ich schlug Zeit tot – was rede ich? Ich wollte warten, bis die anderen nach Hause gegangen waren, und dann zu Jimmy gehen.

Hätte ich doch etwas länger gewartet – vielleicht hätte ich dann nicht gesehen … und wir hätten vielleicht nicht …

Aber dann hätte ich nie erfahren, was dieser Mistkerl machte. Mit Sophie A.

Scheiße!

Um halb vier habe ich die Bücherei verlassen und bin aufs Mädchenklo gegangen, um meine Haare zu richten und den neuen Lipgloss aufzulegen, den ich mir von Twiggys letzter Zahlung gekauft hatte. Ich war gerade in den Flur zurückgekehrt, da kam eine Nachricht auf meinem Handy.

Wurde aufgehalten, sehen wir uns gegen sechs?

Das war Jimmy. Er hatte gesagt, ich solle gleich zu ihm nach Hause kommen. Wenn ich die Schule verließ. So viel *dazu*. Ich fragte mich, was ihn wohl aufhielt – Zensuren? Bestimmt nicht – dafür hatte er das ganze Wochenende Zeit. Wahrscheinlich war er auf einen Feierabend-Drink eingeladen worden. Eine neue Angewohnheit, die ich allmählich hasste.

Hasste, hasste.

Scheiße!

Ok …, antwortete ich. Bevor ich nach draußen ging. Konnte er den drei Pünktchen entnehmen, dass ich sauer war?

Sie zeigen meist eine Ellipse an. Also, die Pünktchen. Jimmy hat mir das gesagt – damals, als wir noch zusammen glücklich waren.

Leck mich doch, du Mistkerl. Wenn du es nicht getan hättest – dann hätte ich nicht –

Und ich muss weinen, als ich daran denke, was dann kommt. Stecke mir die Fingerknöchel in den Mund, damit ich meine Mutter nicht mit meinem Schluchzen wecke.

Ich bin so besoffen.

Ich wünschte, ich wäre noch betrunkener. Ist das die richtige Steigerungsform, James Bacon? Oder nicht? Du kannst mich mal.

Ich bin nicht durch den Hintereingang nach draußen gegangen – wie ich es sonst tue und womit Jimmy wahrscheinlich auch rechnete. Stattdessen ging ich durch den Vordereingang. Und dann nach rechts. In die Richtung von Twiggys Haus. Eigentlich hatte ich Jimmy bitten wollen, mich zu ihr zu fahren – damit ich Jandals füttern konnte, ihre Katze.

Egal, hatte ich gedacht. *Dann gehe ich eben zu Fuß und fahre mit Twiggys Auto zu mir nach Hause.* Twiggy hatte mir für das Wochenende ihr Auto geliehen – zum ersten Mal überhaupt.

Ich freute mich schon eine Ewigkeit darauf – träumte davon, dass zur Abwechslung einmal ich Jimmy auf einen Ausflug zu den Stränden im Westen mit dem schwarzen Sand mitnehmen würde.

Ich weiß nicht, ob ich je wieder träumen werde. Von schlafen ganz zu schweigen.

Geh noch mal zurück, los. Ich muss ganz genau sein. Aufschreiben, was wirklich passiert ist. Falls mich jemand fragt.

Es wird Fragen geben. Schon bald, denke ich.

Ich war ein paar Minuten gegangen, hatte die Straße gerade bei der Ampel überquert, als ich einen vertrauten schwarzen Ford Falcon sah. Am Straßenrand geparkt. Zuerst dachte ich, dass Jimmy offenbar noch in der Schule war – aber warum hatte er so weit weg geparkt, wenn es auf dem Schulgelände doch Lehrerparkplätze gab? Als ich näher kam, sah ich, dass sich auf dem Vordersitz etwas bewegte. Lächelnd ging ich schneller. Vielleicht hatte er sich umentschieden – und verspätete sich doch nicht.

Ja, *lächelnd*. So verdammt ahnungslos war ich.

Ich kann es kaum ertragen, daran zu denken. In meinem Kopf dreht sich alles, und mir ist, als müsste ich mich übergeben.

Aber das geht nicht. Ich muss alles aufschreiben, genau so, wie es passiert ist.

Jimmy war nicht allein. Auf dem Beifahrersitz saß jemand. Ein Mädchen mit goldblonden Locken, die ihm bis auf die

Schultern fielen. Das Mädchen blickte von mir weg. Aber ich hätte diese Silhouette überall erkannt.

Was? Wie angewurzelt, blieb ich stehen. Unfähig, den Blick abzuwenden. Und Jimmy streckte vor meinen Augen die Hand aus, um Sophie A. eine Haarsträhne hinter das Ohr zu schieben.

Gleich küsst er sie gleich küsst er sie gleich küsst er sie –

Den erstickten Laut in meiner Kehle kann er nicht gehört haben. Vielleicht habe ich mich bewegt. Oder er hat einfach gespürt, dass ich da war.

Er blickte über Sophie A.s Schulter – und ich sah direkt in seine Löwenaugen. Da drehte ich mich um und rannte.

Rannte und rannte.

Das ist passiert. Auf dem Weg zu Twiggy und bevor Sophie A. mir schrieb.

Ich unterdrückte meine Tränen. Bis zu dem Moment, wo ich bei Twiggy über die Schwelle trat. Wie ich das geschafft habe, weiß ich nicht. Sobald ich drinnen war, heulte ich los – so laut, dass die Katze Reißaus nahm.

Das Handy in meiner Tasche klingelte. Ich achtete nicht darauf. Stattdessen schüttete ich das Trockenfutter in Jandals Schüssel. Und sank auf die Fliesen. Ich heulte eine Viertelstunde. Vielleicht auch länger. Bis ich das klingelnde Handy nicht mehr ignorieren konnte.

Ich hatte zwei verpasste Anrufe – und eine Nachricht von Jimmy. Und eine von Sophie A.

Jimmy: *Es ist nicht das, was du denkst. Kannst du mich bitte zurückrufen?*

Sophie A.: *Ich muss mit dir reden.*

Ich setzte mich auf. Putzte mir die Nase. Und tippte eine Antwort an Sophie A.: *Ich muss auch dringend mit dir reden. Bist du zu Hause?*

Und so nahm alles seinen Lauf.

»Wo willst du hinfahren?«, fragte ich, zwei Minuten, nachdem ich Sophie A. abgeholt hatte. Zwei Minuten, in denen wir beide kein Wort gesagt hatten, in denen wir die Stille nur mit unserem tränenerstickten Atem gefüllt hatten.

»Hab echt keine Ahnung. Irgendwohin, weit weg. Scheiße.« Sophie A. lehnte den Kopf an die Fensterscheibe. Am liebsten hätte ich sie geschlagen – aber natürlich wusste sie nichts von mir und Jimmy ... oder?

»Also, gut«, sagte ich, bemüht, das Zittern in meiner Stimme zu unterdrücken. »Fahren wir nach Muriwai.«

Es war ein verrückter Vorschlag. In einer Stunde wurde es dunkel. Und es fing an zu regnen.

Sophie A. widersprach nicht. Sie sagte gar nichts. Also fuhr ich einfach immer weiter. Draußen fiel der Luftdruck. Ein Unwetter näherte sich.

Als wir am Strand ankamen, wurde es bereits dunkel. Ziemlich schnell sogar. Auf dem Parkplatz standen nur zwei andere Autos. Ein Kombi mit Dachgepäckträger und ein VW-Bus.

Ich parkte mit Blick zum Strand. Stellte den Motor ab. Das Autoradio war auf leise gestellt – Sia sang »Elastic Heart«. Ein paar Minuten saßen wir so da. Der Wind zerrte am Auto. Der Regen hatte aufgehört.

»Willst du einen Spaziergang machen?«, fragte ich.

»Ja«, sagte Sophie A. – ihre Stimme klang so tonlos, wie ich sie noch nie gehört hatte.

Es war Ebbe. Die Wellen schoben sich wie Platten landeinwärts. Außer uns war niemand am Strand. Aber als ich die Augen zukniff, war ich mir ziemlich sicher, dass ich einen Surfer sehen konnte. Draußen hinter der Brandungszone. Verrückt.

Ja, richtig verrückt.

Wir gingen nach links – zum Weg über die Klippen. Dabei leuchteten wir uns mit den Taschenlampen unserer Handys.

»Also«, sagte ich, und ich klang ganz ruhig, »hast du schon entschieden, was du tun willst?« Zwei Tage lang hatte ich Sophie A.s Geheimnis bewahrt – zwei Scheißtage lang. Und jetzt wusste ich, wer der Vater sein musste.

Mein Gott – wie lange ging das schon vor meinen Augen? Wie hatte ich so blind sein können?

»Nein, keine Ahnung.« Sophie A. hielt den Kopf gesenkt. Der Strahl ihrer Taschenlampe vor uns zitterte. »Ich habe es ihm nach der Schule gesagt – und er ist ausgerastet.«

»Na ja«, sagte ich, »das ist nicht wirklich überraschend.« Wir waren an einer breiteren Stelle des Wegs angelangt. Dort ragte eine felsige Fläche ins Meer hinaus.

»Willst du mich nicht fragen, wer es ist?« Sophie A. trat an den Rand der Klippen – und blickte in das schäumende Wasser hinunter.

»Das weiß ich«, sagte ich und blieb unmittelbar hinter ihr stehen. Ich starrte auf die perfekten glänzenden Locken, die aus der Kapuze ihres Anoraks fielen. Natürlich hatte er ihr nicht widerstehen können. Wer konnte dem goldenen Mädchen mit dem silbernen Löffel im Mund widerstehen?

Sophie A. sah mich an. »Was?«

»Ich sagte, ich weiß, wer es ist.« Ich ballte die Fäuste an meinen Seiten. »Wie lange geht das schon?«

»Es war nur das eine Mal.« Ihre Stimme versagte. »Was ist denn, Mac? Warum bist du so wütend?«

»Ich wusste, dass so was passieren würde«, fauchte ich. »Ich habe gesehen, wie ihr euch in der Mittagspause angeblickt habt. Als wir Karten gespielt haben.«

Sophie A. sah mich erschrocken an. »Oh, mein Gott, du glaubst, es war Will? Der mag doch *dich*, nicht mich.« Salzige Gischt stieg hinter ihr auf – wie eine Wolke. Es regnete wieder, stärker als zuvor.

»Ich meine James Bacon.« Ich hatte angefangen zu schreien, es ging nicht anders. »Hat er dir von mir erzählt? Ja?«

»Mac, von was redest du?« Sophie A. weinte wieder. Und ich auch. Regen, Tränen, was war der Unterschied? »Ich hatte keine Ahnung von euch beiden – oh, mein Gott – aber du musst mir glauben, er war es nicht.«

»Das glaube ich dir nicht.« Ich war noch nie hysterisch gewesen – aber ich glaube, in diesem Moment war ich es. Die Wut brach aus mir heraus – wie ein Tornado. »Du könntest jeden Typen haben, den du willst, aber du musstest ihn mir wegnehmen. Er gehört mir, verstehst du das nicht?«

Ich machte einen Schritt auf sie zu – Sophie wich zurück – ich sah die Welle hinter ihr aufsteigen – ich sah sie – und sprang zurück. Während sie die Arme ausbreitete –

Und dann war sie verschwunden.

Und es regnete – schüttete – und ich konnte nur die Wellen sehen – die gegen die Felsen brandeten – nicht Sophie A. – und ich konnte unmöglich reinspringen – also rannte und rannte ich – aber als ich zum Strand kam, war der Surfer verschwunden.

Ich lief über den Sand – watete sogar bis zu den Knien hinein – aber die Wellen waren so groß – und ich wusste, wenn ich da reinging, würde ich ertrinken.

Und der Akku meines Handys war leer, Scheiße.

Also rannte ich zum Auto – ich wollte zum nächsten Haus fahren – ich wollte das wirklich.

Aber es war zu spät – es war schon zu spät – und ich glaube

Ich glaube

Ich glaube, da war sie schon

Niemand hätte das überlebt

Und es war ein Unfall – es war einer – aber wenn das außer mir niemand so sieht?

Jetzt bin ich zu Hause. Es ist Mitternacht, und ich zittere am ganzen Körper. Es ist sechs Stunden her, dass Sophie ins Wasser gefallen ist. Ich frage mich, ob sie mir einen Streich spielt – sich vor mir versteckt – und trotzdem glaube ich

Ich glaube

Vielleicht hat sie sich absichtlich rückwärts fallen lassen

Oder vielleicht wollte ich in diesem Moment, dass sie fällt

Und es regnete und regnete und regnete

Und ich weiß nicht, was richtig ist und was falsch – was schwarz ist und was weiß

Und wenn ich mir oft genug vorsage, was wirklich passiert ist, also ganz *wirklich* –

Dann wird es vielleicht die Wahrheit.

Teil 2

Tag 65

Heute habe ich beschlossen, wieder mit dem Joggen anzufangen – einmal, damit ich etwas zu tun habe, aber auch, weil ich wieder zunehme. Mein Appetit scheint zurückgekehrt zu sein. Ich weiß nicht, ob das ein gutes Zeichen ist oder nicht. Macht mich das zu einer herzlosen Person?

Aber ich *habe* ein Herz, nur fühlt es sich an, als wäre es irgendwie aus der Form geraten und läge als gestaltloser Klumpen in meiner Brust.

Will ist keine Hilfe.

Heute Nachmittag bin ich zum Strand gelaufen und auf dem Weg über die Klippen bis zur nächsten Bucht. Als ich wieder zu unserer Bucht kam, schnappte ich nach Luft, und die Beine taten mir weh. Vielleicht hatte ich ein wenig übertrieben. Schließlich bin ich in den vergangenen Monaten nur einmal kurz gelaufen.

Ich sank auf einen Felsen, zog Schuhe und Socken aus und ließ die Füße in einen von der Sonne aufgewärmten Rockpool hängen. Das Meer war glatt und glitzerte wie mit Tausenden kleiner Kristalle bestreut. Rechts von mir planschte ein kleines Kind im seichten Wasser und kreischte vor Entzücken. Weiter weg spielte eine Gruppe von Teenagern Beachvolleyball.

Ich zog die Hand durchs Wasser und war so in den Anblick meiner verschwommenen Finger versunken, dass ich ihn erst hörte, als er hinter mir stand. »Mac.«

Will berührte mich an der Schulter, und ich zuckte zusammen.

»Sorry«, sagte er und zog die Hand zurück.

»Schon okay.« Ich lächelte ein wenig zögernd. »Wie geht's?«

»Gut. Toller Tag, was?« Will setzte sich neben mich, als hätte er mich seit dem Vorfall mit dem Kuss vergangenen Samstag nicht die ganze Woche gemieden. Gut. Ich war froh, wenn man mich nicht ignorierte.

Ich blickte auf die zerklüfteten Umrisse von Rangitoto hinaus. »Es ist wirklich schön. Fast wie Sommer.«

»Fast.« Wills Füße waren nackt, und an seinen Knien klebte Sand. »Ein paar von uns spielen Volleyball, wenn du mitmachen willst.«

»In Volleyball bin ich eine Niete.« Weil ich fürchtete, er könne das für eine Abfuhr halten, fügte ich hinzu: »Aber ich könnte euch zusehen.«

Er lächelte. »Super. Wir wollten uns später noch Fish 'n' Chips holen.«

»Im Fish-'n'-Chips-Essen bin ich gut.« Ich stand auf und rutschte ein wenig auf dem Felsen. Will stützte mich.

»Übrigens«, sagte er, »wegen letzter Woche ...«

»Mach dir deswegen keine Gedanken.« Ich berührte ihn an der Hüfte, unmittelbar über dem Bund seiner Shorts, und mein aus der Form geratenes Herz schlug schneller. Will sah mich an, aber ich konnte seinen Gesichtsausdruck nicht deuten. Wahrscheinlich ging es ihm mit mir genauso. Ich hätte ihm sagen können, dass das daran lag, dass ich meine Gefühle selbst nicht deuten konnte, aber eins weiß ich: Einsamkeit kann sich anfühlen, als würde man ertrinken. Sie kann einen sogar umbringen. Also küsste ich ihn auf die Wange. Ich merkte, dass er nicht wusste, was er tun sollte.

»Mac«, sagte er. Wir standen so dicht voreinander, dass ich seinen Atem an meiner Nase spürte.

Ich senkte den Kopf. »Ich bin in letzter Zeit einfach ein wenig durcheinander.«

Will strich mir über die Wange und hob mein Kinn an. Von weiter weg am Strand hörte ich übermütiges Geschrei und Musik. Als er mich diesmal küsste, wich ich nicht zurück.

Mein Gott, was mache ich?

Überleben. Ich will überleben.

Tag 100

Heute haben Will und ich einen Spaziergang durch die Büsche oberhalb des Strands gemacht. Es war einer der Tage, an denen in einem Moment Regen fällt und im nächsten die Sonne scheint und manchmal auch beides gleichzeitig. Die Luft roch nach regenfeuchter Erde und nassem Laub, und alles glänzte wie neu.

Auf halbem Weg setzten wir uns auf eine abfallende Böschung mit Blick auf das Meer und aßen das Picknick, das Will mitgebracht hatte. Er ist so süß. Fünf Wochen sind wir jetzt zusammen, und er ist das Licht am Ende eines sehr langen Tunnels.

Damit habe ich nicht gerechnet.

»Bald ist die Schule aus.« Will biss das Grüne von einer Erdbeere ab.

»Noch ein Monat.« Anschließend hatten wir freie Zeit zum Lernen und dann Prüfungen. »Dann ist Schluss mit der Highschool.«

»Das wird seltsam sein. Alle gehen auseinander.« Will hob

die Hand, berührte meinen Mundwinkel und schnippte einen Brotkrümel weg. »Nach so vielen Jahren.«

»Schon. Aber ich bin bereit für etwas Neues.« Ich pflückte ein Gänseblümchen. »Es war ein ziemlich beschissenes Jahr.«

»Stimmt.« Will nickte und ich wusste, dass auch er an Sophie A. dachte. »Andererseits ... gibt es uns. Das ist doch schön, oder?«

»Wunderbar.« Ich lehnte mich vor und gab ihm einen Kuss.

Es ist nämlich so: Deinen besten Freund zu küssen fühlt sich vielleicht nicht immer wie ein Feuerwerk an, aber es kann sich auf andere Weise gut anfühlen. Ich will einfach nur gehalten und geliebt werden, und Will tut beides. Und nicht nur das, ich fühle mich bei ihm geborgen.

Will drückte mich auf das Gras, und wir knutschten eine Weile. Nicht zu doll – dazu bin ich noch nicht bereit. Aber wie wir da so unter dem endlosen Himmel lagen, dachte ich: *Vielleicht könnte ich mich ja eines Tages doch in ihn verlieben.* Vielleicht.

Tag 126

Petra, die Schülersprecherin, hat heute Abend eine Halloweenparty gegeben, obwohl Halloween schon zwei Tage vorbei ist. Sie hat die meisten aus unserer Stufe in der Schule eingeladen. Ich ging als Hexe, Will war ein Riesenkürbis. Mitchell Henare kam in einem schwarzen Overall, auf den vorn ein Skelett aufgedruckt war.

Zuerst habe ich mich gut amüsiert. Ich leerte zwei Fertigdrinks, dann ging ich mit Will durch das Spukhaus, und wir hatten in einer dunklen Ecke ein bisschen Spaß. Das volle Programm haben wir noch nicht gemacht. Es ist irgendwie auch schön zu warten, anders als bei James.

Daran will ich nicht denken. Wenn ich mit der Schule fertig bin, sehe ich James Bacon hoffentlich nie wieder.

Als es dunkel wurde, saßen wir um ein Feuer im Garten, tranken und tauschten Erinnerungen an alte Zeiten aus.

»Weißt du noch, wie wir deinen Dad eines Abends gefragt haben, ob er uns einen Schraubenzieher leiht, und wie wir damit die ganzen Straßenschilder abgeschraubt haben?«, fragte Will Mitchell.

Mitchell nahm einen Schluck Bier. »Stimmt, das Stoppschild hängt immer noch über meinem Bett.« Er sprach schon ein wenig undeutlich.

»Ich musste mein Vorfahrt-gewähren-Schild zurückbringen, meine Mutter hat darauf bestanden«, sagte Will. »Ich musste es wieder anschrauben und alles.«

»Wisst ihr noch, wie wir in der neunten Klasse das Rennen mit den Einkaufswagen veranstaltet haben?«, fragte der verrückte Deutsche.

»War das, als Twiggy gestürzt ist und sich den Arm gebrochen hat?«, fragte Will. »Wo ist sie überhaupt?«

»Sie sagte, sie hat Kopfschmerzen, als ich ihr heute geschrieben habe«, sagte Petra. »Aber es war nicht Twiggy, die gestürzt ist, sondern Sophie A. Erinnert ihr euch nicht an ihren rosa Gips?«

»Ja, richtig«, sagte Will, und alle verstummten. Das Feuer knackte, und Funken flogen in die endlose Nacht. Mitchell stand wortlos auf und ging in Richtung Haus.

»Was hat er?«, fragte Petra.

»Er muss wahrscheinlich nur pinkeln.« Will suchte im Dunkeln nach meiner Hand und drückte sie.

Peter räusperte sich.

»Wisst ihr noch damals ...«, begann er. Schon bald lachten alle wieder, nur ein wenig zu laut, als müssten sie die bösen Geister aus dem Garten vertreiben.

Geister, Geister.

»Ich geh aufs Klo«, flüsterte ich Will ins Ohr und überquerte den Rasen. Ich wollte gerade nach drinnen, da bemerkte ich auf dem Deckchair links von mir eine schattenhafte Gestalt.

»Hey.« Ich machte einen Schritt zurück.

»Hey.« Mitchell klang erstickt, wie bei einer Erkältung.

»Alles in Ordnung?«

»Schon. Doch.« Etwas an der Art, wie er es sagte, ließ mich zögern. Ich setzte mich in den Deckchair neben ihm.

»Das Kreuz des Südens«, sagte ich, zu den Sternen aufblickend. Mitchell sagte nichts, aber ich hörte seinen rauen Atem und wie er immer wieder die Nase hochzog. *Oh.*

»Willst du darüber reden?« Ich konnte sein Gesicht nur undeutlich erkennen, war mir aber ziemlich sicher, dass er weinte oder geweint hatte.

»Weiß nicht.« Von drinnen hörte ich das laute, herzhafte Lachen von Petras kleinem Bruder und seinen Freunden. Ich schlang die Arme um mich – ohne das Feuer war es ziemlich kalt –, den Blick weiter zum Himmel gerichtet.

»Es macht mich einfach traurig, wenn die Leute so tun, als hätte es Sophie A. nie gegeben«, sagte Mitchell.

Ich schluckte. »Ja, stimmt.« Aber es war auch ein Schutz. Jedes Mal, wenn ihr Name fiel, kam es mir so vor, als tue sich der Boden unter meinen Füßen auf.

»Was, glaubst du, ist passiert, Mac? Glaubst du wirklich, jemand hat sie entführt, oder glaubst du ...«

»Was?« Ich sah ihn an.

Mitchell wandte den Blick ab. »Glaubst du, sie *wollte* verschwinden? Glaubst du, sie hat sich selbst was angetan?«

»Sprich, sich das Leben genommen?«

»Ja.« Er stellte seine Bierflasche auf den Boden und wischte sich mit dem Handrücken über die Oberlippe. »Glaubst du, sie könnte das getan haben?«

»Hm«, sagte ich vorsichtig, »möglich wäre es vermutlich.«

Er packte die Armlehnen seines Stuhls. »Komm schon, Mac, du hast ihr doch nähergestanden als alle anderen.«

»Außer Twiggy«, sagte ich, aber Mitchell schüttelte den Kopf.

»Nein. Nein, Twiggy hätte sie es nie gesagt, niemals. Aber dir hat sie es doch gesagt, ja? Zumindest hat sie mir das gesagt.«

»*Was* gesagt?«

Mitchell wartete ab, bis einige Kinder mit Masken, die schreiende Gesichter zeigten, vorbeigerannt waren, dann beugte er sich zu mir. »Dass sie schwanger war«, sagte er.

Mein Herz begann zu klopfen. »D-das hat sie dir gesagt?«

»Du wusstest es also?« Er sah mich mit zusammengekniffenen Augen an.

»Ein paar Tage, bevor sie verschwand. Sie wollte mir allerdings nicht sagen, wer es war.« Warum sollte sie es Mitchell gesagt haben, es sei denn … nein! Ich versuchte, ganz langsam zu atmen. »Wann hat sie es dir gesagt?«

»An dem Tag, an dem sie verschwand.« Er schluckte. »Ich sagte ihr, sie müsse das in Ordnung bringen, bevor das Leben von uns beiden ruiniert ist, und da ist sie vollkommen ausgerastet. Mein Gott, ich stand unter Schock, als ich das sagte, es war einfach das Erste, das aus meinem Mund kam. Ich habe versucht, sie Freitagabend anzurufen, aber sie hat nicht geantwortet, und dann … dann …«

»Warte. Langsam. Ihr wart zusammen?« Wie hatte mir das entgehen können?

»Nur das eine Mal«, sagte er. »Auf der Party von Arthur George.«

»Der Poolparty?« Ich wusste noch, dass ich mich die halbe Nacht mit Will unterhalten und dann Twiggy und Sophie A. nach Hause gefahren hatte.

»Mhm. Wir waren beide so betrunken. Danach sagte sie, dass das nie wieder passieren dürfe. *Twiggy mag dich wirklich, sie würde mir nie verzeihen.* Also haben wir es geheim gehalten.«

»Mein Gott«, sagte ich und erinnerte mich, wie ich Sophie A. an diesem Abend beim Ausziehen geholfen hatte, an das Blut in ihrem Slip – *Scheißregel* – und auch daran, wie sie mit aufgerissenen Augen auf dem Felsen gestanden und es mir hatte sagen wollen, ich sie aber nicht zu Wort kommen ließ. Nie mehr.

Es war nur das eine Mal.

»Sie sagte aber, sie hätte es dir gesagt«, beharrte Mitchell.

Mein Kopf fühlte sich an, als würde er gleich explodieren.

»Sie hat mir gesagt, dass sie schwanger ist. Aber nicht, dass du es warst.«

Was ist los, Mac? Warum bist du so wütend?

»Was dachtest du denn, wer es war?« Mitchell war unwillkürlich lauter geworden.

»Keine Ahnung, sie hat es mir ja nicht gesagt.« Ich war wie betäubt. *Nein, nein, nein.*

»Es ist alles meine Schuld«, sagte er. »Wenn ich nicht so ein Idiot gewesen wäre ...«

Ich nahm seinen Arm. »Nein«, sagte ich. »Nein, es ist nicht deine Schuld. Du musst mir glauben.«

Du musst mir glauben, er war es nicht.

»Aber hältst du es für möglich, dass sie sich etwas angetan hat? Hältst du das für möglich?«

»Schon«, sagte ich, was ja in gewisser Weise auch stimmte, oder zumindest glaubte ich das. »Ich denke, ausgeschlossen ist es nicht.«

»Scheiße.« Er ließ sich in den Stuhl fallen.

»Hey, da bist du ja. Ich habe mir schon Sorgen gemacht.« Will stand neben mir, in der Hand eine Tüte mit Riesen-Marshmallows.

»Tut mir leid, ich hab mich hier festgeredet.« Ich stand auf. »Und ich war immer noch nicht auf dem Klo.«

»Muss ja ein interessantes Gespräch gewesen sein«, sagte Will, als ich ein paar Minuten später zum Lagerfeuer zurückkehrte.

»Ach, Mitchell war eigentlich nur betrunken und konnte nicht mehr aufhören zu reden«, sagte ich, scheinbar unbekümmert, obwohl mein Herz immer noch raste.

»Wo ist er eigentlich?«, fragte Peter und warf ein Holzscheit ins Feuer.

»Liegt wahrscheinlich bewusstlos auf dem Rasen vor dem Haus«, sagte Elijah, und alle lachten, außer mir.

Ich kann nicht schlafen. Ich habe zu sehr Angst, Sophie A. könnte mich in meinen Träumen heimsuchen.

Es ist jetzt hundertsechsundzwanzig Tage her, dass sie verschwunden ist. Ich habe geglaubt, alles würde mit der Zeit besser, aber jetzt ist alles wieder da, die Erinnerungen, von denen ich geglaubt habe, ich hätte sie in eine Form gebracht, mit der ich leben kann.

Du könntest jeden Typen haben, den du willst.

Du musst mir glauben, er war es nicht.

Jeden Typen.

War es nicht.

Sie machte einen Schritt zurück ...

Breitete die Arme aus ...

Und das Meer stieg auf ...

Hältst du es für möglich, dass sie sich etwas angetan hat?

Schon. Ich denke, ausgeschlossen ist es nicht.

Und es regnete und regnete und regnete.

Tag 128

Heute war wieder ein verrückter Tag.

Ich kann nicht mehr gerade denken. Ich weiß nicht mehr, was richtig und falsch ist.

Es fing morgens mit der Nachricht von Will an. Ich war gerade erst aufgewacht, und als ich nach meinem Handy griff, sah ich, dass er mir um 7.35 Uhr, also zehn Minuten vorher, geschrieben hatte.

Gerade erfahren, dass Mitchell gestern Abend ins Krankenhaus kam. Eltern haben ihn um Mitternacht in der Garage gefunden.

»Was?« Ich setzte mich auf und rief ihn an.

»Hey.« Wills Stimme hallte.

»Bist du auf der Toilette?«

»Nein, ganz ruhig, ich habe gerade geduscht. Hast du meine Nachricht bekommen?«

»Deshalb rufe ich ja an. Was ist mit Mitchell?«

Ich hörte einen Wasserhahn. Will räusperte sich.

»Also, Mitch hat versucht, sich mit Abgasen zu vergiften«, sagte er. »Im Auto seines Dads.«

Mir wurde schwindelig. »Scheiße, Mann.«

»Ich weiß, ich bin auch völlig fertig. Hat er was gesagt, als du auf der Party mit ihm gesprochen hast?«

»Er hat nicht gesagt, dass er sich umbringen wollte, nein«, sagte ich scharf, was mir sofort leidtat. »Sorry.«

»Schon okay. Gott, mir ist richtig übel. Ich wusste nicht, dass es ihm so schlecht ging. Vielleicht hat er sich am Freitag deshalb so volllaufen lassen.«

»Vielleicht.« Ich zog am Vorhang. Grauer Himmel. In meinem Kopf war alles schwarz, tiefschwarz. »Er kam mir nicht so … fertig vor. Ich meine, er war es natürlich.«

»Ja?« Das Echo war weg. Ich stellte mir vor, wie Will mit einem Handtuch um die Hüften durch den Flur in sein Zimmer ging.

»Äh«, sagte ich. »Kann ich zu dir kommen?«

Bei Will zu Hause herrschte wie immer ein ziemliches Chaos. Ich folgte ihm zu seinem Zimmer, vorbei an den jüngeren Schwestern, die sich gerade stritten, wer damit dran war, die Spülmaschine auszuräumen, und seinem Dad, der mit einer Zeitung und einer Kanne Kaffee am Esszimmertisch saß. Niemand schien meine Anwesenheit überhaupt zu bemerken.

»Tut mir leid«, sagte Will und schloss die Tür vor dem Lärm.

»Entschuldige dich nicht.« Ich setzte mich auf sein Bett und drückte ein Kissen an die Brust. »Manchmal wünsche ich mir, bei uns zu Hause wäre es auch so.«

»Dann lass uns tauschen.« Er setzte sich neben mich. »Schlimm, das mit Mitchell, was?«

Ein Zittern durchlief mich. »Richtig schlimm.«

»Aber ich habe gehört, dass er es packt, Mac«, sagte er leise. »Sie haben ihn noch rechtzeitig rausgeholt.«

»Okay, aber ich muss dir sagen, warum er es getan hat.« Ich blickte auf unsere ineinander verschränkten Finger hinunter. Konnte ich Will vertrauen? Aber wem sonst? Und ich musste etwas von dem Gift aus mir herauslassen, ehe es mich und alle in meiner Umgebung zerstörte.

Wie Mitchell. War es meine Schuld? Wenn ich an jenem Abend die Polizei gerufen hätte, würde Mitchell sich dann trotzdem Vorwürfe machen?

Ich weiß es nicht.

»Habt ihr am Freitagabend darüber geredet?«, fragte Will.

»Mhm.« Eine Tür schlug zu, und ich zuckte zusammen. »Äh, vielleicht sollten wir irgendwo hingehen, wo wir ungestört sind.«

»Dad bringt die Mädchen zum Korbball«, sagte Will. Draußen wurde ein Auto angelassen.

Er legte sich zurück und zog mich neben sich.

»Entspann dich, ja?«

»Leicht gesagt.« Ich hatte noch nie vor Will geweint. Im Unterschied zu James packte er mich nicht schmerzhaft am Oberarm, aber in meinem Kopf drehte sich alles auf eine sehr vertraute Weise. »Wenn ich es dir sage, versprichst du mir, dass du es niemandem weitererzählst?«

Will strich mir über die Wangen und sammelte meine Tränen ein. »Ich verspreche es.«

Ich schluckte. *Offenbarung Nummer eins.* »Also, Sophie A. war schwanger. Sie hat mir das zwei Tage vor ihrem Verschwinden erzählt.«

Will bekam große Augen. »Wirklich? Scheiße.«

»Ja, sie war richtig fertig. Sie wollte mir nicht sagen, von wem. Ich dachte ... ich dachte, ich wüsste es. Aber vorgestern Abend erzählte mir Mitchell, er sei auf Arthur Georges Party mit ihr zusammen gewesen. Erinnerst du dich?«

»An die Party schon«, sagte Will langsam. »Aber nicht *daran.*«

»Sie haben es niemandem erzählt. Ich wusste es auch nicht. Aber er sagte, sie hätte ihm gesagt, er sei der Vater.«

Will runzelte die Stirn. »Aber wen hast du für den Vater gehalten?«

Ich holte tief Luft. *Offenbarung Nummer zwei.*

»Einen Lehrer.«

Wills Mund ging auf. »Einen Lehrer? Wen?«

»James Bacon«, sagte ich, und seine Augen weiteten sich.

»Hat das etwas mit dem Kuss im Auto zu tun?«

»Ja, aber ich habe mich geirrt.« Ich holte wieder tief Luft. »Ich habe das deshalb geglaubt, weil … Also, ich war eifersüchtig.«

»Eifersüchtig.« Will zog seine Hand zurück. »Was, du stehst auf ihn?«

»Nicht mehr«, versicherte ich hastig. »Mit dem will ich nichts mehr zu tun haben.« Ich wartete darauf, dass Will das verdaute, sah, wie er die Stirn runzelte.

»Nicht mehr?«

»Wir waren zusammen. Eine Zeitlang.« Ich wandte den Blick ab.

»Gott, wie lange?«

»Fünf Monate«, flüsterte ich. Warum erzählte ich ihm das? Weil ich es so satthatte, all das mit mir herumzuschleppen. Weil ich, wenn ich zumindest einen Teil des Gifts loswurde, vielleicht, nur ganz vielleicht, das letzte Geheimnis bewahren konnte.

Das entscheidende Geheimnis.

Will schloss für einen Moment die Augen. Einmal, zweimal. »Wann habt ihr Schluss gemacht?«

»An dem Tag, an dem Sophie A. verschwand. Wir haben uns gestritten, Sophie A. und ich. Ich habe ihr vorgeworfen, sie würde ihn mir wegnehmen. Ich hatte die beiden ja am selben Nachmittag in seinem Auto gesehen. Ich dachte, er wollte sie küssen. Ich bin ziemlich sicher, dass er das auch getan hätte, wenn er nicht mich gesehen hätte.«

»Wow.« Will setzte sich auf und fuhr mit den Händen über seine Schläfen. »Hast du das jemandem erzählt?«

»Ich erzähle es dir jetzt«, sagte ich und begann wieder zu weinen. Er vermied immer noch jede Berührung mit mir. Angesichts dessen, was ich ihm soeben gebeichtet hatte, hätte mich das nicht überraschen dürfen. »Ich habe mit ihm Schluss gemacht.«

»Wegen Sophie A.?«

»Damals ja. Und weil …« Aber nein. Das andere konnte ich ihm nicht sagen, das konnte ich mir ja kaum selbst eingestehen. »Es ist vorbei. Aus allen möglichen Gründen.«

Will ließ langsam den Atem entweichen. Ich konnte es nicht ertragen, wie er mich ansah, als wäre ich eine Fremde.

»Ich dachte, ich sollte es dir sagen«, sagte ich. »Du bist der Einzige, der es weiß.«

Er rieb sich die Stirn. »Okay.«

»Magst du mich jetzt nicht mehr?«, fragte ich leise.

»Doch, natürlich – warum sollte ich dich nicht mehr mögen?« Er legte sich wieder hin und schlang die Arme um mich. »Ich bin nur wahnsinnig eifersüchtig.«

»Dafür gibt es keinen Grund.« Offenbarung Nummer drei lag mir auf der Zunge, aber ich schluckte sie hinunter. Stattdessen küsste ich ihn, legte meine ganze Angst, Trauer und Verzweiflung in meine Lippen und meinen Körper und presste mich an ihn. Will erwiderte den Kuss, zögernd zuerst und dann tiefer. Ich zog ihn auf mich, und wir bewegten uns ein paar Minuten lang gegeneinander, bis er flüsterte: »Wenn wir so weitermachen, kann ich bald nicht mehr aufhören.«

»Dann hör nicht auf«, sagte ich, und wenig später bewegten wir uns wieder aufeinander, diesmal ohne Kleider. Es fühlte sich trotz allem gut an, weil ich für eine kurze Zeit aufhörte zu denken und zu fühlen und nur noch ein zärtliches Verlangen spürte und eine große Nähe. Und als Will sagte, er liebe mich, sagte ich das auch.

Es war im Grunde auch gar nicht gelogen. Ich glaube, es gibt verschiedene Arten von Liebe. Die heftige, wilde Liebe, wie Jimmy und ich sie hatten. Und eine langsamere, zärtlichere Liebe, die sich einem unbemerkt nähert und einen überrascht.

Jetzt muss ich wieder weinen. Denn egal, wie nah Will und ich uns kommen werden, ich weiß nicht, ob ich jemals in der Lage sein werde, ihm die ganze Wahrheit zu sagen.

Definiere *Offenbarung*, James Bacon. Und *Erlösung*.

Ich weiß nicht, ob ich mich je ganz offenbaren kann, ob mir je Erlösung in ganzem Umfang zuteilwird.

Tag 129

Laut einer Pathologie-Website ist Kohlenstoffdioxid eine Verbindung aus einem Kohlenstoffatom und zwei Sauerstoffatomen. Komischer Gedanke, dass bei nur einem Sauerstoffatom weniger aus einem Atemgas ein tödliches Gift wird, auch Kohlenstoffmonoxid genannt.

Es ist das Kohlenstoffmonoxid, das die Leute umbringt, wenn sie einen Schlauch am Auspuff eines Autos befestigen und sich in einem Raum einschließen. Bei einer Kohlenstoffmonoxidvergiftung kann sich die Haut des Opfers kirschrot verfärben.

Ist man noch ein Opfer, wenn man sich das selbst antut?

Mitchell war heute nicht in der Schule. Auf der Schulversammlung sprach Mr Harrison darüber, wie wir auf uns aufpassen und dass es immer jemanden gebe, mit dem wir reden könnten, wenn es uns nicht gut ginge. Er projizierte an die Leinwand hinter ihm die Nummern verschiedener Hilfsdienste, wie zum Beispiel der Telefonseelsorge.

Mitchell Henare erwähnte er nicht namentlich, und er sprach auch nicht von Suizid, aber uns war klar, warum er den Vortrag hielt.

Suizid: die vorsätzliche Beendigung des eigenen Lebens.

Mitchell hatte Glück gehabt – oder Pech, je nachdem, was er von seiner Rettung hielt.

In der Mittagspause saß ich mit Will und Twiggy am Sportplatz im Schatten eines Pohutukawa-Baums, der mit weiß behaarten Knospen geschmückt war. In ein paar Monaten werden daraus die flauschigen roten Blüten des neuseeländischen Weihnachtsbaums.

»Ist er schon wieder aus dem Krankenhaus?«, fragte Twiggy.

Will schüttelte den Kopf. »Ich glaube nicht. Sein Bruder meinte, dass noch ein psychiatrisches Gutachten erstellt wird.«

Twiggy rollte ihre Frischhaltefolie zu einer Kugel zusammen. »Glaubt ihr, er darf Besuch haben?«

»Bin nicht sicher. Frag doch seinen Bruder.« Will klopfte auf sein Handydisplay und gab es Twiggy. »Hier ist seine Nummer. Er heißt Adam, wird aber Chuck genannt.«

»Ich frage ihn nicht«, murmelte Twiggy, während sie die Nummer in ihr Handy tippte. Sie ließ ihr Handy in die Tasche fallen und hob den Kopf. »Ich muss noch in die Bücherei. Wir sehen uns später, Leute.« Ihr Blick war in die Ferne gerichtet, und ihr linkes Augenlid zuckte. Ich folgte ihrem Blick und sah den von mir am wenigsten geliebten Lehrer über den Sportplatz kommen.

»Bis dann«, sagte ich und sah zu, wie sie an James vorbeieilte. Ich wünschte, mein Magen würde nicht immer einen Satz machen, sobald ich ihn sah. Wann hörte das endlich auf?

Ich bin mir ziemlich sicher, dass Will ihn auch gesehen hat. Warum hätte er mich sonst genau in diesem Moment küssen sollen, und zwar so, wie er mich noch nie in der Öffentlichkeit geküsst hatte.

»Jetzt wissen es alle«, japste ich, als wir Luft holen mussten.

»Na und?« Will sah sich nach James um, und ich folgte seinem Beispiel, aber James war verschwunden.

»Ich geh auch in die Bücherei«, sagte ich.

»Ich komme mit«, sagte Will.

Als wir dort ankamen, sahen wir uns nach Twiggy um, aber sie war nicht da. Offenbar hatte sie es sich anders überlegt.

Tag 133

Heute Nachmittag sind Will und ich nach der Schule gleich zu mir gegangen, um gemeinsam zu lernen.

Ja, klar. Innerhalb von Minuten rangelten wir spielerisch auf meinem Bett. Und das konnte nur auf *eine* Weise enden.

Ein paar Minuten später lagen wir, noch ineinander verschlungen, da und warteten darauf, dass unsere Herzen sich beruhigten und der Schweiß auf unserer Haut abkühlte.

»Daran könnte ich mich gewöhnen.« Will hob die Haare von meinem Nacken hoch und küsste mich hinters Ohr.

»Ich glaube, du gewöhnst dich schon dran.« Es war nicht

leicht, uns Zeit ohne unsere Eltern und Familien zu verschaffen, aber irgendwie bekamen wir es trotzdem hin.

»Ich glaube, ich brauche noch mehr Übung«, murmelte Will und küsste mich zwischen die Brüste.

»Später«, murmelte ich, schläfrig von der durch das Fenster wehenden, nach Jasmin duftenden Brise. Will lächelte und begann stattdessen, mit den Fingerspitzen jede kleinste Narbe meines Körpers zu erkunden.

»Und die hier?«

»Blinddarm, vor zehn Jahren. Minimalinvasiv.«

»Und das?« Er berührte die Kerbe in der Mitte meiner linken Augenbraue.

»Dennis.«

»Dennis?«

»Mit dem war ich im Kindergarten. Er holte mit einer Schaufel aus, als ich zufällig gerade an ihm vorbeiging.« Ich guckte auf die Uhr. Viertel nach vier. In einer Viertelstunde hatte Mum Feierabend.

»Okay. Und die?« Wills kleiner Finger hielt bei meiner neuesten Narbe an, hinter meinem rechten Ohr. Ich zuckte ein wenig zusammen.

»Da habe ich mir vor ein paar Monaten den Kopf angeschlagen.«

»Was sind diese Pünktchen?«

»Es musste genäht werden.« Mit drei Stichen, um genau zu sein. Die lokale Betäubung hatte höllisch wehgetan.

Will runzelte die Stirn. »Davon wusste ich gar nichts.«

»Sieht man ja auch nicht so gut.« Mein Herz klopfte wieder, aber auf ungute Weise.

»Wie ist das passiert?«

Ich hätte sagen können, ich sei gestürzt. Oder ich sei gegen eine Tür gelaufen. Aber ich zögerte, und dann sah Will mich an, eine steile Falte zwischen den Augenbrauen, als spürte er, dass etwas nicht stimmte.

Dann mal los! Offenbarung Nummer drei. »Ich hatte Streit«, sagte ich.

»Mit wem?« Will runzelte die Stirn. »Moment – mit James Bacon?«

»Er hat die Beherrschung verloren«, sagte ich. »Also, manchmal.«

In der Notaufnahme: *Wie ist das passiert?*

James Blick auf mir, der sich besänftigte, als ich log: *Ich bin ausgerutscht und gegen die Wand geknallt.* So viel leichter zu sagen als: *Mein Freund hat meinen Kopf gegen einen Laternenpfosten geschlagen.* Schließlich hatte es ihm so leidgetan.

»Er hat das getan? Scheiße!« Ich hatte Will noch nie so wütend erlebt. »War es das einzige Mal?«

»Also«, sagte ich und rollte auf den Bauch, um seinem Blick zu entgehen, »das einzige Mal, dass ich genäht werden musste.«

Danach hatte ich eine Woche lang eine Beanie getragen. Mum hatte ich gesagt, mir sei kalt, obwohl es April war und schon warm. Damit und indem ich die Haare über die Ohren hängen ließ, hatte ich verhindert, dass jemand davon erfuhr. Bis jetzt.

»Mein Gott«, sagte Will und legte mir die Hand auf den Nacken. »Kein Wunder, dass du mit ihm Schluss gemacht hast.«

»Jetzt ist es vorbei«, murmelte ich in mein Kopfkissen.

»Mein Gott«, sagte er noch einmal. Im nächsten Moment hörten wir draußen eine Autotür zuschlagen. Wir sprangen aus dem Bett, zogen uns hastig an und machten das Bett. Als meine Mum hereinkam, saßen wir auf der Bettdecke, zwischen uns einen Stapel Notizen.

»Wie kommt ihr mit Lernen voran?«, fragte Mum.

»Ich lerne eine Menge«, sagte Will. Zu meiner Erleichterung war sein Lächeln zurückgekehrt.

Jetzt ist es vorbei.

Ja, richtig.

Tag 136

Heute Abend hatte ich im Supermarkt eine seltsame Begegnung. Ich hatte gerade Tip-Top abkassiert und wandte mich dem nächsten Kunden zu, da blickten mich zwei Löwenaugen an. Vertraut und doch nicht vertraut.

»Hallo, Sophie.« Patricks Auftauchen machte mich sofort nervös. Ich sah mich nach Unterstützung um, aber da war niemand.

»Hallo.« Ich begann, seine Einkäufe einzuscannen, und legte sie in den Einkaufswagen neben mir – ein gegartes Hühnchen, Brötchen, eine Packung Krautsalat. »Wie ist der neue Job?«

Patrick lächelte. »Gefällt mir gut. Der viele Verkehr in Auckland gefällt mir weniger.«

»Den mag niemand.« Als Patrick seine Kreditkarte herausholte, sah ich, dass er dieselben Finger wie James hatte, breit mit ganz kurzen Nägeln.

»Keine neuen Erkenntnisse zu deiner Freundin, wie ich sehe«, sagte Patrick, als ich seine Einkäufe eingegeben hatte, und als ich nichts sagte, fügte er hinzu: »Sophie Abercrombie, meine ich.«

»Nein«, sagte ich tonlos. »Keine Erkenntnisse.« Ich merkte, dass Patrick mich musterte, als suchte er nach – was?

»James sagte, du willst Gerichtsmedizinerin werden.«

»Mhm.« Die Lüge mit dem Medizinstudium, die ich Patrick vor ein paar Monaten aufgetischt hatte, fiel mir ein und mir wurde ganz heiß.

»Du bist bestimmt eine vorbildliche Schülerin«, sagte er, mit Betonung auf *Schülerin.*

Mein Herz begann zu hämmern. »Warum?«

Er zog seine Karte aus dem Lesegerät. »Ich weiß, was du tust«, sagte er leise. Meine Brust war wie zugeschnürt, und ich bekam kaum Luft. Unfähig, ihn anzusehen, blickte ich nach links. Will lehnte, immer noch in Schuluniform, an der unter den Fenstern entlanglaufenden Bank.

»Hi«, sagte ich, in der Hoffnung, seine Gegenwart würde ausreichen, Patrick zu verscheuchen. Leider hatte ich kein Glück. Will kam mit ausdruckslosem Gesicht auf uns zu. Patrick lächelte und streckte die Hand aus.

»Hallo«, sagte er. »Ich bin Patrick. Du bist bestimmt ...«

»Will«, sagte Will, und während er ihm die Hand gab, wanderte sein Blick zwischen uns hin und her. »Alles okay?«

»Oh ja, ich habe nur Hallo gesagt. Du kennst vielleicht meinen Bruder, er unterrichtet an eurer Schule – James Bacon?«

Wills Miene versteinerte. »Den kenne ich.«

Sag nichts, dachte ich, in der Hoffnung, Will könnte meine Gedanken lesen. *Bitte, bitte sag nichts.*

Patrick räusperte sich. »Nett, dich kennenzulernen, Will. Viel Glück mit der Bewerbung für Medizin, Sophie.« Er ging, und die Absätze seiner glänzenden Polizeischuhe machten auf dem Boden klackende Geräusche. Ich fühlte mich auf einmal ganz zittrig und musste mich auf den Tresen stützen.

»Kennst du den?«, fragte Will und kam näher.

»Ich habe ihn ein paarmal getroffen«, sagte ich. Meine Anspannung ließ ein wenig nach, als er mit seiner Hüfte gegen meine stieß, aber nur ein wenig.

»Weiß er …?«, murmelte Will an meinem Ohr.

»Er weiß, dass wir eine Zeitlang zusammen waren.«

»Und davon?« Er strich über die Narbe hinter meinem Ohr. Ich merkte, dass Mike zu uns herübersah, und wich zurück.

»Nein. Ich dachte, wir wollten nicht mehr darüber reden.«

»Alles klar«, sagte Will und entfernte sich ein paar Schritte, während ich den nächsten Kunden begrüßte.

Ich fasse nicht, dass er dir das angetan hat, hatte er das ganze Wochenende über immer wieder gesagt, bis ich ihn gebeten hatte, nicht mehr darüber zu sprechen.

Es wird nie wieder passieren, sagte ich.

Dir nicht, hatte Will erwidert.

Darauf hatte ich keine Antwort.

War Patricks Besuch heute Abend ein Zufall?

Irgendwie glaube ich das nicht. Seine Worte – *Ich weiß, was du tust* – gingen mir ständig durch den Kopf, und ich glaube, ich weiß, warum. Weil es genau dieselben Worte waren wie in der anonymen Nachricht, die ich vor ein paar Monaten bekommen habe. Vermutlich weiß ein Bulle besser als sonst jemand, wie man solche Nachrichten verschickt.

Ich weiß, was du tust. Und wenn du weißt, was gut für dich ist, hörst du damit auf.

Vielleicht bin ich nur paranoid. Aber ich muss ständig daran denken. An die Autos, die ich am letzten Freitag im Juni auf dem Parkplatz in Muriwai gesehen habe.

Nein, das ist zu lange her. Wenn jemand mich und Sophie A. gesehen hätte, hätte er oder sie sich doch längst gemeldet … oder?

Ich weiß es nicht.

Tag 137

Heute Nachmittag habe ich zum ersten Mal seit Ewigkeiten Twiggy besucht. Wir hatten Lernzeit, und sie ist wegen der Prüfungen total aufgeregt.

»Solange du bestehst, ist es doch okay«, sagte ich. »Eigentlich hast du doch schon genügend Punkte gesammelt.«

»Aber ich weiß nicht, ob ich in Chemie bestehe. Kannst du mir vielleicht in der Prüfung helfen?« Twiggy rieb sich das Schlüsselbein. Wir saßen draußen auf Deckchairs und genossen die Frühlingssonne. Twiggy hatte ihre Schulbluse ausgezogen und saß im Trägertop da. Ich hatte die Bluse noch an, aber wie Twiggy den Rock bis ans obere Ende der Schenkel hochgezogen.

»Ich weiß nicht …« Ich blickte über die vom Wind gekräuselte Oberfläche des Pools. Twiggy bei schulinternen Tests abschreiben zu lassen, war das eine, aber wenn wir bei der landesweiten Prüfung dabei erwischt wurden, konnten wir beide durchfallen. »Ich weiß gar nicht, ob das überhaupt geht.« Wir konnten ja schlecht Zettel oder Nachrichten austauschen, und was Spickzettel betraf ... Nein, das war zu schwer, sogar für mich.

Twiggy packte mich am Handgelenk. »Zweihundert Dollar.«

Ich antwortete nicht.

»Reicht dir das nicht?« Sie ließ mich los. »Ich bin keine Gelddruckmaschine.«

Ich zeigte stirnrunzelnd auf die blauen Flecken oberhalb ihres rechten Ellbogens. »Woher hast du die?« Die Male waren wie Finger geformt, vier an der Zahl.

Twiggy wurde rot. »Vom Korbball«, murmelte sie. Sie zog ihre Schulbluse wieder über das Trägerhemd.

»Da muss dich ja jemand wirklich hart angefasst haben.«

»Was interessiert dich das?« Twiggys Blick war kalt wie Stein. »Zweihundertfünfzig, das ist mein letztes Angebot.«

»Okay, wenn du mir eine Frage beantwortest. Aber du musst ehrlich sein.«

»Einverstanden, was du willst – schieß los.«

Ich hob das Kinn. »Sind die blauen Flecken wirklich vom Korbball?«

Twiggy starrte mich an. »Nein«, sagte sie schließlich.

»Von wem dann?«

»Eine Frage, hast du gesagt, Mac. Zweihundertfünfzig, fällig, wenn ich die Prüfung bestehe.«

»Es ist zu riskant.«

»Hast du nicht gerade gesagt ...«

Ich machte eine abrupte Handbewegung. »Vergiss die Prüfung. Ich spreche von der Person, die dir *das* angetan hat.«

Twiggys linkes Augenlid begann zu zucken. »Zieh mich nicht in deine verrückten Phantasien rein, Mac. Du weißt gar nichts.«

Mein Herz schlug wie verrückt. Was, wenn ich mich irrte? Nein, ausgeschlossen.

»Sagt James Bacon, du bist die beste Sophie, Twiggy? Achtet er darauf, dass du die Pille nimmst?«

Twiggy war nicht mehr rot im Gesicht. Aus ihren Wangen war jegliche Farbe gewichen, als wäre alles Blut in ihr tumbes Herz zurückgelaufen. Weißt du noch, James? Wie du sie einmal tumb genannt hast? Ach, wie schnell wir doch vergessen.

»Weißt du was?« Twiggy stand auf. »Vergiss es. Ich brauche deine Hilfe nicht.«

»Ich glaube, du irrst dich«, rief ich, aber da war sie schon nach drinnen gegangen und hatte die Tür hinter sich zugeknallt.

Hier ist ein erster Satz für dich, James. *Es waren einmal drei Sophies.*

Und das geht dann so weiter: *Die erste war zu sauer und die zweite zu süß. Aber die dritte ...*

Halt, aufhören. Ich darf nicht zulassen, dass er das wieder tut. Eine Sophie weg. Dann Mitchell, fast weg. Und jetzt Twiggy, die letzte Sophie, in seinen Fängen.

Ist das ein Spiel? Wem will er damit in Wirklichkeit wehtun?

Ich glaube, ich weiß es.

Mir.

Tag 140

Alles gerät langsam außer Kontrolle. Wenn ich nicht für Ordnung sorge, stirbt vielleicht jemand. Wenn ich nicht für Ordnung sorge, bin dieser jemand vielleicht ich.

Nein. Nichts ist außer Kontrolle. Ich habe alles im Griff. Ich darf mich nur nicht in Widersprüche verwickeln. Ich muss sicherstellen, dass ich an alles gedacht habe, bevor die Polizei wieder mit mir sprechen will. Denn das ist nur eine Frage der Zeit.

Folgendes ist heute am frühen Abend passiert.

Will und ich waren bei ihm zu Hause. Wir haben tatsächlich gelernt, vor allem für Englisch, weil es das einzige Fach ist, das wir gemeinsam haben. Wir haben gelernt, weil die Prüfungen allmählich ziemlich nahe rücken und weil seine Eltern zu Hause waren und wir die Tür offen lassen mussten.

Gut, es war zu spät, um zu verhindern, dass wir miteinander schliefen, aber was auch immer.

Ich schweife ab.

Scheiße.

»›Ein Text, der in einer schwierigen Umgebung spielt, fordert auch uns, die Leser, in vielem heraus‹«, las Will vor. Wir saßen auf dem Bett mit seinem Chromebook zwischen uns und sahen uns online alte Prüfungsfragen an. »›Führen Sie aus, inwieweit Sie dieser Feststellung zustimmen.‹«

Ich sah auf den Monitor. »Das ist von letztem Jahr. Die werden doch nicht dieselbe Frage noch mal stellen, oder?«

»Keine Ahnung. Vielleicht haben sie nur eine begrenzte Anzahl von Fragen, die sie stellen können.«

»Sehen wir doch die Fragen durch und überlegen, ob sie sich im Lauf der Jahre wiederholen, ob es ein Muster gibt«, schlug ich vor.

Will sah mich lächelnd an. »Strategisches Denken, finde ich gut.«

»Ich bin eine große Strategin«, sagte ich, und er beugte sich vor und gab mir einen Kuss. »Die Tür ist offen«, flüsterte ich eine halbe Minute später.

Will drehte den Kopf. »Ist das dein Handy, das da piept?«

»Hab ich gar nicht gehört.« Aber als ich nachsehe, hat er recht. Ich habe gerade eine Nachricht bekommen.

Ich muss dringend mit dir reden, kannst du rüberkommen?

Ich seufzte. Twiggy wollte sicher wieder über die Chemieprüfung sprechen.

»Was ist es?« Will ließ sich gegen die Kissen fallen.

»Nur Twiggy, der langweilig ist.«

Bin bei Will, antwortete ich. *Vielleicht morgen?*

Mein Handy klingelte. Ach, nee!

»Ja?« Ich klang kurz angebunden.

»Mac, ich stecke in Schwierigkeiten. Kannst du bitte rüberkommen?«

Ich fuhr hoch. Twiggy weinte. Ich konnte mich nicht erinnern, wann sie das zuletzt vor mir getan hatte.

»Was ist passiert?«

»Wir hatten Streit«, sagte sie. »Und, ich glaube –, Mac, ich glaube, meine Rippe ist gebrochen.«

»James Bacon«, sagte ich, und Will, der aussah, als hätte er jedes Wort von Twiggy gehört, riss mir das Handy aus der Hand.

»Twiggy, wo bist du? Okay, wir sind gleich bei dir.«

Er warf mir das Handy zu, sprang auf und schloss die Zimmertür.

»Wenn du nicht die Polizei rufst«, sagte er, »dann tu ich es.«

»Will, nein.« Blinde Panik überkam mich. *Nein, nein, nein.*

»Mac, *doch*. Was hast du denn? Irgendwann wird noch jemand ernsthaft verletzt. Vielleicht ist das schon passiert.«

Unzählige Gedanken schwirrten mir durch den Kopf, etwa: *Wenn Mum das herausfindet, bringt sie mich um*, und: *Wenn wir James verraten, verrät er uns, weil er weiß, dass ich Twiggys Hausarbeiten schreibe.* Und am schlimmsten: *Was ist, wenn jemand das mit Sophie A. herausfindet?* Nein, wie sollte das gehen, nach so langer Zeit? James hat davon nichts mitbekommen, gar nichts.

»Also, gut«, sagte ich, als klar war, dass Will nicht nachgeben würde. Er hatte ja auch recht – wenn wir jetzt nichts unternahmen, passierte am Ende noch etwas wirklich Schlimmes.

Etwas Schlimmes ist ja schon passiert.

»Also, gut«, wiederholte ich. »Aber lass uns zuerst zu ihr gehen und gucken, was passiert ist.«

Will kam auf meine Seite und zog mich vom Bett hoch. »Klar, aber du musst mir versprechen, dass wir dann die Polizei rufen.«

Ich sah ihm in die Augen und sagte: »Ich verspreche es.«

Und das war nicht gelogen.

Twiggys Haustür war nicht abgesperrt, und niemand schien da zu sein. Ich stieg vor Will die Treppe zu ihrem Zimmer hinauf, dem Zimmer am Ende des Gangs, an dessen Tür in Buchstaben aus Holz ihr Name hing. Ich hatte genau die gleichen Buchstaben und Sophie A. auch. Mrs Abercrombie hatte sie uns zum zehnten Geburtstag geschenkt.

Jetzt gab es die drei Sophies nicht mehr.

Ich klopfte leicht an die Tür und drückte sie auf.

»Twig?«, sagte ich leise. Als sie nicht antwortete, trat ich ein. Will machte die Tür hinter mir zu. Die Nachttischlampe brannte und beschien Twiggys vom Weinen verquollenes Gesicht. Keine äußeren Spuren, keine Prellungen.

Das kann er gut, keine sichtbaren Spuren. Ich sollte es wissen.

»Danke fürs Kommen«, sagte Twiggy, und weitere Tränen sammelten sich unter ihrem Kinn. Sie atmete flach, wie unter starken Schmerzen.

»Keine Ursache«, sagte Will.

»Was hat er getan?«, fragte ich.

»Wir haben gestritten. Er hat mich geschubst, und als ich stürzte, hat er mich …« Sie ließ eine Mischung aus Schluchzen und Wimmern hören. »G-getreten.«

»Mein Gott, wie oft?« Will hockte sich neben sie und hielt hörbar die Luft an, als sie ihr Top nach oben zog und ihm die verfärbte Haut an ihrer rechten Seite zeigte.

»Nur einmal. Er sagte, es t-tue ihm leid.« Twiggy zog die Nase hoch. »Er wollte, dass ich über Nacht bleibe, aber ich wollte nach Hause. Er sagte, ich müsse sagen, es sei ein Unfall gewesen.«

»Das sieht ihm ähnlich.« Will sah mich an. Meine Gedanken rasten, erkundeten alle möglichen Sackgassen auf der Suche nach einem Weg durch dieses Labyrinth. Jetzt musste ich strategisch denken. Ich musste die kluge Sophie sein, klüger als alle anderen.

»Twig«, sagte ich, während ich weiter fieberhaft überlegte. »Wir werden die Polizei rufen.«

Ihr Mund ging auf. »Nein. Nein, das dürft ihr nicht. Meine Eltern bringen mich um.«

»Nein«, sagte ich. »Das werden sie nicht.« Ich sah Will an. »Kannst du uns einen Moment allein lassen?«

Will stand auf. »Klar«, sagte er.

Folgendes hat Twiggy bei der Polizei ausgesagt.

Vor ein paar Monaten bot ihr Englischlehrer James Bacon an, ihr zusätzlich Nachhilfe zu geben. Die ersten Male blieb sie nach der Schule da, und er gab ihr im Klassenzimmer Nachhilfe. Dann trafen sie sich bei ihm zu Hause.

Am Anfang rührte er sie nicht an. Dann, vor einem Monat, forderte er sie auf, ihn zu küssen. Er sagte, er würde ihr dafür auch eine gute Note im Aufsatz geben. Twiggy weigerte sich. Seitdem setzte er ihr ständig damit zu.

Heute Abend lud Mr Bacon Twiggy zum Abendessen ein. Wenn sie sich weigerte, so machte er ihr unmissverständlich klar, würde er allen sagen, dass sie bei ihren Tests und Prüfungen schummelte. Twiggy wusste sich nicht anders zu helfen und ging zu ihm. Mr Bacon bewirtete sie mit Ravioli und Weißwein. Als er wieder fragte, ob er sie küssen dürfe, gab Twiggy nach.

Sie hatte geglaubt, damit wäre es getan, aber das stimmte natürlich nicht. Mr Bacon wollte mehr. Twiggy ließ sich von ihm an den Brüsten berühren.

(Können wir es nicht beim Kuss belassen?

Glaub mir, du musst ihm so wehtun, wie er dir wehgetan hat.)

Als er den Reißverschluss ihrer Jeans aufziehen wollte, stieß sie ihn zurück. Doch er ließ nicht locker. Es kam zu einem Handgemenge, und Twiggy stürzte. Er trat sie und nannte sie Schlampe. Twiggy rappelte sich mühsam hoch, rannte aus der Wohnung und fuhr nach Hause. Dann rief sie ihre beste Freundin an.

Das war ich.

Ich habe dich im Schach immer geschlagen, James, weißt du noch? Es hat dir überhaupt nicht gefallen.

Wie sagt man bei diesem Spiel noch gleich, Mr Bacon? *Schach!*

Du stehst jetzt mit dem Rücken zur Wand.

Tag 141

Heute Morgen bin ich nach einer schlaflosen Nacht zu meiner Mum ins Schlafzimmer gegangen und habe gesagt: »Ich muss dir was erzählen.«

In meinem ganzen Leben ist mir noch nichts so schwer gefallen. Und ich habe zunehmend das Gefühl, dass das nur der Anfang ist.

Mum, die mit einem Kissen im Rücken im Bett saß und ein Buch las, klopfte auf die Stelle neben sich.

»Hat das mit gestern Abend zu tun?« Als ich nickte, sagte sie: »Ich finde es unfassbar, dass James Bacon nicht sofort entlassen wurde, als du der Polizei erzählt hast, was er mit Sophie gemacht hat. Und jetzt Twiggy – mein Gott, was hat sie sich gedacht?«

»Er ist ein Drecksack!«, sagte ich und setzte mich neben sie. »Aber, Mum ... er wird auch ein paar Dinge über mich sagen.«

»Wie zum Beispiel?« Meine Mutter legte ihr Buch weg.

»Hm.« Mann, ganz sauber kam ich aus dieser Sache unmöglich raus, aber wenn ich mich beeilte, schaffte ich es vielleicht, dass nicht zu viel Dreck an mir hängen blieb. »Vergangenen Sommer habe ich diesen Typen kennengelernt. Er sagte, er sei neunzehn.«

Mum runzelte die Stirn. »Einen Typen? Was für einen Typen? Moment, redest du von diesem Mason? Du hast mir erzählt, er würde auf die Highschool gehen.«

»Lässt du mich bitte ausreden?« Meine Stimme zitterte. »Es fällt mir wirklich schwer, dir das zu erzählen, also hör einfach nur zu.«

Mum presste die Lippen zusammen, und ich holte tief Luft.

»Der Typ, mit dem ich heimlich rumgemacht habe, war nicht Mason. Er hieß Jimmy. Er sagte, er sei neunzehn, aber er erzählte mir nicht, dass er Lehrer war. Das sagte er erst am letzten Tag, bevor die Schule wieder anfing.«

»Lehrer?« Ich sah den Dampf förmlich aus ihren Nasenlöchern kommen.

Scheiße, Scheiße, Scheiße.

»Mum.«

»Weiter.« Ihr Gesicht sah aus wie damals, als sie die Schachtel mit den Antibabypillen gefunden hatte, ein Gesicht, bei dem man eine Scheißangst bekommen konnte.

Noch mal tief Luft holen. »Also, das war Mr Bacon. Ich wollte mit ihm Schluss machen, als ich das hörte, aber er ließ sich nicht abwimmeln. Er sagte, er würde mich lieben, und ich habe ihm geglaubt.« Ich blickte starr auf Mums Buch. Die Buchstaben des Titels verschwammen vor meinen Augen. *Einsamer Wolf.* Ich kam mir allmählich selbst vor wie einer.

»Und dann«, fuhr ich fort, »hat er angefangen, mich herumzuschubsen. Also, er hat mich nie richtig geschlagen, aber einmal hat er mich gegen einen Laternenpfosten gestoßen, und ich musste die Wunde im Krankenhaus nähen lassen.« Ich hob die Haare hoch und zeigte ihr die Narbe.

Ich spürte ihre kühlen Finger hinter meinem Ohr.

»Sophie, wie konntest du das vor mir geheim halten?« Mum klang ebenfalls den Tränen nahe. »Warum hattest du das Gefühl, dass du mir das nicht sagen kannst?«

»Weil ich A-angst hatte.« Ich begann jetzt richtig zu weinen. »Und dann habe ich mit ihm Schluss gemacht, weil ich gesehen habe, wie er mit Sophie A. herumgemacht hat, kurz bevor sie verschwand. Ich dachte, es sei alles vorbei, aber dann bekamen Will und ich den Anruf von Twiggy. Er hätte sie umbringen können! Hätte ich ihn doch früher angezeigt, hätte ich …«

»Sophie.« Mums Umarmung war fest, ihr Ton streng. »Was er Twiggy und dir angetan hat, ist nicht deine Schuld. Er ist krank und ein widerlicher Kerl, und ich hoffe bei Gott, dass er dafür hinter Gitter kommt.«

Was nicht hieß, dass ich nicht trotzdem noch eine Standpauke bekam, unterbrochen von Umarmungen, ein Wegstoßen und An-sich-Ziehen, als wüsste meine Mutter nicht, was sie mit mir tun sollte.

Dann klingelte das Telefon. Es war die Polizei. Sie wollte mit mir sprechen.

Nur damit das klar ist: Ich habe der Polizei genau dasselbe gesagt wie meiner Mutter. Ich habe auch an der Aussage festgehalten, dass Sophie A. und James sich in seinem Auto geküsst haben. Und ich habe gesagt, sie könnte jederzeit meine Akte in der Notaufnahme vom Anfang des Jahres einsehen, weil ich weiß, dass sie das bestimmt wollen.

Vielleicht erinnert die Ärztin sich ja noch an mich, eine Frau in den Zwanzigern mit einem netten Gesicht. Sie hat James damals gebeten, das Zimmer zu verlassen, und mich dann gefragt, ob ich mich bedroht fühlte.

Überhaupt nicht, habe ich geantwortet. *Kann Jimmy jetzt wieder reinkommen?*

Nur damit das klar ist: Twiggy hat sich eine Rippe gebrochen, aber sie hat keine inneren Verletzungen.

Und James wurde gestern Abend verhaftet.

Und ich bin die klügste Sophie. Ich meine ja nur.

Tag 143

Mum ist heute von der Arbeit zu Hause geblieben. Sie meinte, sie hätte Kopfschmerzen, aber ich glaube, sie wollte nur ein Auge auf mich haben.

Gegen Mittag fuhr sie mich zu Twiggy nach Hause. Sie unterhielt sich draußen eine Ewigkeit mit Twiggys Mum Sonia, während Twiggy und ich im Wohnzimmer saßen und selbst gemachte Pizza aßen.

»Wie geht's mit den Prüfungen?«, fragte Twiggy.

»Gut.« Allerdings war ich mir da nicht so sicher. Ich war aus offensichtlichen Gründen mit den Gedanken woanders. »Und bei dir?«

Sie verzog das Gesicht. »Nicht so toll. Aber angeblich kann ich wegen dem, was passiert ist, einen Nachteilsausgleich beantragen.«

»Wie geht es deiner Rippe?«

»Sie tut verdammt weh.« Twiggy sah mich von der Seite an. »Willst du wissen, warum Jimmy und ich uns neulich gestritten haben?«

Jimmy. Das brachte mein Blut schon wieder in Wallung. *Die anderen nennen mich James, aber für dich bin ich Jimmy.*

Du kannst mich mal, James Bacon.

Ich legte mein Pizzastück weg. »Nur wenn du es mir sagen willst.«

»Es hat mit dir zu tun, deshalb dachte ich, du willst es bestimmt wissen.« Twiggy wartete nicht auf eine Antwort von mir, sondern redete gleich weiter. »Nachdem du mich am Tag zuvor vor ihm gewarnt hattest, habe ich ihn nach dir gefragt. Ich habe ihn gefragt, ob ihr mal zusammen gewesen wärt, und er sagte: *Vielleicht irgendwann mal.* Dann habe ich ihn gefragt, ob er immer noch in dich verliebt ist.«

»Bestimmt nicht«, sagte ich schwach.

»Aber das ist es ja.« Twiggy warf einen Blick nach draußen, wo unsere Mütter, wie es aussah, ebenfalls ein leidenschaftliches Gespräch führten. »Er sagte nur: *Lass uns nicht darüber sprechen, ja? Sie hat nichts mit dir zu tun.* Und ich sagte: *Aber sie hat sehr viel mit mir zu tun.* Darauf meinte er, du hättest ihn hintergangen. Aber meine Frage wollte er nicht beantworten. Er wirkte nur richtig aufgebracht.«

»Er hasst mich«, sagte ich. »Genau so, wie ich ihn hasse.« *Aber … wenn das nicht stimmt?*

Twiggys linkes Augenlid begann zu zucken. »Willst du wissen, warum er mich geschlagen hat, Mac? Weil ich ihn nicht dazu bringen konnte, meine Frage zu beantworten.«

»Ob er immer noch in mich verliebt ist?« *Von wegen.*

»Nein. Ich habe ihn gefragt, ob er mich genauso lieben würde wie dich. Darauf sagte er: *Hör damit bitte auf, ja?* Und ich sagte: *Ich hätte es wissen müssen. Ich bin nur dritte Wahl, jetzt, wo du meine beiden besten Freundinnen vernascht hast.* Und da hat er die Beherrschung verloren.«

»So ein Arschloch«, rief ich. »Ich kann es nicht anders sagen.«

Twiggy wandte den Blick ab. Ich wusste, wie sie sich fühlte. Sie hatte soeben ihren Freund verloren, und es tat höllisch weh, auch wenn er ein Arschloch war. Aber tat sie mir leid?

Nein. Weil ich in dem Moment, in dem sie sagte, James hätte womöglich noch Gefühle für mich, einen überwältigenden, geradezu Übelkeit erregenden – ja, was? – Zorn und Hass verspürte. Außerdem Kummer und Bedauern.

Und Triumph. Ja, Triumph. Denn vielleicht, nur vielleicht, habe ich ihm genauso wehgetan wie er mir.

Danach sagten wir nicht mehr viel. Sonia kam wieder rein und bot uns frisch gepressten Orangensaft an. Ich trank mein Glas leer, bedankte mich, wünschte Twiggy gute Besserung und ging.

Aber jetzt sitze ich zu Hause, starre auf meine Chemie-Notizen und kann eine Frage nicht beantworten: Wenn ich das mit Sophie A. im Auto nicht falsch verstanden hätte, wären Jimmy und ich dann noch zusammen?

Mein Gott, was denke ich denn da? Warum sollte ich noch mit jemandem zusammen sein wollen, der mich verletzt hat, bis ich innerlich und äußerlich blutete? Ich habe doch einen einfühlsamen Freund, und er liebt mich, und ich liebe ihn.

Wirklich.

Tag 144

Heute musste ich in die Schule, obwohl ich Lernzeit hatte. Die stellvertretende Rektorin Mrs Gardener wollte sich mit mir *unterhalten*. Ich hatte davor Angst. Mum fragte, ob sie mich begleiten solle, aber ich sagte Nein. Also fuhr sie mich nur hin und wartete draußen im Auto.

Mrs Gardener ist ziemlich einschüchternd. Ich weiß nicht, ob man das als stellvertretende Rektorin sein muss oder ob es an ihrer Person liegt. Sie hat eine Schildpattbrille mit Zweistärkengläsern und schneeweiße Haare, die sie immer in einen Zopf eingeflochten hat. Begleitet wurde sie von Ms Bevan, der Beratungslehrerin, die viel weniger furchterregend ist und etwa genauso alt wie meine Mum.

Wir saßen auf drei Sesseln im Halbkreis vor Mrs Gardeners Schreibtisch. Das war ziemlich sicher ein Vorschlag von Ms Bevan, damit ich mich nicht so eingeschüchtert fühlte. Aber es wirkte nicht wirklich.

»Sophie«, sagte Mrs Gardener, »wie du ja weißt, kam es in den vergangenen Tagen zu einem schlimmen Vorfall betreffend Mr Bacon und deine Freundin Sophie Twiggs. Ich glaube, du und Will O'Reilly, ihr habt die Polizei gerufen. Stimmt das?«

Ich nickte.

»Des Weiteren«, fuhr Mrs Gardener fort und musterte mich durch die untere Hälfte ihrer Brillengläser, »habe ich Grund zu der Annahme, dass Sophie Twiggs womöglich nicht die einzige Schülerin war, mit der Mr Bacon eine Beziehung hatte. Ich würde gerne hören, was du dazu zu sagen hast.«

»Also«, sagte ich tapfer, »Sie wissen vermutlich, was ich der Polizei vor ein paar Monaten über Mr Bacon und Sophie A. erzählt habe.«

Mrs Gardener presste die Lippen zusammen. »So ist es«, sagte sie leise. »Leider konnte diese Aussage nicht ... durch einen weiteren Zeugen bestätigt werden.« Ich überlegte, ob sie *CSI* genauso oft sah wie ich. Die Bullen, die mich am Vortag verhört hatten, hatten nicht halb so förmlich geklungen.

»Und«, ich warf einen Blick auf Ms Bevan, die ihre stämmigen Beine übereinandergeschlagen hatte, »ich war davor schon ... also, um die Wahrheit zu sagen, ich habe Mr Bacon im vergangenen Sommer kennengelernt, noch vor Schulanfang.« Ich senkte den Blick auf meine Sneakers. »Er sagte, er sei neunzehn, und ich habe ihm geglaubt.«

Ich erzählte den beiden dasselbe wie meiner Mutter. Sogar die Narbe hinter meinem Ohr zeigte ich ihnen.

»Das ist ja furchtbar«, sagte Ms Bevan. »Es tut mir so leid, dass du das durchmachen musstest, Sophie.«

Darauf konnte ich eigentlich nichts sagen, also starrte ich wieder auf meine Schuhe.

»Wir nehmen solche Beschuldigungen natürlich sehr ernst«, sagte Mrs Gardener. »Du musst wissen, dass Mr Bacon bis zum Abschluss der polizeilichen Ermittlungen vom Dienst suspendiert ist.«

Ms Bevan beugte sich so weit vor, dass ich den Kaffee in ihrem Atem riechen konnte.

»Wenn du willst, kann ich dich an Victim Support weiterleiten«, sagte sie. »Oder wenn du mit mir reden möchtest, können wir einen Termin vereinbaren. Alles, was du mir dabei sagst, wäre streng vertraulich.«

Ich fummelte an meiner Uhr herum. »Danke«, sagte ich. »Die Polizei hat mir schon die Nummer von Victim Support gegeben. Und im Moment bin ich eigentlich nur damit beschäftigt, durch die Prüfungen zu kommen.«

Mrs Gardener und Ms Bevan wechselten einen Blick. »Noch eine Sache«, sagte Mrs Gardener. »Wir haben natürlich auch mit ... also, mit Mr Bacon gesprochen, und er hat einige Behauptungen aufgestellt, denen wir nachgehen müssen. Es geht um ...« Sie seufzte. »Betrug bei Hausarbeiten.«

»Betrug?« Ich runzelte die Stirn. »Wer hat betrogen?«

»Er sagt, du hättest die Englischaufsätze von Sophie Twiggs geschrieben.«

Ich ließ ein kurzes Lachen hören. »Ach ja? Ich habe doch kaum genug Zeit für meine eigenen, wie soll ich da noch die von jemand anderem schreiben?«

Mrs Gardeners Gesicht entspannte sich ein wenig, als hätte sie genau das hören wollen.

»Ich habe das natürlich auch für unwahrscheinlich gehalten. Du würdest ja auch nicht riskieren wollen, dass du durchfällst, nicht wahr?«

Ich erwiderte ihren Blick. »Warum sollte ich die Arbeit für eine Mitschülerin machen, die doch letztlich meine Konkurrentin ist?« Ich hatte Twiggy schon gesagt, dass sie die Aufsätze, die ich für sie geschrieben hatte, lesen musste, falls jemand sie danach fragte.

Streite alles ab, hatte ich gesagt. *Streite einfach alles ab, und ich mache dasselbe. Die können nichts beweisen.* Zumindest war ich davon überzeugt.

»Wir dachten nur, du solltest es wissen.« Mrs Gardener lächelte. »Bei deinen ausgezeichneten Noten haben wir sowieso nicht geglaubt, dass es stimmt.«

Ich spürte Ms Bevans Hand auf der Schulter.

»Was dir passiert ist, tut uns schrecklich leid«, sagte sie. »Und natürlich werden wir Maßnahmen ergreifen, dass so etwas möglichst nicht mehr passiert.«

»Möchtest du noch etwas sagen?«, fragte Mrs Gardener.

Ich schüttelte den Kopf. »Mir tut nur sehr leid, was ich getan habe«, sagte ich. »Aber ich hatte wirklich Angst vor Mr Bacon. Twiggy auch.«

»Danke für deine Ehrlichkeit«, sagte Ms Bevan. »Und wenn du deine Meinung änderst, meine Tür steht dir immer offen.«

Ich weiß nicht, wer nach diesem Gespräch erleichterter war, ich oder die Lehrerinnen.

Damit das klar ist: Ich finde, ich habe mich wieder mal hervorragend geschlagen.

Tag 151

Heute Abend sind wir in einer Gruppe zum Strand gegangen, um das Ende der Prüfungen zu feiern. Wir haben vom Take-away etwas zu essen mitgenommen und sind im Meer geschwommen, obwohl es nach dem langen, dunklen Winter erst noch richtig warm werden muss. In drei Tagen fängt endlich der Sommer an. Wir lachten, redeten über unsere Träume und darüber, was wir in zehn Jahren tun werden.

»Will ist dann in Hollywood und trinkt mit den ganzen Stars Champagner«, sagte ich.

»Ich glaube eher, er zieht sich mit den Stars eine Cola rein«, verbesserte Mitchell. Selbst er lächelte. Er hatte die meisten Prüfungen machen können, obwohl er nicht sicher war, ob er sie bestanden hatte. Aber das war egal. Hauptsache, er lebte.

»Aber nur diese Sorte.« Will machte eine Colaflasche auf und nahm einen Schluck. »Und die Produzenten von *CSI* zahlen Mac Unsummen für ihre Expertenmeinung.«

Twiggy zog den Reißverschluss ihres Hoodies hoch. »Und Mitchell hat seinen ersten Booker Prize geholt.«

»Na, das glaube ich nicht«, erwiderte Mitchell, er lächelte sie aber trotzdem an.

Ein kleiner Teil von mir hofft, dass die beiden im Sommer doch noch zusammenkommen, aber der realistischere Teil von mir hält das für unwahrscheinlich.

Dein Herz heilt wieder, Mitchell. Du glaubst es zwar noch nicht, aber es wird so sein.

Mein Gott, wem mache ich da was vor?

»Und Twiggy ist Physiotherapeutin der Rugby-Nationalmannschaft«, sagte Peter und rülpste.

»Aber hallo!«, bestätigte Twiggy und nahm einen Schluck Cidre.

»Und du, Schmidt?«, fragte Will. »Weißt du schon, was du machen willst?«

Peter zuckte mit den Schultern. »Keine Ahnung. Vielleicht werde ich Politiker.«

»Bitte nicht!«, sagte Twiggy. »Ich kann mir nichts Schlimmeres vorstellen.«

»Und Sophie A.?«, fragte Peter. »Was glaubt ihr, hätte sie in zehn Jahren gemacht?«

Ich rechnete damit, dass alle zusammenzuckten, aber das taten sie ausnahmsweise einmal nicht. Es ist jetzt fünf Monate her, dass Sophie A. verschwunden ist. Ich denke, wir wissen alle, dass sie nicht mehr zurückkommt, und vielleicht ist es ja okay, so über sie zu reden.

»Ich glaube, sie wäre mit dem glücklich, was sie eben gerade macht«, sagte Twiggy leise.

»Sie wäre ein lieber Mensch«, sagte Mitchell mit gesenktem Kopf. »Mit Herz.«

Will legte mir den Arm um die Hüften. »Ich schlage vor, jeder erzählt eine schöne Erinnerung, die er an Sophie A. hat. Zum Andenken an sie. Ich fange an.« Er holte Luft. »Ich weiß noch, wie sie in der Schulversammlung in der neunten Klasse einen Lachanfall bekam und wie schließlich alle hysterisch lachten, einschließlich der Hälfte der Lehrer.«

»Richtig, stimmt.« Mitchells Miene hellte sich auf. »Peter hat sich sogar in die Hose gemacht.«

»Habe ich nicht«, protestierte Peter. »Ich habe meine Wasserflasche umgekippt.«

»Klar, Schmiddy.« Twiggy setzte ihre Kapuze auf. »Also, hier kommt meine Erinnerung – Sophie hat in der Mittelschule auf der Schuldisco mit Thomas Star getanzt, weil sie wusste, dass er in sie verliebt war.«

»Stimmt«, sagte ich und erinnerte mich an den Jungen mit Down-Syndrom und den schläfrigen Augen. »Er hatte dieses Wahnsinnsgrinsen. Was ist deine Lieblingserinnerung, Peter?«

»Das Rennen mit den Einkaufswagen«, sagte Peter. »Nur dann nicht mehr, als sie sich den Arm brach. Und deine, Mitchell?«

»Hm.« Mitchell räusperte sich. »Könnte ich gar nicht sagen, aber ich denke immer an ihr Lächeln. Es war so ... strahlend. Und immer so aufrichtig.« Ich fragte mich, ob das wirklich seine liebste Erinnerung war. Oder ob seine liebste Erinnerung nicht eher ein Geheimnis war, das er niemandem anvertraut hat außer mir.

Ich muss in Gedanken kurz abwesend gewesen sein, denn auf einmal sahen alle mich an.

»Und du, Mac?«, fragte Will. »Was ist deine liebste Erinnerung?«

Und ich dachte an ein Mädchen, das wegen ihrer Secondhand-Schuhe weinte, und ein anderes Mädchen mit babyblonden Haaren.

Bist du die Neue?

»Sie war die Erste, die sich mit mir angefreundet hat, als ich als Kind hierhergezogen bin«, sagte ich. »Und mich vor den Hänseleien der anderen gerettet hat. Sie und Twiggy natürlich.«

Ich bin Sophie A., und das ist Sophie T, aber alle nennen sie nur Twiggy.

»Natürlich«, echote Twiggy. Ihre Augen lagen im Schatten.

Will küsste mich auf die Wange und hob seine Cola.

»Auf Sophie A.«, sagte er. »Die in unseren Herzen weiterlebt.«

»Die in unseren Herzen weiterlebt«, sagten wir im Chor und hoben ebenfalls unsere Flaschen.

Teil 3

Tag 28

Heute ist der achtundzwanzigste Tag meines neuen Lebens. Mein neues Leben begann am 1. Januar. Das letzte Jahr würde ich am liebsten vergessen, zumindest das meiste.

Nicht Will. Wir hatten in diesem Sommer eine gute Zeit. Ich war mit ihm sogar im Strandhaus seiner Familie. Seine Eltern ließen uns zwar in verschiedenen Zimmern schlafen, aber wir konnten trotzdem einige Zeit allein miteinander verbringen.

Heute könnte einer der schönsten Tage meines Lebens sein. Ich habe meine Prüfungsergebnisse bekommen und sie sind besser, als ich erwartet habe, vor allem, wenn man bedenkt, dass ich noch ganz andere Sorgen hatte. Ich bekam in allen Fächern eine Eins und Stipendien für Biologie und Chemie.

Will war in allen Fächern gut und in Englisch sehr gut.

Twiggy hat in drei Fächern ein *Gut* und in den anderen beiden ein *Bestanden*. Sie war damit zufrieden.

Mum war so aus dem Häuschen, dass sie mit mir essen gegangen ist. Sie sagte: »Die Zukunft steht dir offen, Sophie, du wirst sehen.«

Ich glaube, sie hat recht.

Tag 30

Heute war einer der schlimmsten Tage meines Lebens, abgesehen von dem Tag, an dem Sophie A. verschwand.

Ich bin wieder eine Ratte in einem Labyrinth und renne um mein Leben.

Tag 40

Heute ist der erste Tag, an dem ich es ertrage, mir bewusst zu machen, was vor zehn Tagen passiert ist.

Ich wurde drei Mal verhört und jedes Mal habe ich dasselbe gesagt.

Sonst gibt es nichts zu sagen. Meine Geschichte ist in mein Gedächtnis eingebrannt.

Das Gedächtnis ist fehlbar und formbar.

An Folgendes erinnere ich mich.

Vor zwölf Tagen kehrte ein Surfer, der fast sieben Monate lang in den USA gearbeitet hatte, nach Neuseeland zurück. Vor elf Tagen stolperte er beim Lesen der lokalen Zeitung über einen Artikel über das rätselhafte Verschwinden des Teenagers Sophie Abercrombie in North Shore.

Als der Surfer das Foto sah, erkannte er Sophie A. sofort. Er erinnerte sich an ihr Gesicht, weil er sich gefragt hatte, warum ein so hübsches Mädchen so traurig aussah.

Er war damals gerade von einem letzten Wellenritt am Muriwai Beach zurückgekehrt und hatte Sophie Abercrombie gesehen, als er in seinem VW-Bus saß und vor der Heimfahrt noch eine Zigarette rauchte. Sophie Abercrombie stieg aus einem orangefarbenen Mini Cooper, und sie war nicht allein. Sie wurde von einem Mädchen mit silberblonden Haaren begleitet. Zwar sah er in der einbrechenden Dämmerung nicht mehr so deutlich, aber er wusste noch, dass er gedacht hatte: *Wow, sind die heiß.* Und wie schade es war, dass sein Kumpel noch draußen auf dem Wasser war, sonst hätten sie die Mädels vielleicht abschleppen können. Doch dann sah er genauer hin und bemerkte die Schuluniformen. *Mist*, hatte er gedacht, *zu jung für uns*.

Die Bullen hatten relativ schnell eins und eins zusammengezählt. Dafür werden sie ja schließlich bezahlt. Am nächsten Tag wurde ich aufs Revier bestellt. Ich spürte, dass sich da was zusammenbraute. Ich sollte eine Begleitperson zu meiner Unterstützung mitbringen. Natürlich nahm ich Mum mit, obwohl ich wirklich fürchtete, was sie womöglich zu hören bekam.

Mein Gott. Ich ertrage es kaum, daran zu denken.

Fowler und Watkins brachten mich in einen vollkommen steril aussehenden Raum mit einem Tisch und unbequemen Stühlen. Ich sollte mich setzen, und sie fragten mich, ob ich ein Glas Wasser wolle.

Das wollte ich nicht. Ich wollte, verdammt noch mal, eine Zyanid-Tablette.

Mum setzte sich neben mich. Die beiden Beamten saßen uns gegenüber. An der Wand hinter ihnen hing eine Uhr. Sie tickte richtig laut.

Die Nase von Sharon Fowler war ziemlich rot, als wäre sie zu lange in der Sonne gewesen. Troy Watkins hatte dasselbe Pickelgesicht wie immer.

»Sophie, wir wollen dich nach deinem Ausflug nach Muriwai Beach am Freitag, den 29. Juni vergangenen Jahres fragen«, sagte Fowler.

Ich rieb mit den Handflächen über meine Schenkel. »Was wollen Sie wissen?«

»Ich frage noch einmal, wen du dort gesehen hast.«

»Das habe ich Ihnen doch schon gesagt. Einen Surfer.«

»Einen Surfer.« Fowler griff nach einem Stift. »Hast du mit ihm gesprochen?«

Ich schüttelte den Kopf. »Nein. Er war im Wasser.«

»Hast du sonst noch jemand gesehen? Auf dem Parkplatz?«

Ich ging in Gedanken zurück, und mein Herz raste.

»Nein. Also, da standen zwei Autos. Ich habe niemand in ihnen sitzen sehen, aber es hat auch angefangen zu regnen. Ich habe nicht so genau hingesehen.«

Ich hatte gedacht, die beiden Autos seien leer. Denn wenn sie das nicht waren, dann ...

Die Erkenntnis traf mich mit der Wucht eines Hochgeschwindigkeitszuges. *Nein, nein, nein.*

»Und du warst allein dort?«

»Das habe ich doch schon gesagt.« Tick, tack, machte die Uhr. Und mein Herz klopfte dazu.

»Entschuldigung«, mischte sich Mum ein, »wie oft müssen wir das denn noch durchgehen?«

Watkins meldete sich erstmals zu Wort. »Bis Sophie uns die Wahrheit sagt. Sophie, wer war noch bei dir im Auto?«

Sie wussten es. Irgendwie. Oder wollten sie mich nur auf die Probe stellen? Sollte ich weiter alles abstreiten?

Da beschloss Fowler, mich von meinem Elend zu erlösen und mir von dem Surfer zu erzählen. Dem anderen Surfer, den ich nicht gesehen hatte, weil er schon aus dem Wasser war. Der aber mich gesehen hatte, mich und ein zweites Mädchen.

»Ein Mädchen, auf das die Beschreibung von Sophie Abercrombie passt«, sagte Watkins.

Von Mum kam ein leises Geräusch. Ich dachte, ich müsste mich übergeben oder würde in Ohnmacht fallen oder beides. Ich senkte den Kopf, bis er zwischen meinen Knien hing.

»Können wir bitte eine Pause machen?«, fragte Mum.

»Nein.« Ich holte ein paarmal tief Luft und hob den Kopf. »Ich will ... ich will ...«

Dann begann ich zu weinen. Watkins reichte mir eine Schachtel mit Papiertaschentüchern. Mum bat wieder um eine Pause. Ich sagte: *Nein, nein, ich will reden, bitte lass mich reden.*

Also erzählte ich ihnen meine Geschichte. Und während ich es tat, wusste ich, dass das die Wahrheit sein musste, die beste Wahrheit, die ich kannte.

Ich hatte eine solche Angst. Das müssen Sie wissen, bevor ich anfange. Und ich habe immer wieder daran gedacht, mich zu melden, aber dann vergingen die Tage und die Monate, und ich wusste, wie blöd das aussehen würde.

Ich habe gesagt, ich hätte gesehen, wie Sophie A. und Mr Bacon sich im Auto küssten. Das stimmt auch. Es war so. Mr Bacon hat mich gesehen, aber Sophie A. nicht. Ich bin weggerannt, zu Twiggy, um ihre Katze zu füttern, und dort bekam ich eine Nachricht von Sophie A. Sie wollte reden. Ich nahm an, dass es um ihre Schwangerschaft ging. Ich hatte ihr versprechen müssen, darüber zu schweigen, deshalb konnte ich niemandem etwas sagen. Sie hatte es mir erst zwei Tage zuvor am Abend gesagt, aber sie wollte mir nicht verraten, wer der Vater war. Aber ich dachte, ich wüsste es.

»Wer war es deiner Meinung nach, Sophie?« Watkins lehnte sich vor und sah mich gespannt an.

Ich erwiderte seinen Blick. »Ich dachte, es sei James Bacon«, sagte ich, »nach dem, was ich damals gerade gesehen hatte.«

Meine Mutter sah ich nicht an. Ich wusste nicht, ob ich es je wieder schaffen würde, ihr in die Augen zu sehen.

Ich holte Sophie A. bei den öffentlichen Toiletten an unserem Strand ab. Sie war ganz aufgelöst und wollte eine lange Fahrt machen, um einen klaren Kopf zu bekommen. Als ich sie fragte, wohin sie fahren wolle, sagte sie, nach Muriwai. Ich versuchte herauszubekommen, was los war, aber sie konnte vor lauter Weinen nicht sprechen.

Von Mum kam wieder ein erstickter Laut. Ich versuchte so zu tun, als wäre sie gar nicht da.

Als wir nach Muriwai kamen, gingen wir an den Klippen entlang bis zum Fuß der Treppe, die zu der Tölpel-Kolonie hinaufführt. Dort fragte ich Sophie A., seit wann sie schon mit James Bacon schlafen würde, und da regte sie sich total auf. Sie fragte: Wie kommst du darauf? Und ich erzählte ihr, was ich gesehen hatte. Sie schüttelte den Kopf und ging rückwärts zum Rand der Felsen. Es gab Wellen, große Wellen.

Ich verstummte, schluckte.

Als ich merkte, was sie vorhatte, warum sie nach Muriwai hatte fahren wollen, war es zu spät.

»Was hat sie getan?«, fragte Fowler.

Ich ballte die Fäuste.

Sie sagte: Ich habe solche Angst, Mac. Ich habe James gesagt, ich sei schwanger, und er meinte, er würde mir helfen. Er würde mir Geld geben, um das Kind loszuwerden. Aber als ich sagte, ich wolle es nicht loswerden, verlor er die Beherrschung.

Ich fragte sie, was sie damit meinte, und sie sagte, er hat mich bedroht. Er würde mich umbringen, wenn ich nicht tue, was er sagt. Und jetzt bin ich in Panik. Ich weiß nicht, was ich tun soll.

Sie zitterte am ganzen Leib und weinte. Die Wellen waren so groß und so nah. Ich hatte Angst, weil sie so dicht am Rand stand, aber ich wollte mich nicht bewegen, damit sie nicht eine Dummheit machte.

Sophie, komm her, sagte ich. Bitte, wir finden doch eine Lösung. Aber sie schüttelte nur den Kopf und breitete die Arme aus, und dann machte sie einen Schritt zurück, und eine riesige Welle schlug über ihr zusammen, und sie war weg, und ich wollte ihr helfen, wirklich, aber ich konnte da doch nicht reinspringen. Ich wusste, dass ich dann auch tot wäre. Und ich wollte Hilfe holen, aber am Strand war niemand, und mein Akku war leer. Ich weiß, ich hätte jemanden verständigen sollen, aber ich hatte solche Angst, alle würden glauben, ich hätte sie umgebracht, und vielleicht habe ich das ja auch, ich hätte nicht mit ihr dorthin fahren dürfen, ich hätte sie nicht so nah an den Rand gehen lassen dürfen …

Ich begann wieder zu weinen. Rotz und Tränen liefen mir in den Mund, und ich weinte, bis das Weinen in ein trockenes Würgen überging.

Als Mum diesmal sagte, wir bräuchten eine Pause, hatte ich keine Kraft mehr, ihr zu widersprechen.

Seitdem haben die Polizisten mich noch zweimal verhört. Und beide Male habe ich ihnen dasselbe erzählt.

Zehn Tage sind vergangen, und ich kann meiner Mutter immer noch nicht in die Augen sehen.

Denn als ich nach dem ersten Verhör nach Hause kam, passierte Folgendes. Und wenn es umgekehrt passiert wäre, wenn ich den Umschlag vor dem Gespräch mit den Bullen geöffnet hätte, hätte ich vielleicht etwas anderes ausgesagt.

Aber vielleicht auch nicht.

Als wir nach Hause kamen, ging ich gleich auf mein Zimmer. Ich wusste nicht, was ich mit mir anfangen sollte, ich wusste nur, wenn ich einfach nur dasaß, würde ich durchdrehen. Also begann ich, meinen Schreibtisch aufzuräumen, der immer noch voller Ordner, Notizen und zusammengeknüllter Papiere war. Vieles kam in den Papierkorb, aber die Notizen und Ordner stapelte ich unten in meinem Kleiderschrank. Der Schreibtisch war schon fast leer, da bemerkte ich unter meinem Federmäppchen einen Umschlag mit dem Wappen der Eastbrook High.

In der Annahme, er sei alt, wollte ich ihn schon wegwerfen – da hielt ich inne. Der Umschlag war noch nicht geöffnet und hatte einen Poststempel von Mitte September. Auf der Vorderseite stand mein Name. Wahrscheinlich handelte es sich um irgendeinen Newsletter zum Schulende, den ich nicht hatte lesen wollen. Es ist ein Wunder, dass ich ihn überhaupt öffnete.

Doch als ich den Brief herauszog, stellte ich fest, dass es sich um eine handschriftliche Nachricht auf dem Blatt eines Din-A4-Blocks handelte. Das Herz schlug mir bis zum Hals, als ich die Schrift sah. Ich konnte nicht glauben, dass James es gewagt hatte, Kontakt mit mir aufzunehmen.

Ich las die Nachricht mindestens zehn Mal, und jedes Mal, wenn ich sie las, fühlte ich einen körperlichen Schmerz in der Brust.

An Sophie,

ich weiß, dass du nichts mehr von mir wissen willst, und glaub mir, zu einem Teil geht es mir genauso mit dir. Aber egal, was passiert, denk dran: Niemand wird dich je so lieben wie ich.

J.

Als ich das las, schmolz etwas in meiner Brust.

Dann habe ich ihn gefragt, ob er immer noch in dich verliebt ist … Er wirkte nur richtig aufgebracht.

Aber dann fiel mir ein, wie er Twiggy bedrängt hatte und wie er mich mit dem Kopf gegen einen Laternenpfosten geschlagen hatte.

Ich hätte ihm zurückschreiben können. Es wäre nur ein Wort gewesen, ein Wort.

Aber so gefühllos bin nicht einmal ich.

Stattdessen ging ich mit dem Brief zur Polizei.

Und damit habe ich sein Schicksal besiegelt, ein für alle Mal.

Schachmatt.

Gern geschehen.

Tag 64

Heute ist der 5. März und mein achtzehnter Geburtstag. Vor einem Jahr hat mir mein Freund einen Bauchnabelring mit Diamanten geschenkt und gesagt, niemand würde mich je so lieben wie er.

Ich glaube, er hatte recht.

Dieses Jahr hat mir mein Freund eine Topfpflanze geschenkt, eine Flamingoblume mit schönen herzförmigen Blüten, und gesagt, er würde mich lieben, egal, was passiert.

James hat mich so sehr geliebt, dass er seinen Job riskiert hat. Und seine Freiheit.

Jetzt erwartet ihn eine Gefängnisstrafe, und dadurch hat er mich befreit.

Es ist nicht alles wieder in Ordnung. Ellen Abercrombie konnte sich noch nicht überwinden, mit mir zu sprechen, obwohl ich Sophie A.s Familie einen langen Entschuldigungsbrief geschrieben habe. Ich könnte immer noch eine Strafe bekommen, weil ich Informationen zu Sophie A.s Tod zurückgehalten habe, aber anscheinend ist das unwahrscheinlich. Solange ich keine Vorstrafe kriege, gibt es keinen Grund, warum ich nicht Gerichtsmedizinerin werden sollte.

Bei Mitchell entschuldige ich mich in Gedanken ständig. Aber Sophie A. war nicht seine Freundin. Sie konnte schlafen, mit wem sie wollte. Vielleicht hat sie das getan, vielleicht auch nicht.

Ich kann nur weitermachen und versuchen, alles hinter mir zu lassen. Jeden Tag ein bisschen mehr.

Eine Last sind nur meine Träume. Aber vielleicht verschwinden auch sie mit der Zeit.

Ich glaube nicht an verdrängte Erinnerungen. Deshalb kann dieser Traum, also ... kann er nicht die Wahrheit sein ... oder?

Traumtagebuch: Es regnet. Es regnet, und ich stehe auf den tiefschwarzen Klippen von Muriwai. Sophie steht mit dem Rücken zu den Wellen und fragt mich, warum ich so wütend bin.

Und ich schreie sie an, frage sie, wie sie mit James schlafen konnte, ob er ihr nichts von mir gesagt hätte? Und sie streitet es ab, sagt mir ins Gesicht, sie hätte ihn nie geküsst.

Aber ich habe dich gesehen, sage ich. *Ich habe dich heute Nachmittag in seinem Auto gesehen.*

Mac, sagt sie, *er wollte mir nur helfen. Er sah mich weinen, als er auf dem Nachhauseweg an mir vorbeifuhr, und fragte mich, ob ich reden wolle. Also stieg ich in sein Auto ein, aber wir haben nur geredet.*

Und ich schreie: *Lügnerin, du bist eine solche Lügnerin, du warst doch immer die Hübsche. Ich hätte wissen müssen, dass du ihn mir wegschnappst.*

Ihre Augen sind so groß wie die von einem Reh. *Mac, mein Gott, ich hatte doch keine Ahnung, dass ihr zusammen seid.* Aber ich bin nicht mehr in der Lage, ihr zuzuhören.

Und ich schubse sie, heftig, weil ich vor Wut wie von Sinnen bin und nur noch rotsehe.

Und ich glaube nicht, dass ich wollte, dass sie ausrutscht. Und die große Welle, die sich hinter ihr auftürmt, sehe ich erst, als es zu spät ist.

Und dann

Und dann

Ist sie weg

Und ich renne und renne und renne, aber egal, wie schnell ich renne, ich komme nicht von der Stelle, und ich öffne den Mund, um zu schreien

Und dann wache ich auf

Immer dann

Schweißnass und ich denke

Ihre Schultasche! Und dann fällt mir ein

Darum habe ich mich ja gekümmert. Ja, das habe ich.

Aber es ist nur ein Traum. Nur ein Traum.

In meinem fehlbaren, formbaren Gedächtnis ist etwas anderes.

Etwas ganz anderes.

Will

Kann das wahr sein?

Ich hätte ihr Tagebuch nicht lesen dürfen, nein, aber ich konnte der Versuchung nicht widerstehen, als es heute Morgen unter ihrer Matratze herausrutschte. Ich begann an der Stelle zu lesen, wo es zufällig aufklappte, beim 64. Tag. Zuerst las ich die Einträge rückwärts, ich wollte nur einige Stellen anlesen, aber dann ließ es mich nicht mehr los. Mein Gott, als ich las, was am Tag null passierte, dem Tag, an dem Mac mit dem Tagebuch anfing, musste ich es noch einmal lesen. Und noch einmal. Inzwischen habe ich alles zwei Mal gelesen, und mir ist klar, dass ich das Mädchen, das ich liebe ...

Im Grunde gar nicht kenne.

Heute ist der 6. März, ein Tag nach Macs achtzehntem Geburtstag, und ich halte eine Granate in den Händen.

Soll ich den Stift ziehen? Oder lege ich die Granate dorthin zurück, wo ich sie gefunden habe?

Vielleicht rede ich zuerst einmal mit Mac.

Oder vielleicht auch nicht.

Danksagung

Zunächst danke ich den üblichen, aber sehr wichtigen Verdächtigen: meinem Mann Grant und meinen wunderbaren Kindern Lachie und Maisie, außerdem dem Rest der Familie. Mein Dank gilt auch diesmal meiner klugen Freundin und kritischen Partnerin Nod Ghosh für Dein wertvolles Feedback. Dank auch an meine Verlegerin Harriet Allan für ihren Beitrag zum Feinschliff des Buchs und dem restlichen, ausgezeichneten Team von Penguin Random House. Erneuter Dank auch an Sergeant Adrian Ross, einen meiner ältesten Freunde, für Deinen Rat in Sachen Verbrechen (Ich denke, Du gewöhnst Dich allmählich an meine vertrackten Fragen!).

Ich danke auch allen Bücherverkäufern, Lehrern und Bibliothekaren, die die Macht des geschriebenen Wortes so unermüdlich an die nächste Generation weitergeben.

Und nicht zuletzt danke ich Euch, meinen Lesern – für Eure vielen Nachrichten und E-Mails, für die Mitteilung, dass meine Bücher Euch auf irgendeine Weise berührt haben, und ganz einfach dafür, dass Ihr seid, wer Ihr seid.

SARA HOLLAND
EVERLESS
Zeit der Liebe
Oetinger

Kannst du fühlen wie ein Mensch?

Jess Rothenberg
The Kingdom
Das Erwachen der Seele
320 Seiten · Ab 14 Jahren
ISBN 978-3-7891-1407-6

Verborgen hinter einem großen Tor liegt The Kingdom, ein atemberaubender Fantasy-Erlebnispark mit biotechnischen Lebewesen voller Schönheit und Einzigartigkeit. Unter ihnen sieben makellose Prinzessinnen, die dir jeden Wunsch erfüllen. Szenenwechsel – Gerichtssaal: Prinzessin Ana soll den Parkangestellten Owen ermordet haben, für den sie Gefühle hatte. Doch sind künstliche Intelligenzen wirklich in der Lage, Emotionen und eine eigene Moral zu entwickeln? Ein Prozess beginnt, in dessen Verlauf nicht weniger als die Frage nach Schuld und Gerechtigkeit verhandelt wird.

Auch als eBook

Oetinger

Weitere Informationen unter:
www.oetinger.de